"主城区里，急救车运送病人到医院的平均时间，是十二分钟，你只要提高这十二分钟的抢救效率，任务就算完成了。"

十二分钟

Shū jǐng
殳儆 著

人民卫生出版社
·北京·

本书推荐评语

　　院前急救是政府提供给每个公民最基本的医疗保障，同时也是社会系统安全运行重要的支撑。120是我国唯一的法定急救号码。从事120院前急救工作的医务人员每天都在与死神的搏斗中奉献着青春与年华。本书讲述了某地一个普通120急救站里发生的故事，虽然情节进行了艺术虚化，但却又处处流动着现实意义与真实情感。主人公们彼此从陌生到熟悉，从泾渭分明到相濡以沫，守卫着生命的尊严，护佑着百姓的安康。男女主角有着院前医疗急救工作者的特点、闪光点，也有现阶段由于体系尚不完善带来的职业困惑和无奈……他们是普通人，又有着不平凡的经历和思考，从他们身上，我看到了"120急救人"对生活的美好憧憬和在生死时刻勇敢拼搏的精神。为生命赢取每一秒，需要急救人，也需要我们每个人携手并肩，执着追寻。

陈志

北京急救中心主任医师

中国医院协会急救中心（站）分会秘书长

目 录

第一章

发配

"他……怎么是个闯祸胚了？说来听听。"

01

正午时分，陈皓岩站在那红色外墙的两层楼的矮房子跟前，太阳光白花花地直射下来，脑袋昏沉的他，茫然地用手挡着强烈的光线，朝挂着医生值班室牌子的小房间看了一眼：乱七八糟的床上，被子一团堆在床上，墙角落里搁着一箱方便面，空气里弥漫着麻辣烧烤混合着臭袜子的馊腐味道。小小的方寸之地，有一种动物"窝巢"的既视感。

该换班的张医生坐在医生值班室的门口玩手机，一脸不耐烦。看见他一来，正眼都没看他一眼，就去发动了摩托车："走喽，'刑满释放'！"他抬眼扬了扬下巴，跟萍姐打了个招呼，算是告别，摩托车一溜烟儿地绝尘而去。

桌上的日历翻在最新的一页上，六月一日，陈皓岩开始了在城西急救站值班的第一天。

午后的困倦从骨子里冒了起来，他把巨大的双肩包往桌上一扔，一头栽倒在小小的双层铁床上，门也没关，一会儿就睡着了。高大的身形，把个小小的双层铁床撑了个"顶天立地"，灰色的卫衣耸起一截来，露出结实的腹肌，黝黑的41码的大脚悬空在床外。即便是睡着了，每个毛孔也都冒着疲惫和颓丧之气。即便是睡着了，也挡不住他高大帅气的外形带来的显眼。

"他是新来换班的？"司机老彭往医生值班室里张望了一眼，问护士萍姐。

"听说给主任发配充军的……长得这么帅，是个闯祸胚。"萍姐正在水龙头前，"吭哧吭哧"清洗一堆脏衣服，水龙头水花四溅。

这是城市的西侧边缘。城西急救站紧贴着高速公路出口处，红色外墙的两层楼矮房子外墙上醒目的"急救站"几个红字，一条两百米左右不太平整的水泥路从木桥路分岔下来，连接着急救站，路中间设置了个自动车闸，急救站和这条小路连在一起，就像一个巨大的逗号。

砖红色外墙的两层楼房子，伫立在农田边，醒目地有别于附近灰白色三楼三底的农村自建房。房子的南面正对着一个小篮球场，两个篮球架在日晒雨淋中早就褪了色。篮球场边的车棚里停着一辆120急救车。

一楼屋檐下的两个滚筒洗衣机，刚刚停止工作，更换下来的值班衣服、被褥清洗完之后，晾在篮球场东侧的几排金属杆子上，条纹的被单在阳光下飘飘摇摇，在风中猎猎作响。

这时候，传呼机里"滴里嘟噜"的噪声先传了过来。司机老彭扔掉手里的烟头，套上带着黄色荧光的工作衣，到值班室门口喊了一声："起来，出车。"他见医生值班室里的大个子一动都没动，冲进去，一把抓住他的肩膀摇了摇喊道："起来，别害我扣奖金。"

被拽起来的陈皓岩茫然懵懂地转了转头，视线漂移了一秒钟，伸手捞过挂在墙上的工作衣套上，摇摇晃晃地站起来。等他穿好鞋子站在门口，老彭已经开出急救车，他一个箭步上了车，从混乱不堪的梦里直接跑到了急救车上。

急救车拉响了警报，开启了头顶的蓝色警灯，一路颠簸着从水泥路上开出自动车闸。

在车流稀少的乡间公路上，大声鸣笛的急救车显得十分神经质。陈皓岩蜷着腿，左右环视了一下车内，急救箱、除颤仪、氧气瓶、夹板……茫然的视线在一堆物品上扫过。剧烈的颠簸震得他脑袋都快撑不住似的摇晃了几下。

前方的乡村公路上，停着警车，路面上触目惊心的有滴滴答答的血迹，一辆大货车停在路边，一辆白色的轿跑车斜斜地横在路中间。一男一女坐在路边上，女人正在高一声、低一声尖厉地嚎哭着。伤者是那个男人，面无人色地瘫坐在路面上。

"私家车车主，车速太快，从车窗里伸手出来，撞上违章停车的货车。"中年的黄警官看见急救车上的医生下车来，对陈皓岩说。

黄警官在自己手里的登记本里潦草地写了几个字。他刚粗粗问了几句，这男人是连锁花店"香橼"的老板，买了辆新车，给刚考了驾照的老婆过把瘾，刚刚开上路。为了感觉一下新车的速度，特意开到了人群稀少的公路上兜风。他坐在副驾驶的位置上，有点得意忘形了，把手伸到车窗外面，伸了一个飞翔状……

结果，老婆还是个新手呢，在乡村公路上被电瓶车一逼，一头撞向违停的大货车。

黄警官一边例行公事地拍照取证、叫拖车，一边无奈地看看鲜血淋漓的残肢，摇摇头。白色的卫衣袖子被鲜血染红了，右手在前臂的中段断掉了。那截断，是给巨大的蛮力硬生生劈飞出去了一截，右手不知飞到哪里去了，右臂的断茬儿可怖地露着骨头茬子和肌肉的断端。

陈皓岩在明亮的光线下眯着眼睛，一言不发地走到那男人跟前，从容不迫地戴乳胶手套，拿过那可怖的半截右臂看了一眼，在急救箱里找出止血带一扎，拆一个棉垫裹好断端，用绷带绕了几层绑好。

敷料盖上去的时候，那男人发出"呀……"的痛号，吓得人一颤，正想凑上来帮个手的萍姐顿时倒退了一步。那痛号却没有打搅陈皓岩的动作。等到纱布棉垫盖住了可怕的伤口，白色的绷带一圈一圈地缠绕妥当，站在一旁的萍姐和黄警官都松了一口气。

萍姐赶紧用血压计测血压。只见大个子的陈皓岩甩了甩两只沾了鲜血的手，手搭凉棚，往路旁的麦田里张望着。他没睡醒的面孔钝钝的，站在那里，晃悠晃悠，像是在梦游。一双泛着红丝的眼睛在面前的一大片绿色的农田里远远近近地搜寻，不知道是在找些什么。

"找什么？"黄警官顺着他的眼光望了几眼问道。

这大个子医生也不答话，"扑通"跳到了路边的泥埂上，跨了一大步，又跨了一大步，在麦田里摸出一个白色的东西，拎在手里，踩着两脚泥，又跳回了路上。两只大运动鞋带上来满满两脚的泥疙瘩，他甩了甩脚上沾上的厚重的泥土，把手里的东西搁在路边。这时黄警官才看清楚，原来他拎着的"东西"是那男人断去的右手。

离体的断手看上去十分瘆人，手指微微曲着，沾了泥土和草叶子。他握着那截断手的手腕，截断面裸露着骨头茬子，肌肉的残端有一丝拖出来的黄色的组织，不知道是肌腱还是神经。这"东西"让在场的人，都倒吸了一口冷气。陪着伤者的女人忍不住伏在路边，大口大口地呕吐了起来。

"还能接？"黄警官问道。

陈皓岩看看断手的颜色，又看看截断面说："……应该还行。"那样子就像机械师审视一个刚拆下来的机器零部件。

"上车。"他转头，一手拎着断手，一手架起那伤者，示意他上车。晕头转向的伤者勉强站了起来，他身上并没有其他伤口，手臂截断之后，血管翻卷收缩，飞溅出来的血迹虽然触目惊心，失血倒也不算多。这中年男人还算得镇定，一步一步地上了救护车。

"去第一医院。"陈皓岩对司机老彭说。

老彭不屑地看他一眼，发动了车子说："中医院近。"

陈皓岩一手握住跟前的杆子，稳住自己摇晃的身子，一手握着那断手，朝着老彭脸前，扬一扬问："中医会不会接这个？"

老彭面前猛地袭来一阵血腥气，他用力侧过脸去，厌恶地躲了一躲，冷哼了一声，心里立刻明白过来，这种断肢再植的骨科手术得接血管、接神经，中医院自然是不擅长的，送到那里如果做不了手术，得转院不说，断手时间一长就报废了。老彭是老江湖了，认理不认人，于是不再抬杠，一脚油门开了出去，拉响了警报器。

他从后视镜里瞟了一眼，只见陈皓岩坐在座位上，继续用棉垫包扎断手的残端，他拍掉沾染的泥土和草叶，把只断手摆弄得像模型一样。车里的几个人，看他握着那只离体的断手，清洁、包扎，狭小的空气里弥漫着浓重的血腥味，每个人都尽量撑着身体，离开断手远一点。

"还能接吗？"那病人躺在担架上，颤声问。

"不知道，试试看。"陈皓岩清理完毕，觉得这断手不能放在担架上病人的身边，好像也不能搁在地上，只好继续抓在自己手里。

嘈杂的第一医院急诊室，急救车停在门口的停车坪上，平车载着伤者往抢救室里去，熟悉的繁忙景象让陈皓岩觉得耳朵"嗡嗡"的，好像很多噪声在回响。他脱下右手血淋淋的手套，在护士台前签交接单。

抢救室的急诊女医生一见是他，迎上来，清脆的嗓门问："什么情况？"

陈皓岩见是她，点头轻声叫道："罗老师。"

来人是急诊科的"二当家"罗丹青，小小的个子，矮了陈皓岩一个头，白皙的面孔，一双杏核眼透着凌厉的神采，穿着蓝色的刷手服，外头套着白大褂，脖子上横着听诊器。她是医院里很"醒目"的大医生，去年新年支援武汉回来，三十刚出头就晋升为急诊科副主任了。

陈皓岩心里一动，恶作剧般地把左手里拎着的断手递给她说："右侧前臂离断伤。"

罗丹青从他手里接过断手，既不害怕，也不忌讳，她小心地抓着手掌，平托着手臂……她手上居然预先戴了乳胶手套，这接诊病人的专业度也是没谁了。她把断手放到抢救室里的操作台上，清冽的杏核眼仔细看了一下，又抬眼看了看陈皓岩——断手的两边截断面都包扎处理过了，还挺有专业水准的。

陈皓岩脱下了另一只血淋淋的手套，往水槽边去洗手。身后，听得她扬声指挥护士开通液体，手外科、显微外科专科会诊，清亮的嗓门带着一股子当家做主的横劲儿。

见她这个时候还在当班，陈皓岩不由自主地讪笑了一下。任你是急诊科的大医生，也得给科室"榨"完了最后一班，才到急救站来。自己昨晚还不是通宵急诊手术搞到快天亮，还得赶着写完所有记录才到急救站报到，一晚上没睡，困得一佛出世。

他往抢救室床那边的监护仪上张望了一眼，看了看那正在忙碌的身影，默不作声地回到救护车里去。以前跟这急诊科副主任不熟，可是未来半年，得天天跟这声名在外的家伙打交道，也不知道好不好相处。

前几天，两个人在急救中心已经照面过了。那天是新一轮院前急救医生的岗前培训，内容是培训急救车上的设备操作。她是"受训学员"名单中最显眼的一个。

"哟……罗主任，你也过来啊？你哪里需要培训，尽是你来培训我们了。"急救中心[1]的副主任陈姐——大家更习惯喊她陈站长——笑盈盈地说，透着十二分的亲热迎着她打招呼。

"规矩总要守的么。"她微微一笑，眼睛在二十几个受训的学员中扫了一遍。

受训的学员们围着排班表，看着那个奇葩的排班，窃窃私语。从六月一日开始，罗丹青和陈皓岩，将一起驻扎城西急救站，轮替倒班半年……那是个最没人要去的站点，班是最没人愿意倒的，两人轮替……陈皓岩没他自己说话的份，罗丹青算怎么回事呢？这可是医院顶尖的"红人"，抗疫英雄，急诊科骨干。

"排她值……院前急救班？！"陈皓岩看了看陈姐问，好容易憋住的话是："那不是杀鸡用牛刀吗？而且，这么小个子的一个女生！"

"罗主任有上级派给的特殊任务。"陈姐笑一笑。

趁着学员们分头操练电除颤、心肺复苏，陈姐在罗丹青耳边轻轻地说了些什么。"没事，那里是乡下，多的就是房间，楼上

1　急救中心是人们常说的120急救中心。急救站是急救中心呈网状分布在市区的各个站点，一个中等大小的城市会有几十个急救站。而急诊科隶属各大医院。120的随车医生某些城市是专职的院前急救医生，更多地区是从各大医院抽调的内外科医生轮岗。

有几间空余的值班室。"

急救中心副主任陈姐长着和煦的一张瓜子脸，四十出头，眼角有了点皱纹，做惯抢救的人从不喜欢化妆，看上去面相温和又家常。她以前在第一医院当过二十年的急诊科护士，从护士长的岗位上调任急救站的，跟罗丹青是老熟人，待她有点像老大姐，熟不拘礼。

陈站长轻跟她说的是陈皓岩的事情，骨科沈主任才打来电话拜托过的。

这家伙租的蓝天佳苑的房子，已经退租了……前面那堆醴糟事总算完结，一点点积蓄，差点赔给房东都不够，房子的墙面一大块焦黑，把人家的装修算是给糟蹋完了。骨科主任理解他，特地帮他要求过，住医院集体宿舍来回太不方便，让他暂时就住在急救站的楼上，也省了租房子。

陈站长有点踌躇，这问题是新冒出来的，本来只需要安置罗丹青就行了。计划中，她这半年，全天都得耗在急救站。

"行，没有解决不了的问题。权当是住集体宿舍么，我去看一下怎么搞定。"罗丹青很干脆地说。

陈站长点点头，那地方她知道得清楚。乡下房子不值钱，二楼的房间本来都是空的，没有什么用处。楼上空房间，留着给大风大雨天不方便回去的员工暂住。放个大床，一张桌子，简陋得不能再简陋，另外空着的房间，胡乱堆着些旧家具，就当仓库……规整好了，当个宿舍也不是不行。

"你自己倒腾，我给你弄点基础建设经费，别嫌少啊！"陈站长勾着罗丹青的肩膀在她耳边轻轻说。

"放心。"罗丹青瞄了一眼正在操练的陈皓岩。老练的眼神一过，她就知道他练得吊儿郎当的。那帮正在训练的年轻医生也都差不多，步骤没错，就那熟练度，紧急状态下准得卡壳。

急救车里的司机老彭和护士萍姐，趁着陈皓岩拿着断手，去抢救室交接班的时候，聊了两句。见他头一回上车执勤，态度冰冷、心不在焉，连回复报警电话、核实具体位置这点"常规动作"都没有做，坐在车上晃来晃去像丢了魂，看在眼里，真的有点烦人。

"他……怎么是个闯祸胚了？说来听听。"老彭问。老彭是急救站的老司机了，开了十几二十年的救护车，见多识广，长得这么帅气的医生还没见过，头一天困得像梦游一样的也少见。

"说是工作不像样子，丢三落四，小媳妇大姑娘又为他争风吃醋，差点放火烧了房子。吵到科室里，惹恼了科主任。"萍姐压低了声音说，她看着车厢里的血迹和大坨的泥巴，这都是陈皓岩脚上带来的，触目惊心的大大泥脚印，回去得马上洗车。

话音刚落，大个子一个箭步上了车，体重压得车身一沉。

老彭一看，启动了车子，按熄了警报，缓缓地从停车坪驶出了繁忙的医院大门。萍姐不想跟这冷脸的大个子大眼瞪小眼，坐到了副驾驶的位置上，跟老彭聊了起来。

"……明天来个厉害的，来整顿院前急救。就急诊科那个女的。"萍姐小声说。

"就那几分钟的事，想整啥样啊……"老彭厌烦地说："干吗不去总站，到城西来搞事情！关你第一医院屁事。"

"领导定的人，领导定的地方，说是我们站点不太忙，轮班频率高……适合调研和改造。"萍姐悻悻地说。

"派她来拯救地球的吗！"老彭哼了一声。

"听说，她得一直住在急救站，住半年……"萍姐说，她有点不自在地看了眼老彭，神情仿佛有点心虚。

"不就那十二分钟的事么！"

02

急救车回到了急救站，停在篮球场边洗刷。一排古老的水龙头，就装在车棚附近，方便洗车，也方便清洁场地，一派农村设施的随意和粗糙。一开水龙头，水声"哗哗"直响，水花飞溅。

萍姐帮着老彭清理急救车。老彭拿着水枪清理车的外壳，萍姐冲洗拖把，拖干净车里血迹斑斑的地面，把用过的物品补货归位。平常这种时候，随车医生也会来帮一下忙，至少客气几句……萍姐往医生值班室看了一眼。

陈皓岩那双脏兮兮的球鞋显眼地脱在医生值班室的门口，门虚掩着。他下了车来，梦游一样在两层楼的小小地盘上逛了一圈，找了趟厕所，就又回到值班室里去了，不嫌床小，不嫌房间乱，只要能躺下就迅速关机，睡觉的速度快得不能再快。

萍姐厌烦地看了几眼那双球鞋……这什么意思？脚底下的花纹里，沾着起码一斤的泥巴，车洗得再干净，等他踩上去，还不又得成泥塘一样了？今天出一次车恐怕就得洗一次车。咬牙想要把鞋底洗洗干净，又有点忍不下这口气。他算谁呀？还要人伺候！萍姐一边归置物品，一边向这球鞋看了一眼，又看了一眼。终究没去理会。

这显眼的大球鞋就在明亮的阳光下，明晃晃地搁在门口，鞋上的泥巴被一点一点地晒干。萍姐别提多堵心了，看见一次，就纠结一次，终究还是没有去理会。

也巧了，这个下午就跑了这一单，总站就再没发过出车任务来了。转眼快到饭点了。往常，大伙儿中午都是在附近的城西卫生站食堂里凑合的。十几个人的卫生站能有什么像样的食堂，大师傅敷衍得很，没有花样可挑的两荤两素，一个免费的汤，爱吃不吃，过点不候。

晚上食堂不开，急救站值班的几个人要么拿中午剩下的饭菜凑合，要么自己解决。外卖小哥不愿意送这么远的单子，方便面就成了这里的常备战略物资。

萍姐正打算去热自己家带来的饭盒，只见一辆银色的帕萨特从主路上驶来，在水泥路面上优雅地颠簸了几下，弯进了篮球场，停在了香樟树下。年轻的女司机松了保险带出来，亲热地打招呼："萍姐，我带了土鸡煲来，还有咖喱牛腩。一起吃吧……"

　　来人笑容满面，从后备箱里拎了两大袋子吃食下来。萍姐热情地迎了上去："罗医生，刚还在上班，怎么今天就过来啊……"萍姐抿了抿嘴。传说中的厉害人物来了，真不能随便背后说恶话，人家先大老远带了一顿好吃的来。

　　两个人一起把吃食拎到了香樟树下。树下有个水泥台子，四个水泥墩子，阳光洒落、风和日丽的日子，这就是值班人员的饭桌。

　　这个季节，香樟刚刚开完花，树梢上长满了小小的青色果子，清脆的枝叶和根须向各个方向尽情伸展着，浓密的树冠里，喜鹊"吱吱嘎嘎"像在吵架。

　　鲜香的食物冒出诱人的香气。萍姐上下打量她。罗丹青她向来是认识的，她今天穿着白色的卫衣，灰色的运动裤，脸上一点化妆都没有，白皙的脸蛋，外形像学校门口出来的学生。脚上一双干干净净的球鞋让萍姐愣了一下，这跟那双讨厌的泥鞋是同款，可是一尘不染的样子看上去乖巧万分。

　　咖喱的诱人味道一飘出来，陈皓岩醒了。一个大翻身，折磨得钢丝床发出"嘎吱"一声惨叫。睡醒的他像充了满格电的电池，不止是眼睛灵活闪亮了，气色都比刚来的时候要好了一些。

"来呀！"罗丹青明丽的笑容探进了幽暗的值班室，轻柔地唤他："起来吃饭，过了这个点就没东西吃了。"

大个子懒懒地起来，到水槽上洗脸，漱口，连头一起在水龙头下冲一冲，一头一脸的水珠，醒醒神，朝围坐在一起的三个人看了一眼，肠子不争气地发出了响亮的一声肠鸣音。他随手用手抹一把脸，往水泥墩子上一屁股坐了下来，拿起筷子。

鲜香的土鸡煲，冲鼻的咖喱牛腩，还有凉拌黄瓜，一盒饭一会儿就下肚了，下午累了，几个人各自埋头吃饭，连客气话都不说，老彭把家里带来的香菇炒青菜、土豆烧牛肉一起搬了过来。气氛倒是被这健康的食欲搞得格外地融洽。谁都不好意思摆着臭脸，小心收起脾气，饭菜一会儿就吃得碗底朝天。那罗丹青一转眼，又往汽车的后备箱里拿出一大盒洗干净的草莓来。

陈皓岩大手一伸，抓了一把草莓，一个一个像填子弹一样送到嘴里去。他的脸色比刚来那会儿好看多了，极短极短的板寸用不着任何打理，裤管一个高一个低，光着两只大脚，他打量了一下树下银色的私家车问："需要帮你搬什么？"

"住哪里？"罗丹青站起身，上上下下地看这红色的两层楼。

"今天楼上，明天楼下。"

"你呢？"

"今天楼下，明天楼上。"陈皓岩的言语之间有几分幸灾乐祸。

罗丹青看看正在收拾垃圾的萍姐，萍姐尴尬地点点头。

楼上的空房间本来的确有两间，但是最西面的房间风吹雨打，漏水非常厉害，加上太阳西晒，不管是冬天还是夏天，简直没法待人。杂物越堆越多，这乡下地方，乱七八糟的东西一多，一股子霉味，西面的墙上黑色的霉花已经快要像半幅世界地图。

罗丹青又看看嘴里叼着根烟的老彭，老彭也是尴尬地点点头。城西急救站这单调的班次，下了班的工作人员，向来都是立刻回家，回"城里"去，从来还没有两个人要常驻急救站这种事情。

楼下的三间值班室是按照规范 6S 管理的，有点军事化，目的是出车的消息一到，所有人员都用最快的速度上车，急救车就能快速开出。总站有网络监测：当班的司机、医生、护士，各占一间待在楼下，工作衣挂在床边最近的钩子上，而司机的值班室离车最近。出车的时候，该多快就必须多快，收到信号到车子发出的时间要控制在三分钟以内。

楼上只有一个房间还能勉强住人。

"好吧，帮我把行李箱搬楼上。"罗丹青点头，接受了这诡异的安排，简短地说道。

"楼上，只有一张床。"萍姐尴尬地说。

大个子正从帕萨特的汽车后备箱里，拎出大号的行李箱，听了这话，眼神中掠过一丝好笑，嘴角扯了一扯，他这标致的眼睛，不知像哪个偶像剧明星，不管是什么表情，总像眉目含情在挑逗旁人似的。旁边的萍姐哼了一声，肚子里暗骂一声"骚包"。

"不要紧，凡事简单化，没有解决不了的问题。"罗丹青露了一个明丽的笑容，左手拎一个洗漱的篮子，右手拎一个电脑包，跟在陈皓岩后头，上了二楼。

推开满是灰尘的房门，两个人站在房间门口，不约而同地叹了一口气。

房间的状况，糟糕得让人沮丧。一张可能有三十年历史的大床，床垫的角破了一个洞，里面黑黢黢的，看不见内容物。书桌的年纪可能比床还要大，一个脚歪着，门已经关不上了。塑料袋一个一个搁在地上。卫生服务站提供的被子，薄得犹如透明，床单被套算是干净的，洗晒的次数多了，织物已经有磨损到散架的迹象。格力空调显眼地装在角落的墙上，新得像是行为艺术品。

两个人站在房门口，一起往将要"同居"的房间里看了看，一条灵活的壁虎正从房顶上穿过。房角的蜘蛛网上，蚊子的尸体被风吹得震动不停。没有纱窗，也没有窗帘。破烂的窗框，铁锈的窗棂，外面是一片青翠的稻田。

陈皓岩把行李箱放在门口，看看壁虎："晚上进来蛇的话，你可以叫我帮忙。"

"不要紧，不爬床上来，只是路过的话，我没意见。"

罗丹青在摇摇欲坠的桌子上，搁下了手里的电脑。墙角里诡异地有一阵窸窸窣窣的声音。她摸了摸掉灰的墙壁和铁锈的窗棂，自言自语地说："不要紧，改造起来不难。"

这时候，老彭的喊声响了起来："出车，快！"大个子往楼下张望了一眼，立刻跑下了楼。

一分钟之后，急救车头顶的警灯闪烁，从小路上开了出去。自动闸门合上之后，城西急救站里就只剩下了罗丹青一个人，她自信的笑容像一盏灯，忽地，熄灭了。她两手叉腰，对着破败的空房间长长地叹了一口气。

　　到城西急救站的事情是她自己搞来的，揽下这事儿来的时候，恨不得离开兵荒马乱的急诊室，出来清净些日子，可没想到，城西急救站不单不是世外桃源，连个基本配备都没有。

　　前些日子，清汤寡水谈了两年，已经在商量结婚的男朋友，一拍两散了。这事情也难全怪他。急诊科女医生，干着脏活累活，对付着酒鬼流氓，疲累无比的日班夜班下来，哪还有半点弯弯绕的心思，下了班来一头栽倒在床上，眼皮子都抬不起来。两年的恋爱长跑，和他在一起的时间不多。她还是厉害的，搞定学历，搞定职称，一路顺风顺水，就是没太花心思在伴侣身上。

　　出发去武汉抗疫的那天，本来定的是双方父母见面聚餐，两家热络一下，就可以商量结婚的日子了。金百悦酒店的包厢定好，菜式敲定，两个人都已经打扮好了要出门，医院的通知却一次紧似一次。临到最后关头，逼不得已的罗丹青穿着防水的冲锋衣，背着双肩包，到酒席上给两边的长辈敬了杯酒，就被医院召回，紧急集合，送上了去武汉的飞机。

　　对方爸妈被这状态吓得心惊胆战："医生这职业挺好的，她那个行当怎么好像特种兵……能向医院申请换科室吗？"

"非她去不可吗？不是应该派男医生去吗？"

"万一染上病了可怎么办？国家给保障吗？"

临去的时候，罗丹青的脑子乱得很，拼命安慰父母，向对方父母忙不迭地道着歉，心里警醒着的一丝敏感又让她紧紧按捺着不快。陆某人的眼睛里读得出懊恼、烦躁、失望……却看不出任何温暖的关切。连同最后告别的时候，他都紧紧戴着 N95 口罩，好像她身上已经带着危险的病毒。

一个月后，胜利从武汉回来，医院给了不少荣誉。父母欢天喜地大大地松一口气，但是感觉得到，男朋友和他的父母都对她的荣誉挺介意的："这么小的个子，硬生生弄出个女强人来，树大招风……"

"将来结了婚，怎么照顾家里呢，一门心思在工作上，对孩子不好的吧？"

常态化抗疫还在进行，一边还是忙碌的急诊，她的转速哪能停得下来？！两个人的关系一天冷淡似一天，一起安安静静吃顿饭都难，饭桌上，她的电话不停地响。

"你看着监护仪的时候两眼放光，看着我的时候，几秒钟就熄火了。"男朋友冷嘲热讽地抱怨着。

"凡事总有轻重，你自己掂量清楚。"他的道理带着最后通牒的口吻。

手机不停地响……铃声刚停，又是微信电话，那种急切和执着，她知道一定是科室里有事……必定又是哪个抢救，非她到场不可了。她忍了又忍，终于接起了电话。

男朋友在她接电话的一瞬间从饭桌上站了起来："你有伟大的事业，我受够了，我们算了吧……"千丝万缕就在那一刻断开，他拂袖而去。

她颓丧地接起电话，勉强稳定心神……正在急诊监护室里上机的重症心肌炎的 ECMO[2] 运行不顺利……那是非她到场处理不可的技术性麻烦。她平静地付完账单，目送他的车绝尘而去，自己的车向另外一面拐弯，急匆匆往医院里去了。

年纪已经不小，两个人的关系是冲着婚姻去的，外在条件大致合适，恋爱就是婚姻的滑翔跑道。到了这份上才一拍两散，损失最大的是时间。和罗丹青年龄相称的异性大多已经结婚，对着陆某人，虽然她的感觉淡淡的，但是此时心情颓丧又沉重。此生通向婚姻的路，只怕是走到了死胡同里了。

在科室里的位置已经不低，罗丹青勉力把那点气馁压抑得不见踪影。日常上着班，还是该怎么就怎么，后来的难题却是市卫健委副主任出的。

改善各个地级市的院前急救能力，是省委民生工程中的一部分工作。省卫健委和省院前急救的专家团队来本市调研。接待领导是市卫健委副主任、急救中心主任和第一医院副院长。

这个调研团认真得很，几位专

2 体外膜氧合（extracorporeal membrane oxygenation, ECMO）主要用于为重症心肺功能衰竭患者提供持续的体外呼吸与循环，以维持患者生命。

家都是做了几十年的老急诊人。首席专家朱主任是省人民医院的急诊科主任，工作态度务实又严谨，完全不是坐在办公室里看台账的套路。开完碰头会，几人立刻分头去了各个医院的急诊科蹲点，一蹲就是一整天。从急救车下来转运病人，到交接班，到抢救室，整个流程无一漏网；全市的各家医院急诊室无一漏网，又去跑了三四个急救站点。

内行看内行，哪有看不出问题来的道理？哪怕是当天特别给了提示，提醒急救中心和各大医院的急诊室要以迎接检查的态度来工作……这几乎已经是考前开小灶了……也没有用，具体的问题一览无余地暴露在了专家眼前。傍晚，在专家反馈的会议桌上，气氛尴尬到让人下不来台，罗丹青坐在后排旁听着都觉得脸红。

"本市急诊的质控结果相当出色，可是，这可能是本省院前急救做得最弱的地级市……"调研团的专家朱主任忍了一下，把最差的"差"字，在最后一刻改成了"弱"，把措辞改得和缓了一点，勉为其难地说了个"可能"。

"院前急救基本还是担架工的工作状态，120急救车上，错失了急救最重要的时间，这样的话，急诊室水平再高，抢救的成功率也高不到哪里去。"朱主任脸上没有一丝笑容，一字一句地说着两天调研的结果。

他亲眼看到，心肺复苏的病人送到急诊室，急救车内只间断做着胸外心脏按压，加压面罩的皮球也没有捏，气管插管更是拿都没有拿出急救箱。这么关键的ABCD流程，气道通气就没落实，液体通路也没有开……这算是什么年代的院前急救水平？！

有个创伤病人送到，颈托明显戴反了，朱主任上前纠正，这医生还不乐意了，缩在角落里小声嘀咕道："我们风湿科的，记得颈托就不错了，谁也没给我培训过啊！"

接待的几位领导都面露尴尬的表情，低头装作虚心接受的样子，密密地记着笔记。

调研的上级专家组一走，几位领导面面相觑，脸拉了三尺长，当场就商议，要马上跟上措施，提高院前急救的效率。其实，这结果市卫健委副主任、急救中心主任、副院长何尝不知道，现实本来就是冰冻三尺非一日之寒……

不管怎么样，上级的脸色已经给了，不能不做出点行动来。市卫健委副主任当即说："第一医院，派出你们急诊的精兵强将去帮忙整顿院前急救，急救站、医院急诊一起管。市质控中心给出最大支持。不要等下次省里来检查，我们还是全省倒数第一！"

话音落处，急救中心主任和第一医院的副院长相互看看，唉声叹气不已。

这种烫手山芋，有资格接的人没几个，急诊科的老主任曹主任在科室里一说，几个年资高的急诊科医生相互看了几眼，都不说话了。急诊室已经够苦了，干的是医院里最苦的活，最近的常态化抗疫又多了好多事情，人力捉襟见肘。

再说了，明眼人都看得清楚，急救中心的各个站点散布在全市各个地方，处理好了一处，其他地方要整顿到一模一样，也是有心无力的事情。院前急救的医生五花八门，来自各个医院、各个专科，执勤半年就调走，谁肯死心塌地训练抢救技能？你一个急诊科医生，又没有拿着尚方宝剑，你调得动谁啊！

"半年不回家，老婆不跑了才怪。"不知道是谁的沙哑喉咙咕哝了一句。

"搞定了升官，没搞定，是不是还得推出午门去砍头啊？"

好一阵子，大家都垂着头，默不作声。罗丹青一脸倦怠地小声说了一句，"得了，得了，我去吧……"

几个中年男医生很怂地沉默着，一句客气话都没人说。沉默了好一会儿……事情当场拍板，由罗丹青负责，花半年时间改善全市的院前急救效率问题。

市卫健委副主任和副院长私下里一商量，对这个人事安排还都挺满意的。这妞从武汉抗疫回来，业绩耀眼夺目，荣誉给了一堆，若是能够手腕强硬地解决现实问题，那未来的急诊科主任除了她之外还能给谁？当之无愧的急诊学科带头人！

罗丹青的徒弟许烨，暗暗地杵了她几下："姐，疯了？"

"清净几天也好的，你别管了。"罗丹青趴在办公桌上，瘫了似的说道。门口的自动叫号系统正在礼貌地叫着号；几台呼吸机高低错落地在报警，120急救车由远至近，各种混乱的声音混成一团，让脑子涨得蒙蒙的。真想马上离开兵荒马乱的急诊室，待在荒郊野外的急救站，放空……放空……

她在楼上值班室的桌子跟前坐了下来，西斜的太阳正在从香樟树的树冠处滑下，最后的金红色光线斜斜地落在墙上。她叹了声："不要紧，火星都可以移民，世上没有解决不了的事情。"

岗前培训的时候，陈站长说过："丹青，我觉得你没问题，不就那十二分钟的事么！急诊室一年到头培训各个科的医生、护士，院前急救其实也一回事。"

"十二分钟？什么十二分钟？"罗丹青问道。

"主城区里，急救车运送病人到医院的平均时间，是十二分钟，你只要提高这十二分钟的抢救效率，任务就算完成了。"陈站长穿着急救中心的深蓝色制服，说话已经没有了当年在抢救室当护士长的麻辣味道。语速比原来减慢了之后，听上去挺像个领导了。

"好吧！"罗丹青看了看急救中心墙面，那网格状的地图上，用蓝色的显著标志，标记了全城三十一个急救站点。耀眼的红十字标记了市内的五家大医院。她抬手用手机对着地图拍了张照片，自己的笔记本上，潦草的大字，在扉页上写下了"十二分钟"四个大字。

她的视线在城西急救站的位置附近逗留了会儿。高速公路的新入口建成之后，城西片不再是彻底的农村，连接高速入口的木桥路比以前繁忙。120急救站点讲究在城市地图上呈现网格化的均匀分布，急救中心就调拨了城西卫生服务站这座房子来新增做站点。这蓝色标记在地图的边缘，已经是城市的西面尽头了，大片的住宅还没有蚕食田野，工厂区也远在几公里外的地方。

她在医院里有个外号，人人都知道，叫"红蜘蛛"。

03

铺床、擦桌子、拖地……她卷起袖子开始干体力活。窗前的两只喜鹊，不知道碰见了什么事，吵起来了，一声高，一声低，"叽叽咯咯"。在这没有人声的地方听着风声干体力活，挺解压的。这地方一切都是粗放式的自力更生，没有什么人声，挺契合罗丹青现在的心情。

院子里咖喱的味道一会儿就散干净了。罗丹青蹲在角落里，把剩下的食物喂了跑进来张望的猫。一只奶牛猫和一只玳瑁猫，软软嗲嗲的声音，撒娇般地跟她打着招呼，吃完了，敏捷地跳上了房顶，悄然而去。

她站在二楼的窗口左右张望了一下，一丛芦苇隔着一条小河从房子的东侧绕过，河对面是大片的水稻田。密密麻麻的一大丛竹子是房子西面的天然"界墙"，一年四季在风里窸窸窣窣地响，十分聒噪。篮球场边两株香樟树，毫无约束地长得树冠巨大，风里都是植物的天然芬芳。

救护车一会儿就从小路上开回来了，回来的时候头灯也不亮，警报也不响，开得慢慢腾腾的，像个战场上下来的战士，疲态倍显。急救车也有被放鸽子的时候，这种"空警报"，大概占了十分之一，有时候是路过的120车顺手接了路边这位外伤病人，有时候不太重的病人叫了120后等不及车来就自己叫了出租车去医院……空警报让出车的人有股子发不出来的无名火，更让萍姐十分恼怒的是，陈皓岩一上车，果不其然，地面上踩得烂泥塘一片了。

车厢里的地面洗过之后没有干透，越是这样半干的地面，泥鞋子越是踩得到处是泥浆，一看就知道，除了回来洗车之外，没别的办法，真叫人火冒三丈。更加让人生气的是，罪魁祸首眼里根本没有干净不干净这回事，一下车，对满车厢的泥巴像是没有看见一样，径直脱了自己的工作衣，回值班室去了。

"嗨！出来洗车。"萍姐扬声叫道。萍姐是这急救站点约定俗成的"管家婆"。值班室里没有回音。她有点火了，腾腾几步跑到医生值班室的门口，见大个子靠在床上，手里拿着手机，一脸懵懂地看着她。

"出来洗车。"萍姐的语气带着问责，高调门地嚷了一声，四十几岁的中年妇女用上了这种腔调，听上去像妈训儿子似的。更让她气不打一处来的是，那双泥鞋脱在门口，又显眼地摆在了那里，上面的泥巴比之前少了一些，但是若是再出车一次的话，还得搞得一塌糊涂。医生值班室的地面上也是烂泥塘一般，让人无从下脚。

"我是清洁工吗？"陈皓岩一双眼睛从屏幕上移开，瞧着萍姐。老彭一听，关了水龙头，面色凶狠地一路朝值班室走了过来。

"咦……这鞋，跟我同款的啊，六百八呢，怎么搞这么脏？"一只雪白的小手，拎着鞋带把这双鞋子拎了过来，罗丹青仿佛是无意地看了看鞋底，看了看鞋面。

她刚一听见萍姐叫，就知道是怎么回事了。护士有洁癖，还有点强迫症，这种心思，让一个大小伙子哪能理解呢？他是个纯粹的骨科小医生，混惯了分工明确的第一医院，眼里除了写病历、上手术、看病人之外，他会管环境的清洁才有鬼。所谓的牛头不对马嘴，说的就是这种情形，你跟他生气也是白生气。

她揪着鞋带，拎着一双巨大的球鞋说："我顺手给你冲一下吧，等泥巴都干透了，真皮鞋面也算是完蛋了。"

说着就往水龙头去了，回头对萍姐说："两位辛苦了，等下我来拖一把，一落手的事，你们先歇会儿。"

她的裤管袖管都卷得老高，脚上穿着一双洞洞鞋，一副正在打扫卫生的样子，顺路还拿了一个拖把在手里。老彭和萍姐相互看了一眼，倒不好发作了。只见罗丹青在水龙头上冲洗完鞋子，又洗拖把，把车厢里面拖得干干净净。

陈皓岩的大球鞋清洗完毕，湿淋淋地斜搁在墙边上沥水，鞋底鞋面冲洗得干干净净。大个子在床上躺不住了，光着脚踩着一双大洞洞鞋，看看自己的球鞋，神色有点不好意思："怎么好叫你洗。"

"喊姐……从哪里搞这么多泥巴？"罗丹青一副家长的姿态问道。

"麦田里找那只手。"陈皓岩缩起脚，看她手里的拖把来回几下，把医生值班室里的泥巴也拖干净了。

罗丹青轻笑了一声，她知道是"哪只手"，没想到是麦田里找出来的。这家伙也不算一无是处，他若不找，那断手在烈日的泥水里多泡一会儿，可不得晒熟了，也没机会做再植手术。

"脚别落地，等地吹干了再出来。"她的那种无所谓和不计较像个姐或者……小阿姨。

陈皓岩顿时有点囧，她是仅次于科主任的大医生，往日走过她跟前得低头叫一声"罗老师"。若是轮转到急诊骨科诊间去当班的话，那妥妥的就是她的手下，得听着吩咐干活。虽说真心累得不想洗那鞋子，可小兵看着营长给自己洗鞋子，是有点抹不开面子。

陈皓岩耸了耸鼻子，"姐"这么土的称呼是绝对不能叫出口的，听上去像撒娇，像扮嫩，像"娘炮"。她在医院里有个外号，人人都知道，叫"红蜘蛛"——电影《变形金刚》里面的反派二老大，杀气腾腾的 F-22 战斗机。

他手撑在床上，从半开着的门里，看着她拖地、洗拖把，把水龙头开得"哗哗"作响，极小极小的声音叫了一声："红蜘蛛小姐。"

这么小的声音，她却是听到了，"噗嗤"一下笑了，无所谓地说："随你……"

陈皓岩其实不喜欢跟女人耍花腔，无奈样子长得太帅了，浓黑的剑眉下，一双眼睛弯弯的，不管怎么看都眉目含情似的，就像刚出道的陈冠希。为了弄得粗糙一点，他刻意把头发都剃成没有任何花样的板寸，军训似的，不让外形有一点搔首弄姿的嫌疑。可即便那样，也抵挡不住大妞小妞飞蛾扑火一样送上门来……

练习的机会太多，他懂得怎么撩起女生的兴趣，又怎么去拒绝，应付各种弯弯绕的心思，算得心应手。那些自动送上门来的福利，也没有拒绝的道理。从心里说，他并不喜欢那些黏糊糊的嘴巴，硬邦邦的假睫毛……烧出租房那回事，他并没有喜欢谁，也没有不喜欢谁，稀里糊涂惹一摊子事，有点冤……古代叫这种人为红颜祸水。

当然，被流放充军的主要问题还是惹毛了主任。

"来当木匠呢？还是当骨科医生，你当修桌子腿呢……好了好了，没空跟你废话，自己想清楚了再说！"

申请手术的病人，没有评估到位，一次是忘记停口服抗凝药了，一次是高血压没控制好，血压飙到两百，被黑脸无情的麻醉师坚决地挡在了手术室外面。主刀的主任都已经准备好了……这倒好，手术停开，还得低声下气，跟病人去千方百计地解释，主任心里那个气……一个月里出了两件事情，还没有完全平息下去，他管着的一个病人，又忘记开低分子肝素，手术后，股静脉里的深静脉血栓长得飞快，冷不丁地来了个肺栓塞，病人差点没命！

"我这里要的是医生，不是木匠！"主任眼珠子都快突成三星堆的青铜人了。"烂木匠"的光荣称号，从此算是跟上他了。身边对他颜值有点愤愤不平的小男人们，皮笑肉不笑地这么叫他。三个月的奖金扣了个精光，一丁点存款赔给了房东。人走背运的时候，除了那些纠缠不清的女人，差点连个朋友都没有，简直是给"帅到没朋友"做了个现身说法。

"你给我想清楚，想继续干，就多长两个脑细胞，别净跟女人耍花腔。"主任是个更年期妇男，骂归骂，做事还是公道的，自家车库存了他的那些杂物，向急救中心主任求情，临时给他个住的地方，"啪"地拍给他一本新版的《内科学》教科书："有玩手机的闲工夫，给我把基础打好！"

他灰头土脸地接过书，心里知道科主任没叫他去刷核酸，没叫他去大门口值流调的班，已经算是够上路的了。

他颓丧地叹口气，整理点身外之物，准备去"坐牢"。欠了八百年的觉需要还，值班值得跟卖身的小奴隶似的，起得比鸡早，睡得比狗晚，到急救站至少可以清心寡欲地睡个够。况且，给疫情耽误一年的欧洲杯就快要开始了，在急救站听说最开心的就是看球，半夜尽情地看，白天尽情地睡觉。

陈皓岩站起身来，"哗"地拉开了自己的双肩背包，实在是有点渴了，需要找个杯子出来。

双肩包里装着半年的所有装备了，6月到11月的天气，男人不需要多少衣服，两套洗换，卫衣汗衫，加双拖鞋，其他的就充电器、毛巾、牙膏。反正急救站不能让人睡在露天，其他什么都可以凑合。

他忽然发现，自己忘记带水杯了，似乎忘记的东西还挺多，饭盆、纸巾、洗头膏……这些啰里啰嗦的东西，等要用的时候凑凑合合地总能想得出办法来……只不过，没有杯子装水，嘴巴就越发干渴。

他忍不住跑到水龙头边，仰头喝了一口自来水。为了掩饰一下，他又喝了一大口，"稀里呼噜"地漱漱口，用手捧了水起来，抹了把脸。两只脚分头搁在水龙头下，用哗哗的凉水冲冲干净。

"缺什么，问我要。"正在清洗抹布的罗丹青看他一眼，掏出裤子口袋里的汽车钥匙，开了车子的后备箱。

帕萨特的后备箱，大得可以躺进个人去，里面装着两个大整理箱，透过半透明的壁，隐约可以看见一个箱子里是工具、日常清洁物品，一个箱子里是花花绿绿包装的零食、主食、饮料……这后备箱，简直是一个麻雀虽小五脏俱全的小卖部。

"需要干什么体力活，叫我，也不能白吃白喝你的。"陈皓岩把两个大箱子搬到值班室，从整理箱里找出一摞一次性杯子来，顺手又拎了一瓶可乐出来。红蜘蛛小姐不在他以往的经验内，她那种无所谓，挺爷们的，又没端着大医生的架子，小小的一个女生，我见犹怜似的。

"明后两天，改善住房条件，我出车的时候，你帮我看着两眼就行。"罗丹青拎着一桶水，"咣当咣当"晃着往楼上去了。

萍姐和老彭两个人凑在楼下的电视机跟前，《芈月传》这种前两年热播过的连续剧还算经得起看，前前后后八十来集，够看两个来月的。这荒郊野外没什么事情做，平时晚上也就出个一两次车，太阳下山以后，除了看电视，就是看手机，两个人经常一起看个两三集电视剧，稍微聊两句，九点钟一过就上床睡觉。乡下地方，时间是真经花。

电视机在老彭的房间里，所有的值班室，属司机的这间最大。急救站只有司机是编内的正式工作人员，身份正式，又是长期户头，急救中心就难免胳膊肘往里拐一些。医生是从各家医院里调的，护士是编外的，里外有别是挺明显的事儿。这会儿，老彭的房门开得大大的，农村里房子就不讲究关门，而且两个人毕竟一男一女，也得避着点儿嫌。

萍姐一边看电视，一边斜眼看看正在篮球场上练俯卧撑的陈皓岩。他光着膀子，宽大的肩膀，结实的腹肌，小麦色的皮肤，任谁都会多看两眼。萍姐忍不住小声嘀咕了一句："那小子，长得是真帅。"

"排我们组算是对了，别让他去祸害小玲了。"老彭鼻子里"嗤"了一声。陈皓岩的帅，是明晃晃的，招摇的，亮眼的，站在人群里一眼就能被看见的帅，即便是见他挺不爽的中年男女也得承认。

老彭手里拿着一把橡皮榔头，一边看电视，一边反手用橡皮榔头敲打着肩膀、后背的肌肉。六月的天时，气温二十多摄氏度，掀起半截的汗衫露出黝黑的背脊。一排歪歪扭扭的瘢痕，斜斜地纵贯过右侧肋部，像爬着条巨大的蜈蚣似的。

　　电视机旁边的墙上，贴着一张值班表。A 组：老彭、陈皓岩、萍姐；B 组：老夏、罗丹青、小玲。这是城西急救站的所有成员了。所谓排班，也就是今天 A 组，明天一早换 B 组而已。每过半个月，急救中心主任或者是副主任会到这里例行巡视一趟，提点儿要求，给点儿口头上的关怀。日子就像是踩自行车一样，A 组一脚，B 组一脚，一天一天地进行下去。

第二章

食宿

她果然是带着任务来的。

01

城西急救站的夜晚在周围植物被风吹拂的"沙沙"声中度过，晨曦在五点多的时候把黑夜揭开，早起的鸟儿在香樟树的树枝间婉转啼鸣。泥土、植物混合着水蒸气的空气清凉地从窗口一点一点沁入，风里净是植物的芬芳和泥土的味道。

晚上一次车都没有出，醒过来看看手机，已是早晨七点半，陈皓岩起床的时候有种难以置信的满足感。他套上卫衣，开了门，出了值班室，只见急救车停在篮球场上，萍姐正在给车上的急救箱补货，老彭坐在水泥墩子上抽着烟，穿的是下班的便装，显然是在准备交接班了。通常 A 班和 B 班的交接是在七点半。不过看这车子的状态，像是刚刚出车回来。陈皓岩有点不知所措地挠了挠头。

"起来吃饭吧，给你买了豆浆、饭团。"罗丹青穿着带荧光的工作衣，手里拿着一塑料提兜早饭，递给陈皓岩。糯米饭的甜香弥漫开来，陈皓岩不由自主地拿了过来，等拿到了手里，才觉得有点难为情。

"你帮我出了次车？"他问。

"起得早，看你没睡醒，我就跑了一趟。"

陈皓岩的心一动，人情账本上已经欠了不少，该帮她干些什么才对，不然这一点一点地滚雪球下来，可怎么处？

萍姐整理完毕急救箱，也换了自己的便装，坐在香樟树下的水泥墩子上，准备下班。

早上六点的时候出了一次车，这个点是一个急救"高峰时段"。城市居民早上一醒，控制不当的血压会飙升；夜里形成的血栓会堵住血管；站立不稳地起床会摔个股骨颈骨折；血流缓慢的冠状动脉会堵塞；慢性病突发状况多在这个点。早晨的出车，不是脑出血，就是心肺复苏。

用急诊室工人的话来说就是：老清早，是阎王爷收人的辰光，又是哪个老头子，被头一掀，崩铁死硬，醒不过来咧……

罗丹青六点钟就起床了，床垫不平整，躺得腰酸背痛。蚊子的"嗡嗡"声一晚上不依不饶，电蚊香也没起太大作用。正在洗漱，一看老彭接到信息，她套上工作衣就上车了。萍姐见她没叫大个子起床，不禁奇道："干吗，又不是你的班！"

"让他多睡一会儿好了。"罗丹青说。

正在发动车子的老彭一听，心里一软，这女人性子大度，看上去不像装出来的。心里一动，他就没在车子开出自动闸门的时候，按响了警笛，一直开到主干道路上，救护车才"呜哇呜哇"鸣叫起来。躺在值班室里做梦的陈皓岩半点都没有听到动静，安安稳稳地又睡了一个半小时。

从通话器里传来总站发的信息是："陆家苑小区8栋203，有老人胸痛……"

陆家苑……老彭嘀咕了一句，市区道路网他了然于心，急救中心墙上那张地图，已经长到脑子里去了。

从城西过去，十分钟就到，接了病人，十分钟可以到第二医院的急诊室。

早晨市区的主干道路上畅通无阻。八车道的中山路上，只有洒水车放着《兰花草》的音乐，来来回回地给地面喷着水。地面上腾起一阵阵的水雾，清冽的空气充满了负离子的味道。

一路上，罗丹青拿着值班电话，一直在跟报警的病人家属沟通："请确认，是陆家苑小区8栋203吗？"

"请再安静休息等待，带好身份证和医保卡，救护车十分钟后到达。"

"胸痛吗？几点开始的？以往有没有高血压？……"

老彭一路听着她拿着电话，清脆的语调，不由得叹了一声，她和那小子比，不知道靠谱了多少倍，遇上她出车，这病人算运气好的。

出车顺利，陆家苑是城西这一片里最大的拆迁小区，靠近运河。救护车小心翼翼地在小区内道路上前进，路边所有的空间都停满了私家车，一辆一辆首尾相连，只剩下勉强通行的道路。建筑有点年头的小区都有这个毛病，没有足够的停车位。

转到一片空地上，看见一堆人簇拥着一个老头，在楼下的绿化带里坐着等车了。

这一片的房子老旧，街坊邻居多，左邻右舍的人们清晨听到有人呼叫帮忙，穿着汗衫短裤就跑出来帮手搬人。人多力量大，几个壮汉搀的搀、架的架，老头顺顺利利地转移到楼下等着救护车。穿着睡衣的女人们帮忙在拐弯处给救护车指路，车一到，街坊邻里一声欢呼，车子接了病人就走——这算是最没难度的出车任务了。

老彭有点感慨，还是这老小区有人情味。若是城东那种排屋、别墅为主的高档小区，大大的花园，看不见几家住户，周围连个人都喊不到。运气不好的时候，司机、医生、护士得一起花蛮力抬人。

萍姐冷眼注意了一下头一次出车的罗丹青，她从出车开始，就不停地看表，往小本子上记录时间。她果然是带着任务来的。

上了车跟老头的家属聊了几句，她就立刻开启了车上的监护仪，给老头安上了心电监护的导联，接着在急救箱里略微翻找了一下，像是在找什么药物。

急救车到了市二医院的急诊室门口，她从车上跳下来，冲着过来交接班的值班医生说："胸痛30分钟，急性前壁心梗，启动胸痛中心。"

那二院的值班医生仔细看了一眼，赶紧笑着打招呼道："……罗主任……怎么你来啊！"，立刻示意前台的分诊护士打心内科电话。

看得出来，罗丹青在急诊这个地盘上有地位、有威望，医生到这个程度，算是江湖上有名有姓的高手……车上那么几分钟时间，就能判断是……前壁……心肌梗死！显然内功深厚。

萍姐望着她往抢救室去的背影，心里想着，这有什么用？这个级别的急诊科大医生，全市能有几个呢？还能大材小用，都去做了120的跟车医生不成？顶梁柱当牙签用，开玩笑吧！万一需要从楼梯往下抬病人，纯靠蛮力的时候，这么小身材，反倒不及陈皓岩顶用。

　　不管怎样，这事情轮不到她来操心，才相处了一天都没到，底细远没弄清楚呢！她看了眼老彭，老彭也在默不作声地观察她的一举一动，两个人心知肚明地相视一笑。

　　"萍姐，碰到过体重两百斤的病人，从楼上下不来的吗？"回程的时候，罗丹青问道。

　　"我们车上还没有过，没有电梯的老小区，要碰上超重的病人，那得打110帮忙了。别的车上有过……"

　　"急救箱里不备心梗一包药[3]吗？"

　　"什么药？急救箱按照规定目录备的。"萍姐小心翼翼地看看她。

3　阿司匹林300mg、硫酸氢氯吡格雷600mg、阿托伐他汀40mg的药物组合被称为"心梗一包药"，主要适用于急性心肌梗死发作时一次性服用，可改善心肌缺血，对抗血小板聚集。在服用该药之后，应积极拨打120，到最近的医院就诊。

　　急救车的空车熄灭了警笛，慢悠悠地开回来。木桥路连接着城西急救站和中心城区，中心城区的那头是四车道的大路，到了城乡结合部就变成了两车道的水泥路，路边一个菜场，清早人头攒动，嘈杂成一片。菜场外面的早饭摊点，做蛋饼的、炸油条的、卖煎包的一字排开，正在生意兴隆的时候。

车在路边停了片刻，罗丹青下车买早饭。

"不用买我们的，我们都是下了班吃，别客气，向来都这样。"萍姐和老彭阻止了她多买两份早点。

城西急救站的早饭都是等交接班了之后，在下班的路上自己解决。木桥路是每天上下班的必经之地，早饭的花样多，豆浆、包子、烧卖、蛋饼……轮换着吃，又便宜又好消化。

"不客气，太客气了不是处长之道。"老彭淡淡地说。

"好。"罗丹青听了也不推让，刷二维码买了两份早饭。

"还给那小子带啊？"萍姐问。

"举手之劳。"罗丹青笑一笑。萍姐听了不由得也有点感动，她能顺带帮人一把的地方，绝对不会不帮，那臭小子有福了。

小小两间房，也不够专业装修队刨腾几下的。

02

早上八点，四个人的一个小装修队开了进来，罗丹青跟装修队的小头目交涉了几句，工程就开始了。

陈皓岩坐在香樟树下，看着这

动静，有点发呆。他下班了，也睡醒了，阳光明媚的上午，从来没有这么闲过。往常这时候，都是在科室里早查房，查房完了换药，接着去手术室里干活……三甲医院的巨型建筑群就像一个怪兽，小医生们像怪兽血管里繁忙的血细胞，忙碌而不见天日。

阳光明媚的上午，幕天席地坐着看热闹，是件稀罕事。

她不知道是什么时候找好的工程队，方案已定一样，装修工作火速开始了。已经下班走出自动闸门的萍姐愣了一愣，返回身来，叉着腰、仰着头看了一会儿。

只见几个大汉分头动手，楼上楼下地跑了几趟。楼上两间房间里的破烂家具就被清理到了篮球场上，装上小飞虎货车，运走了。这些破烂东西搬到篮球场上，在明亮的清晨的阳光下，才看得清有多脏，犄角旮旯里都是污迹和霉斑，散发着陈年的臭味。尤其那个床垫，藏污纳垢，不知道有多少虫卵和虫屎。缝缝里的皮屑，不知道是第几任主人留下的。

搬空破家具的那一会儿，房间里窸窸窣窣的，各种昆虫四散奔逃，看得人头皮发麻。陈皓岩暗自吐吐舌头，难怪罗丹青起这么早，昨晚估计过得不消停。

装修工作进行得飞快，几个壮汉，糊墙的，量纱窗的，装窗帘的，修电线插座的，井然有序。罗丹青抱着手，站在树下，和陈皓岩两个人一起看着楼上的工程进展。

"急救站让报销？"萍姐问。

"不要紧，花不了多少钱，先吃住舒服，才有力气干活。"罗丹青两只袖子卷起老高，露出藕节似的两个胳膊。

萍姐有点踌躇，不知道是该管管呢，还是该帮把手。愣了一会儿，决定不管了，径直开着电瓶车走了。两个破房间，她爱怎么整是她的事情。

"我住哪间？"陈皓岩问。

罗丹青指了指二楼中间那个最大的房间："我们住同一间。那间西晒的，没有空调，住不了人，准备当实训室用。"

"实训室？"

"对，培训心肺复苏、气管插管、抽血吸氧、双人配合。"

罗丹青一边在手机上操作一边说。陈皓岩个子高她一头，伸头一看，她正在"58同城""淘宝"等几个APP里不停地挑选着东西。

篮球场上陆陆续续有人开车送来东西，又有人把大堆的工具、废物送走。

接班的司机老夏和护士小玲两个人，站在篮球场上看了一会儿热闹，各自回值班室去了。老夏是个面皮黑黄的瘦高个，一早上班就哈欠连天，头发胡乱支棱着，眼角血红，一副没精打采的模样。护士小玲在房间里摆弄直播的手机架，打好灯光，准备开始直播。

装修队"乒乒乓乓"整出的动静挺有威慑力的，老夏和小玲见着楼上那大干快上的装修工程，缩回自己房间里，看子弹飞一会儿再说。

小小两间房，也不够专业装修队刨腾几下的，强烈的阳光和强劲的乡下的穿堂风下，新刷的墙面很快就干了，门窗重新安装。又是两辆小飞虎开进来，几个大汉开始七手八脚地往上搬家具。

床、工作桌、衣柜、鞋柜，这些家具很像是来自某个高档酒店，深色的油漆面看上去用过些年头，质地细腻，边角柔和，没有新家具那冲鼻的油漆味道。整套家具看上去就像酒店房间里搬来的，一盏明亮的顶灯是简单的睡莲式样，雪白磨砂，替换了原先那个电线吊在半空中的赤膊灯泡。

最后搬上去的，是看上去还挺柔软的床垫，这床垫被罗丹青指定，放在篮球场中央，喷过了酒精喷雾，暴晒了两个多小时，再用掸帚拍打过了，才搬上楼。陈皓岩暗笑，她昨晚该是被那旧床垫恶心得不轻。

"阳光酒店新翻修，处理旧货，这都是二手市场上的，不值钱。"罗丹青仰头看着，对陈皓岩说。

等到两个一模一样的单人床装好，陈皓岩左右看了看，难怪她说"都不要紧"，这从大床房改标间了，真有她的。

到下午五点钟，两个房间的改造工程全部完工。工程队打扫战场，开着小飞虎离开了篮球场。

雪白的墙刚刚干透，纱窗的网孔十分细密，窗上很贴心地安装了遮光的窗帘。整套的深褐色家具，一个巨大的工作台上，有LED台灯。网布的工作椅能够升降，看上去弹性不错。

两个一模一样的床，靠窗的床上铺了一套深蓝色方格的床单，靠门的床上铺了浅蓝色方格的床单。

鞋柜、洗漱用品柜、床头柜……该是搬了酒店一个房间的整套配备过来。整个房间唯一保留着乡下房子粗糙特征的是地面，灰色的水泥地面还算光滑洁净，没有再倒腾。这也好，进房间换拖鞋这种事情，显得精致过头，还是粗放些让人身心轻松。

"擦擦干净，今晚房间归你了。"罗丹青挺满意地在手机上完成付费操作，把抹布扔给陈皓岩道。

"遵命，红蜘蛛小姐……"陈皓岩似笑非笑地看了她一眼，语气轻柔。

"我们要不要 AA 制一下？"陈皓岩心里有点虚的，卡里没有钱了。

"不用，等实训室装备完成了，我会开发票。"

陈皓岩松了口气，视线探究般地在她脸上转了一圈，这红蜘蛛小姐说一是一，感觉好实诚。

中午的饭点，罗丹青连续出了两趟车，没有来得及打饭，陈皓岩就到卫生服务站，把四个人的盒饭都买了。老夏和小玲客套地谢了他，二话没说，就用微信把钱转了给他，丁是丁卯是卯，不领情似的。

罗丹青没跟他客气，拿了就吃，吃完给救护车上补齐消耗品，顺手拎起水槽边的拖把，把车厢里的地面拖了干净。

陈皓岩正在水龙头上漱口，看着她洗拖把，心里略有所悟。自己昨天困得过头，有点甩手掌柜了，护士可能气的就是这个。

晚上的饭点，罗丹青出车回来的时候，顺手带了海鲜炒饭和哈密瓜回来。

　　一起干活和吃饭最能拉近关系。等到夕阳西下，四个人一起在水泥墩子上吃饭的时候，陈皓岩对着罗丹青，没有了昨天的那种生疏僵硬。老夏和小玲，也被哈密瓜收买了，态度柔和很多。

　　陈皓岩清理着全新的值班室，心里由衷地佩服。

　　护士小玲饭后参观了一下二楼忙碌了一天的"大工程"。她站在窗前伸头进去，左右都看了看，看见粉刷干净的西晒空房间，大为高兴："哇！这采光真太好了……哇！这背景，又干净又田园风味……"

　　空房间墙壁已经刷白，窗户擦擦干净，长条旧桌子铺上了方格的桌布，空荡荡的。房间的采光的确不错，西斜的太阳把光影投射在白墙上。

　　"你在直播带货？卖什么东西？"罗丹青问道。

　　小玲掏了掏口袋，从大口袋里拎出两片不同型号的卫生巾来，亮在罗丹青的眼前。罗丹青不禁乐了，陈皓岩撇着嘴，别过头去。

　　"笑什么，十五到五十岁的女人每个月都得消耗卫生巾，每个月两包是基本数字，市场巨大……看你怎么争取客户。"小玲内行地说。

　　她拿着手里的两片卫生巾给罗丹青细看："这是夏季款的，薄、透气、不闷热，24厘米的三块五一片，38厘米的七块"。

　　她拿出手机，开启美颜，用镜头对着房间，对着自己，各个方向，各个角度寻找着最佳镜头感："这地方开直播，比楼下好多了。"

美颜相机可以解决她的所有问题，镜头下的她，看不出只有一米五出头，也看不出鼻子油腻、毛孔粗糙。磨皮和美白功能一开，有点天真，有点婴儿肥，变出几分卡通美少女的模样来。

罗丹青在急救总站看过她的档案，她是本地一个职业学校里毕业的那种大专护士。长这么小的个头不要说进不了三甲医院，考编制进卫生院也难。没有真的在医院干过，总算是把执业证考出来了。有个挺厉害的舅舅，托了关系，把她放这个偏远的急救站，关系户一个。

小玲在急救站应付着差事，混个五险一金，也算对爹妈有个交代，她的时间和兴趣全在直播带货上。

罗丹青出车问："车这么晃，打针抽血不太容易吧？"

"什么？什么？车上打针？停下来让我好好找找血管也不一定打得进，车上会戳自己手上吧？"小玲大大咧咧地回答道。

老夏问："小玲，这辈子打过几个针？"

"实习的时候打过的，个位数……"

罗丹青暗自叹一口气，轻轻摇了摇头。

黄昏的时候，陈皓岩把楼上的地面又拖了一遍，开大了门窗通风。新刷的墙略微还有一些味道，其他完美得让人有点不敢相信。墙角的小冰箱里有一排可乐和啤酒。那张铺着深蓝色方格床单的床，应该是给他的。柔软的床垫，柔软的枕头，老粗布的床单，薄薄的蚕丝被，他坐了上去，试了试床垫的弹性。

铺着浅蓝格子床单的床，在一米开外，比起二手的家居来，床上用品都是挺讲究舒适度的全新货色，真懂得享福！而且，处处想到他……

床头柜上有个摊开的笔记本，他忍不住凑过脸去看了一下。一个褐色真皮面的大笔记本，上面的字，字迹粗壮，陈皓岩看了一眼，圆珠笔的笔迹潦草，上面写着：

第一天：

8:00　58同城　陈经理，电话×××××，装修二手房

10:00　58同城　夏老板，电话%%%%%，窗帘

12:00　二手集市　童先生，电话&&&&&，二手家具

15:00　二手集市　严女士，电话@@@@@，二手电器

……

列得清清楚楚的一张作战计划图，最后混乱的笔迹添上去的是价钱、口头协议、尺寸、附带产品。第二页是：

急性心肌梗死病例：急救箱缺心梗一包药；

超大体重病人，需要担架工。

穿堂风猛烈地吹过，把纸页吹过了一页，倒翻到扉页，只见上面莫名其妙地写了几个笔力强劲的大字"十二分钟"。陈皓岩伸手把笔记本合上了。深褐色的封面皮质柔软，他的大手在封面上抚摸了一会儿。

"他最近都很暴躁，不是单冲你。"

03

乡下的时间过得特别缓慢，黄昏的气氛静谧又温馨，西斜的太阳一寸一寸地向地平线移过去，斜射的光线在植物的叶子上投射下金红色的光芒。婉转的归家的雀鸟"叽叽喳喳"地讨论一天的行程，奶牛猫轻手轻脚地从房檐上跳了下来，依偎在罗丹青的脚下，用柔软的身体挨挨蹭蹭的发嗲。

罗丹青从汽车的后备箱里拿出一个篮球，在篮球场上玩了起来，咚咚……咚咚地运球、上篮、投篮，小小个子的女生运动起来，挺好笑的，球在她的小手里显得特别的大。她显然有几分功夫在身上，双腿矫健，弹跳力好，投篮挺准的。陈皓岩看了片刻，就自动加入了。

两个人在篮球场上，防守进攻地玩了起来。陈皓岩从大学到医院，经常运动，水平不错，他占着空中的优势，让着点也就玩起来了。篮球在篮板上砸出了"乒乒乓乓"的声音，也许是在这没有人声的地方，声音特别响亮，还带着闷闷的回声。不一会儿，身上就出汗了。酣畅淋漓的感觉，两个人慢慢都有了点状态，相视一笑。

这时候，老夏忽然从值班室里冲了出来，眼睛血红，花白的头发乱翘着，一张瘦得像痨病鬼似的脸铁青着，冲着陈皓岩大吼一声："吵……吵……吵，还让不让人休息了？白天装修，晚上打球，让不让人活了？"

老夏一白天好像没有说过什么话，一开口暴躁得像要吃了谁似的，把两个人都吓了一跳。

球砸在篮板上，"噗通"一声掉下来，罗丹青赶紧接住，抱在胸口，有点发蒙。只见老夏冲着草丛重重地吐了一口唾沫，粗嘎的声音继续骂道："晚上要不要出车的，不让人休息，开河里去，寻死去吧！"说完，恶狠狠地瞪着满脸懵懂的一男一女。

"不好意思，不好意思，不打了。"罗丹青赶紧说道。

老夏掉头"呸"了一声，见两个人停了手，趿拉着拖鞋，气哼哼地走回值班室去了。

"小玲？"罗丹青拉住从晒衣杆那边走回房间的小玲，露出一脸疑问，她手里正捧着白天洗晒的一堆衣服。

"他最近都很暴躁，不是单冲你。"小玲压低了声音，在罗丹青的耳边说道。

他有个老爸，本来腿脚硬朗，一个人住在木桥浜村，前年不知道怎么，开始老年痴呆，一出门就回不了家，有一次还差点掉在河里，一年里头就报了四次警找人，穷折腾。

后来，只好不放老头出去了，哥俩一天一个，在家里看着老头。去年，老头摔了一跤，瘫在床上了，屎尿都需要人伺候，老夏兄弟俩就只能一天一个轮流在家护理他，擦身、喂饭、接尿。老夏相当于天天在值班，这里急救站值完了，明天再继续到木桥浜村去伺候老头儿。要不他怎么自己要求来这城西急救站呢？离木桥浜近，活儿也空一些。原先的他可不像如今这痨病鬼似的，一年折腾下来，瘦了二十斤，成天暴躁得很。可老头儿是农村的低保，你有什么办法，没有一家医院肯收老头这样的病人的，也付不起医药费。

还没等小玲说完，只听司机值班室的窗口传出了粗嘎……间断……阻塞般的呼噜声，一声高，一声低的，老夏显然是又睡过去了。

"本来，萍姐跟他搭班的，他嫌弃萍姐烦……洗衣服的水龙头太吵，电视机太响……各种嫌弃，后来只好我跟他搭了。我跟他没有什么说的，关上门直播，各归各。他爱干嘛干嘛，只要开车的时候不乱来，我也不开腔。"

小玲压低了声音说道。显然，她已经习惯了在院子里讲话的时候压低声音，白天在屋里直播的时候也是关着门儿的。回想起来，两个人果然除了吃饭的时候，没说过几句话，眼神很少交错。

罗丹青看了看陈皓岩，面面相觑，白天大动干戈地装修，动静挺大的，老夏估计已经是一肚子无名火了，到此刻才被他骂两句，也算是客气了。罗丹青叹一口气，轻轻把篮球放在了医生值班室的墙角。

两个人到水龙头上去洗手的时候，不敢再"哗啦哗啦"让水花乱响了，蹑手蹑脚，有点灰溜溜的。陈皓岩看了眼罗丹青，相对苦笑了一下，眼神交错间多了一分亲近。

奶牛猫又慢慢地挨近了过来，陈皓岩向它伸了伸手，一个毛茸茸的"白手套"伸了过来。奶牛猫在地上翻滚了一下，极其柔媚地叫了一声"嗯……"像少女刚醒来时候，似醒非醒的呻吟。

它挨在陈皓岩的脚下，尽情地伸展着，蹭着他的小腿。

"啊……"罗丹青看着它，不由得笑了。这忘恩负义的猫猫，向自己要了两顿吃的，跟自己亲近的时候，就是背脊弯弯起来，求摸摸。帅哥才刚理理它，它竟然这样起来，真有它的。

陈皓岩蹲着逗弄着奶牛猫，像是知道罗丹青想的："猫是女生，女生都是要宠的……女生都是忘恩负义的。"他抬头看了看罗丹青说："你……不算女生。"

罗丹青伸手在他头上摸了摸，给他一个白眼，那意思再明白不过了："你是给人宠着的，你不算男生。"她的那种摸摸，跟撸猫没两样，给她倚老卖老地欺负了一下，陈皓岩不由得"哼"地轻笑了一声。

"别，你先别问我这么复杂的问题，烦都烦死了，我们先想想吃饭问题……"

04

天色黑透了，人声渐稀，"咕咕嘎嘎"的蛙鸣远远地从田野里传来。农村的日与夜，仿佛特别鲜明。

陈皓岩往楼下的医生值班室跑了一趟，自己那个双肩包还在楼下，替换的衣服、洗漱的物品都在包里。他一走进那间房间，就觉得仿佛有点不太一样了。

仔细一看，房间里是收拾过了，零散的物品要么放进柜子里，要么收进整理箱、搁到架子上，连床底下的鞋子都排整齐了。收拾干净之后，地方像大了很多，连空气都变干净了。

罗丹青正在书桌前，对着手提电脑发呆。她换过一套浅灰色的卫衣卫裤，像是洗过澡的样子，半湿半干的短发微微打着小卷。

"喂，大个子，一天的伙食标准，在你的允许范围内，是多少？"罗丹青问道。

"嗯……"陈皓岩想了想。

"三五十块钱一天吧。"

急救站发伙食补贴和值班费，医院发工资和平均奖，算下来，总的收入并不高。伙食补贴是五十块钱一天，如果叫外卖或者外面吃的话，也不很宽裕。现在叫个一人份的炒饭加饮料，都要二十几块。

在医院上班的时候，吃食堂或者外卖的时候多，一个月花在吃饭上的钱从来不算，他对这个数字有点迷糊。

"喜欢吃什么？"她用圆珠笔在那个褐色的大笔记本上写了个数字。

陈皓岩双手环抱在胸前，眼睛一斜，哼了一声道："打算包养我是怎么的？"

"想得美！"她的笑脸正对着她，没有调笑，没有拉丝的眼神，干干净净就是解决问题。

"明天我去解决一下吃饭问题，天天盒饭外卖，肠胃吃不消。"罗丹青站起身来，朝窗外远处亮着灯光的楼群看了看，几百米外的小街和房子都还保留着农村的原汁原味，房子是农村宅基地上的三层楼自建房，房前房后都有零星的地块，见缝插针地种着各种蔬菜。几家小饭店在新冠之后就半死不活的，早早就关门歇业了。

罗丹青抬头看看他，一张轮廓分明的脸，露着点天真的表情，介于男人和男孩之间的没心没肺，好看得让人有点错不开眼神。

她笑道："……我养不起大型宠物。"

"你到这里来干吗？"陈皓岩冲口而出。

只见面前的女生忽然皱起了眉头，用手蒙住了脸，用力扭了扭头说："别，你先别问我这么复杂的问题，烦都烦死了，我们先想想吃饭问题……"

她那娇憨的样子，跟每个遇到了难题的小女生无异，他不禁一阵好笑。

"每天早上床铺自己整理整齐，可以吗？"

"可以。"

"休息天做一下清洁，你负责拖地，我负责擦桌子，可以吗？"

"可以。"

"出车的时候先回复电话，核对出车地址，可以改善一下吗？"

陈皓岩一愣，回想了一下，点头说："可以。"

她委婉的语气像是在请求，托着下巴，神态带点孩子气，让你不得不说"可以"。陈皓岩原来的一点点戒备之心消失得干干净净。

早上交接班，罗丹青的脸色有点疲倦，夜班出车了两趟，这值班的二十四小时一共出了六次车。工作量不算大，但夜里的睡眠给截成几段，毕竟还是折磨人。

老夏和小玲还没走，老彭和萍姐刚刚来，加上陈皓岩和罗丹青，急救站的人头算是全部齐了，一天之中也就这个时刻，人都在了。六个人站在值班室门口的廊檐下交班。

罗丹青往每个人手里发了张便签纸，说道："各位，今天我试试解决一下吃饭问题，也可能解决不了，征集一下大家的意见。"

萍姐往纸条上一看，只见上面写着：中午、晚上两餐饭费一共可以接受的数字是：1、10元；2、30元；3、50元？

"什么意思？"萍姐快人快语。

"两顿饭，可以接受的价钱是多少，看看能不能整出大家满意的结果来。"罗丹青说。

"众口难调，别费事了吧？"老彭语气听着虽然温和，婉转拒绝的态度很明显。

"不一定做得成，先说个数。"罗丹青笑了笑。

陈皓岩在三十的选项上打了个钩，在五十的选项上也打了个钩，爽气地把便签纸递给罗丹青。

萍姐看了一下手里的纸条，抬眼看了下罗丹青，她的样子不像是在开玩笑。想了一想，不由得露了几分大管家婆的态度来。脑子里迅速做了一下计算：五十块是公家给的每天的伙食补贴，两顿五十有点浪费，还得自己解决早饭钱，两顿十块是不可能做到的，现在买个大饼油条都得七块钱，三十吧，三十不算故意为难人。萍姐迅速爽气地在三十块钱的选项上打了个钩。

小玲见萍姐不多话，打了个钩，就也勾上了三十的选项。

老彭看了一下两个人的答案，盘算了一下，往日中午饭在卫生站的食堂里打饭，差不多是十五块钱，晚饭自己带，或者凑合中午多打的饭菜热一热，吃得肯定是不好，可是算价钱也没法更便宜了，一天三十是差不多。于是，他也在三十的选项上勾好。

老夏已经骑上了电瓶车，不耐烦地对老彭说："帮我勾一下，你多少，我也多少好了！"

一沓小纸条收回到了罗丹青的手里，她大声地说："大家一致的决定，是三十块一天，没其他意见的话，暂时就这么定。"

萍姐把带来的大饼油条递给罗丹青，也递给陈皓岩一份。

"谢谢萍姐。"陈皓岩眼睛带点笑意，赶紧说道。

两份大饼油条，是萍姐上班路上，从木桥路那边买的，罗丹青友好大度，自己也不能显得太小家子气了。罗丹青拿起来就啃，不挑剔的好胃口，让萍姐挺高兴的。

罗丹青一边吃，一边在手机上点微信支付，把钱转给了萍姐。萍姐客气了两声，也就点了微信收款。见她顺手帮陈皓岩也付过了，心里觉得气息顺畅。帮别人的忙，别人领情，自己也不亏，这就挺好。

陈皓岩没有跟罗丹青拉扯客气，欠她也不止这点，不在乎多几块钱。

萍姐一上班，看过楼上的装修工程，嘴里"嘶……嘶……"了好一会儿，看看顶灯、摸摸工作台、照一下衣柜上方的大镜子，一脸惊讶。

昨天早上走的时候，这里电线裸露，墙皮掉落，家具残破，一天之间忽然变成了个舒服的酒店标间。灰色的水泥地面，还看上去挺简洁时髦的。真跟变戏法似的。

"你怎么弄的？多少钱？"萍姐不住地问罗丹青道。

"手机上找的装修，不贵，都二手的。"罗丹青也不见外，往床上躺了躺，试试床垫的弹性。她在床上伸了个懒腰说："现在还早，等我补一会儿觉，我去解决吃饭的问题。"

"急什么，中午有食堂。"

从二楼的走廊望出去，离急救站最近的小街两边，违章摆地摊的还没收，老头老太还在早茶和遛弯的时段，小街两旁的小店也都还没有开门。萍姐站在房门口张望了一下。

两天处下来，萍姐对她的紧张和提防渐渐消失。

"老彭生什么病，看他胸廓做过大手术的样子。"罗丹青轻声问萍姐道。

"不是生病，是车祸。

"他有一趟出车，在省道上转弯的时候，有个乡下老太婆骑个小三轮买菜，乱穿马路，为了避让这老太婆，车子侧翻了。还好那天是空车，车上没有病人。

"老彭戴了保险带，总算是还有命，断了六根肋骨、脾脏破了，在第一医院住了两个月才出院。"

萍姐压低了声音，眼睛看了眼楼下，老彭正把急救车停在篮球场上，用水冲洗外壳，他光着膀子，侧胸部的手术瘢痕像巨大的蜈蚣，狰狞，还有点歪斜，在阳光下十分显眼。肚子上松松垮垮的一圈肉，还有一道纵贯的刀疤。

"听说手术还出了点问题，到重症监护室去躺了两天才活过来，人要不顺的时候，喝凉水都塞牙……老彭看见第一医院就有气。

"后来，认定这车祸责任的时候才叫扯呢！

"这么大的伤，没有肇事方，算不上工伤……也不知道是见什么鬼了，反正就是白伤了，只能算自己倒霉，你说这谁干呢？这里头各种文件规定的弯弯绕，我说不清楚，反正挺冤的。总站对急救车撞毁大修，还话挺多，一年里头唯一的安全事故。

"他病假之后，身体不如以前，左手骨折的地方有点僵，背痛、腰痛、喉咙痛，痛个不停，又跟站里大吵了一架。后来城西设点了，就给'照顾'过来了，说得好听是照顾身体原因，工作压力小一些，其实还不是得罪人了，给个小鞋穿穿。

"我也劝过他，反正编制内的，做多做少还不一个样。在城西，空气新鲜，权当公费疗养，把身体养好了最重要。"

"难怪他成天怨气冲天似的。我还以为我哪儿不小心惹着他了。"罗丹青懒懒感慨了一句。

"他对第一医院的医生，特别梗一些，你别见怪。"

萍姐绕着手，倚在门上，说完老彭的事，停了一会儿，意犹未尽地看着罗丹青问："你好好的，跑这里来干什么？"

"没人肯做的苦差事砸下来，是我能推的吗？"罗丹青苦笑道，她倚在床上，一脸的茫然和委屈。

"唉！"萍姐叹息了一声。

"上这样的班，老公没意见？"萍姐接着问。

"男朋友刚跟我拜拜，这辈子会不会有老公还不一定呢……"罗丹青低声回答。声音空落落的，无奈、颓丧……

萍姐涌起好大的同情来，原来真是钢筋铁骨的盔甲，千疮百孔的里子。话聊到这份上，人家也是没拿她当外人，也没拿自己当领导，萍姐叹了一声，说："你休息会儿吧。"说着，就下楼去了。

修理地球的女生一来，急救站的生活水准，好像"蹭蹭"窜高了一截，人和人的关系也柔和了好多。真让人挺感慨的。

05

上午的出车，拉了一个溺水的。急救车到了泗水公园边，人给打捞上来已经有一会儿，一圈人围着出主意。先120一步到场的是警察先生，手里拿着步话机在维持秩序。

一个头发花白的老年女人，冰凉

地躺在平地上，周围一大滩水渍，身上缠着岸边的水草，拖泥带水的。脸已经发青，看上去就是循环停止的那种死气。半开半闭的眼睛浑浊泛白。

"请确认位置，是泗水公园西门入口的河边绿化带吗？"陈皓岩用值班电话回复报警电话。萍姐朝他看了两眼，嗯！这小子总算知道出车该先干吗了。

"8：45分，环卫工人发现河里有人，9：00捞起来……"警察公事公办地告诉急救车上下来的人。

老彭下车张望了一下，内行地说："死了长远了，搞不好是昨天半夜掉下去的。"

"先抢救再说……"警察说。

担架从急救车的后方拉下来，一帮人七手八脚地把人搬上了车，萍姐和陈皓岩用固定带把人固定在担架上。急救车拉了警报器，慢慢地驶出公园。

陈皓岩看着担架上的人，问萍姐："要不要按两下？"他有点拿不准主意，照例说看到这种心脏停搏的病人，得做胸外心脏按压，要用加压给氧。可骨科没有怎么抢救过真人，心里一点谱都没有，看着有点慌，这还是他第一次碰到这种状况。

"快到医院的时候，按两下，意思一下得了，这还救得活就有鬼了。"萍姐看了看那人的脸，往后移了一步。失去活气的脸青白僵硬，半开半闭的眼睛看上去有点恐怖。顺手把氧气面罩在她脸上戴戴好，开了氧气瓶，就不再动她了。

跟车久了，萍姐有经验，这种人你若是认真按压起来，鼻子里、嘴里、胃里会喷出一摊呕吐物来。急救车里空间狭小，搞不好就弄得一身污秽。

　　陈皓岩答应了一声，拨开病人的眼睑看了一下，瞳孔散大到边了，角膜也浑浊了。

　　在第一医院的急诊抢救室里放下病人，陈皓岩在水槽边洗手的时候，看了一会儿急诊室的抢救。一圈人围上去，一分钟一百次的胸外心脏按压开始了，喉镜挑开，在吸引器的协助下，气管插管一分钟就插了进去，加压皮囊辅助通气，病人的胸廓开始有规则地起伏。人虽然不像救得活的样子，交错有配合的团队，还真是一副训练有素的模样。

　　"走了……"萍姐催促道。

　　"刚我们该做吗？"陈皓岩问。

　　"规矩上该做，实际上没用。"萍姐挺干脆。陈皓岩回头看了眼正在抢救的许烨，决定回去问问那红蜘蛛小姐。

　　两个人拉着空担架车，上了急救车。车里湿淋淋地散发着一股子馊腐的味道。萍姐嫌弃地拉开了车窗，车里其实挺恶心人的。

　　车回到急救站，停在篮球场上，老彭立刻开始了清洗工程。外壳虽然不脏，但缺了这道工序，总给人感觉味道还在，心里挺不对劲的。

　　萍姐先"补货"，氧气面罩，一次性床单都在仓库里拿出来。陈皓岩换个手套，把担架拉出来，用抹布擦一遍，散一散气味，又用拖把把车厢里的地面拖一把，清理掉河里带上来的水草，拖干净地面的泥脚印。

三个人各自搭把手，再加上车子的门窗大开着，一会儿工夫，急救车里里外外就吹干了。老彭把车子驶入车棚的时候，嘴里没说啥，心里挺舒服的。那小女人以身作则，臭小子也算机灵，有活大家干，合作起来就不辛苦。

陈皓岩仰头望望了一下，楼上的值班室门开着，房间里没人，香樟树下银色的帕萨特不在，她应该是出去了。

十一点多一点，帕萨特缓缓地开进了小路，开进了自动闸门，一辆小电瓶车跟在后面。"吃饭喽"罗丹青清脆的声音招呼道。

城西卫生站的食堂是十一点半开门，老彭和萍姐都还没有准备买中饭，一听这话，各自从值班室里伸头出来看。只见罗丹青指挥着开电瓶车的小哥把一提兜的饭菜放在水泥桌子上。"明天开始，准点把饭菜送到这里。"

"知道了，没问题。"骑电瓶车的小哥乐呵呵地高声答应。

饭菜摊开，是一个青菜香菇，一个土豆烧排骨，一个红烧豆腐，一个番茄蛋花汤。像是小饭店刚刚起锅的那种，新鲜热辣，分量十足。菜和汤全部装在大号的乐扣乐扣盒子里，比一次性饭盒的那种瘪塌油腻的看相要精致卫生多了，让人看着就有胃口。

"这一顿多少钱？"萍姐内行地打量着饭菜，在水泥墩子上坐下来。

"按照要求，每人一天三十块钱的份额。"罗丹青说。

"有点为难大师傅，饭店不赔本吗？"萍姐一边拿出碗筷盛饭，一边问。

"同一家店，没几天就吃腻了，众口难调的。"老彭接了萍姐盛的饭，拿在手里吃了起来，仔细看了眼饭菜，就这一顿来说，的确没有什么可以挑剔的。

"晚饭是另外一家饭店送，讲好的，竞争上岗，必须换花样……菜单可以点。"罗丹青端起饭碗。

"嗯！还行"她夹了筷子土豆，看了看陈皓岩。

陈皓岩洗了手，看罗丹青把饭碗递给他，接得有点不好意思，蹭吃蹭喝，自己快成她养的大花猫了。

其实，罗丹青上午出门的时候没有太多信心，餐费的定价低了点。经过木桥路菜场的时候，问了问价，顿时就觉得有谱了。这一片，住宅区还不成气候，有一大部分是农民自己在宅基地上建的房子，房前房后都是农民的零碎地块，差不多的地方到处种了番茄、黄瓜、小白菜。

附近农民自己种的菜，就近在路边卖，比城里那些超市冷柜里清洗装袋过的菜，价钱低了好大一截。几家小饭店的老板，趁农民收摊的时候，在用底价收菜。新冠疫情一来，菜场附近的夫妻小饭店都半死不活的，听得有每个月固定的订单，一下子就同意了。罗丹青挑了两家紧挨着菜场的小店，讲了讲价钱。老板也算盘打得精，哪怕生意清淡，自己家也要做饭的，这不过就是添了点量，没多少成本，这个钱不挣白不挣，电瓶车送个饭也要不了十分钟，于是一口就答应下来了。隔壁那家小餐馆老板，请萍姐帮忙在第一医院看过病，听得是急救站的熟人的生意，马上同意晚餐加个水果或凉拌菜。

"这个月的钱，预付了，吃得满意的话，月底按顿数用支付宝转账给我，不满意的话，下个月我再改方案，各位可以吗？"罗丹青看看老彭，又看看萍姐。

"可以。"

"可以。"

"可以。"三个人都点头。挑剔的舌头尝得出来，这饭菜比食堂大师傅那粗糙马虎的功夫，好太多了，而且得来全不费功夫，人家办事妥帖，还有什么可啰嗦的。

"红蜘蛛小姐，"陈皓岩趁着吃完饭休息的时候问，"彻底停跳的病人，心肺复苏是非做不可吗？"两个人在香樟树下的水泥墩上坐着乘凉。他把那个溺水的病人什么状况，一五一十地形容给罗丹青听。

"就急救的规则来说，应该立刻开始心肺复苏。可是，如果看到明显的尸斑尸僵，那不做也没差错。"罗丹青用水清洗水泥台子。

"要不要用加压皮囊？"

"如果是我的话，我会给她插个管，不踩规则的红线……你一开始分辨不出来么？"罗丹青说。

"我不会哎……"陈皓岩说。

他这两天接的，有高热惊厥的孩子，有赌气吃药的年轻学生，有突发腹痛的公司职员……接车的时候，多少都有点疑惑存在心里，见她回答得靠谱，不由得一个一个列了出来问她。这话题很有嚼劲，两个人一五一十地在树下聊了起来。

"吃的是大半瓶安定，加两瓶止咳药水……要不要现场挖一下催吐？"

"不是很安全，他自己挖随他，你不用做这个。"

萍姐在水龙头的"哗哗"水声中，隐约听见他们俩在聊的话题，往香樟树下望来，两个人影一大一小，穿着相似的运动装，一样的运动鞋。聊天的样子，像队友，像搭档，气氛宜人。陈皓岩身上那种冷淡和厌倦，一天之间就不见了。

傍晚时分，萍姐和老彭继续看《芈月传》，陈皓岩和罗丹青继续在球场上玩篮球，奶牛猫和玳瑁猫在房檐上做着瑜伽，归巢的雀鸟"叽叽咯咯"一片。

今天不用蹑手蹑脚，场上的两个人玩球玩得格外酣畅淋漓，萍姐和老彭看着电视，相互对视一眼，急救站小院子里的气氛很少这么热络和谐。

以前还不是各人归各人，都在自己屋里磨叽，换班的那些张医生、李医生们，要不在准备考研，埋头在一堆书里；要不在忙着玩游戏，对着屏幕咬牙切齿。三餐对付着，睡觉也是对付着，一心一意等着值班的这天过去，快点离开这地方。一天说不了几句话。

这被流放改造的帅哥，除了长得养眼之外，其实也是张医生、李医生里的一个，马虎任性的糙老爷们。可是，修理地球的女生一来，急救站的生活水准，好像"蹭蹭"窜高了一截，人和人的关系也柔和了好多。真让人挺感慨的。

第三章

合约

小小院落安静、无聊、空气清新、生活节奏缓慢，像大海里的一个孤岛。

01

吃了睡，睡了吃，习惯出车的规则，陈皓岩觉得在乡下的日子过得又轻松，又新鲜。

早晨睡到自然醒，中午再补个觉，十点一过就上床，连续几天瞌睡是彻底醒了。手机不离手的习惯也没了。他在大香樟树下拉了个绳床，有时候就在树荫下躺着、晃着。没几天的工夫，晒得皮肤更加黝黑，显得眼睛更亮，牙齿更白。

罗丹青大概也是欠了很多的瞌睡，心情也的确欠佳，到急救站的第一个星期里，只字未提要改善院前急救的问题，吃了睡，睡了吃，也没有像政委似的，找哪个深入地聊工作，更加没有打了鸡血的那种干劲。

床铺和桌面收拾得很干净，杂物极少，床褥之间经常有柑橘的淡淡香味。拿起电话来简单干脆，不太看视频，手机经常扔得远远的。陈皓岩注意过，她的手机屏保是球场上的梅西，和人说话的时候，目光灵动，一双杏核眼像是可以看到对方的心底里去。

她不化妆，整天运动裤加白色T恤的，白天和晚上都一个样。傍晚洗完澡的时候，带点小卷的短发覆在额头上，有了点俏皮，十分感性。

她很静，不太聊天，没有说起过医院里谁谁谁的事情，也没有说起自己的什么事，一个人喂猫、运动……看不出情绪变化，唯独开启电脑的时候就会习惯性叹口气。汽车后备箱里倒着几本纸书，枕边放着本折页历史书《枢纽》。休息天的时候，喜欢泡一杯绿茶，那种尖而秀气的碧绿色的叶子，在透明的大玻璃杯里沉浮。寂寥的午后，偶尔会露出茫然无措的神情，像是存了些心事似的。一见有人来，这捕捉不定的神情立即消失无踪。

　　至于跟陈皓岩相处的模式，介于兄弟和女生之间，没有硌得慌的地方，也不是电视剧里的"白骨精"。

　　小小院落安静、无聊、空气清新、生活节奏缓慢，像大海里的一个孤岛。陈皓岩心里自然而然的一份喜欢，润物细无声似的，丝丝缕缕地滋长。

　　出车回来，若是有什么不明白，就问问她，两个人讨论几句，又翻几页书。

　　休息天，罗丹青开车到急救总站去拖了两个残破模型过来，副站长陈姐把一些不用的操作工具一起找了出来。模型往"实训室"的地上一搁，西晒的那个房间忽然就有了点正经"实训室"的味道。瑜伽软垫上，横着一个心肺复苏用的"安妮"，桌子上放着个练气管插管的模型，一托盘的训练工具：喉镜、皮囊、针筒……

　　等她收拾好实训室出去，再回来的时候，看见那面大大的白墙上贴了一张2021年欧洲杯的日程表，英格兰队的全家福贴在一边。

　　"嗤。"她站在墙边看了一会儿日程表，意识到给新冠疫情推迟了一年的欧洲杯，几天后，6 月 12 日即将开赛。大部分赛事都在后半夜，他在实训室里贴这个，自然是在诙谐地抗议，委婉地跟她捣蛋。

她伸头往楼下的篮球场上张望了一眼。陈皓岩正在树荫下练俯卧撑，肌肉线条清晰，背部是一个轮廓清楚的 V 字形。长得是真好看。

过了一天，罗丹青把意大利队的全家福贴在日程表的另一边，仿佛在跟对面的英格兰叫板似的。

"嗯，年纪比较大的女球迷，都迷意大利。"他有意无意地撩拨她。

"我赌意大利冠军。"罗丹青叉着腰说。

他靠在墙上，抱着手看着她："一场一场来，直接赌冠军是伪球迷的表现……每场赌个输赢，下个注，不然看球没劲。"

"你输的话，跟着我急救训练两小时，总时长累积！次日结算。"罗丹青轻笑了一下。陈皓岩悻悻地白了她一眼，钦差大臣的马脚终于露出来了。

陈皓岩挑了挑眉毛："你输的话呢？"

"我帮你出车两次，让你尽情补觉，尽情看球。"罗丹青说。

陈皓岩点头："成交！小组赛期间暂时就这么着，等到淘汰赛再加注。"心头不禁涌过一丝窃喜。再过三天，欧洲杯小组赛就开始了，密集的赛事，有很多机会可以腻在一起，不愁没有机会。

她帮自己出车当然是最好不过，但是主动权在自己这里，若是赢太多了，可以让让她，再厉害的女生，也是需要哄的。

急救站里司机值班室有电视机，楼上的值班室她的手提电脑也可以看，手机太小，但是连接投影仪的话，也未尝不可。

"成交。"罗丹青满意地点头。

电击后心搏骤停，心肺复苏20分钟。

02

"出车！"忽然楼下传来老彭大声的吆喝，"罗孚东厂区一个电击伤！"

陈皓岩一听出车就往楼下跑，今天是他当班，套上衣服跳上车，罗丹青听见是电击伤，也从楼梯上迅速跑了下来。

"萍姐呢？"陈皓岩问。

老彭不吱声，偷眼瞟了一下罗丹青，径直准备启动车子。萍姐不在值班室里，也不在院子里。她的工作衣挂在护士值班室的门口，电瓶车不在车棚里。老彭的沉默带着点心知肚明的默许。

"唉，等我一下。"罗丹青也不多问，套好了工作衣跳上了急救车。

老彭"噗"地一声，把嘴里的烟头吐向车外，迅速启动了车子。

"医生，厂区门口有保安带你，现在告诉我们怎么办？"电话那头的声音听上去像个挺有主意。

"培训过心肺复苏吗？摸颈动脉，开放气道，胸外心脏按压！"罗丹青接过手机大声说。

"培训过，不过我们都不大会，你别……别挂电话，我听着，你说，我们做！"

"把病人放平地上，扣子解开，叫叫看……摸动脉……没有搏动就在胸口按，持续按不要停。我不挂电话，你们赶紧动手！"罗丹青把电话扔到陈皓岩手里，自己赶紧拿过抢救箱来，戴上手套，准备气管插管的物品。

"速度加快一点，1、2、3、4……"陈皓岩在手机里继续回复着。手机里传来乱哄哄的声音。

距离城西急救站两公里左右，有一大片厂区，建筑的顶上挂着大字"罗孚"，仿佛是生产光纤材料的合资企业。门口有个骑着电瓶车的保安等着。急救车拉着警报从厂区门口长驱直入，保安一路骑着电瓶车带路。

他一路带路，一路大声对急救车里喊："是装配车间一个新来的小伙子，才刚上工没几天，还不大懂事，师傅一个没看牢，就闯祸了。手都烧黑了！"

老远就听见"1、2、3、4……"的报数声传来。

"快……这里……我们一直在给他按。"站在旁边的工头对着急救车大声喊道。

罗丹青和陈皓岩跳下车来，只见车间里的一块平地上，一个穿着工作衣的小伙子平躺着，三个年纪略大的工作人员轮流在做胸外心脏按压。动作并不到位，但是工人的力气都很大。罗丹青拎着气管插管的插管箱就跳下车，飞奔而去。

"他能活吗？"

"心还在跳吗？"满头大汗的工人们七嘴八舌地问道。

"继续按，我要给他气管插管。"罗丹青迅速地摸了一下病人的大动脉搏动。这电击的一下十分厉害，他的手心、手臂有一块焦黑凝固了。他闭着眼睛，像是一眨眼就能醒来说话，又像是一具人体模型。剧烈的胸外按压下，他的脸色没有出现青紫的异常表现。

罗丹青跪在地面上，迅速打开气管插管箱，打开喉镜，她给了陈皓岩一个眼色，示意他到一边来帮把手，这被电击的小伙子应该还有机会。

喉镜迅速地挑开，气管插管顺利地进入声门，罗丹青把插管接上皮囊，递给陈皓岩，示意他手捏皮囊。自己手里忙着注射气囊，用胶布固定气管插管。一个看似工头的中年人问："我们需要继续吗？"

"继续，不要停。"正在操作的她断喝。几个工人于是在那中年人的吆喝下，继续有力地做着心脏按压。

罗丹青抽了一支肾上腺素从气管插管内注入，手里接过皮囊，一边有规律地给病人人工通气，一边指挥着陈皓岩把担架推过来，接载病人。

"不要停，师傅，你们做得很好，请两位跟车过去，路上按压也不能停。"罗丹青大声地对工头说道。

也许是她那干脆利落的操作手法很有震慑力，也许是斩钉截铁的口气让人有了主心骨，在场的几个工人大声答应着，跟着她的指挥。继续轮流做着胸外按压。工厂区里附近的工人都闻讯跑过来帮忙，病人很快给移到了急救车里，罗丹青迅速地接氧气，安装监护仪。

"稳着点，走喽。"老彭向车厢内的人们吆喝道。车子一启动，惯性中，还在持续胸外按压的陈皓岩一个摇晃。罗丹青正在安装心电监护，身子一个不稳，跌坐在地上，背脊撞在车厢壁上。

"哦呵！有心跳。"罗丹青看着监护仪上的波形喊了一声，"不要停，不要停，心脏还没有有效搏出。"她灼灼的眼睛看着监护仪的波形。

车厢内空间狭窄，陈皓岩跪在担架边，给病人继续做着胸外心脏按压，按压幅度和节奏比几个工人看上去要有效得多。两个大汗淋漓的工人坐在一边看着。

"停，停……"罗丹青喊道。陈皓岩停下按压，只听监护仪发出有节奏的"滴……滴……滴"的声音，有规则的 QRS 波群[4]从屏幕上划过。

"有自主心律了！"罗丹青说。她摸了一下病人的颈动脉，脸上不由自主地露出了笑容。陈

---

4 QRS波群（QRS complex）反映左、右心室除极电位和时间的变化。

皓岩欣喜地看她一眼。额上的汗，淋淋漓漓地从脸颊边滑下，六月的天，连续两三分钟的胸外按压，体力消耗也是极大。

罗丹青一只手捏着皮囊，另一只手拿过值班手机，想给急诊室打电话，一看急救车已经转过了最后一个十字路口，转入了第一医院的大门。

车子风驰电掣，一转眼间停在第一医院急诊室门口的平台上，担架从急救车里拉出来，抢救室里当班的医生和护士已经站在门外等着病人……一见罗丹青手里捏着皮囊，急诊室当班的护士们都不由得"呵！"了一声。

"电击后心搏骤停，心肺复苏20分钟。"罗丹青向徒弟许烨交接班道。

一通七手八脚地上监护，上呼吸机，开通静脉。罗丹青和陈皓岩一边洗手，一边远远看着抢救室里的忙碌。

她回头看着满头大汗的陈皓岩，他的背脊上汗湿了一大片，额头上汗气蒸腾。

"他会活吗？"他用袖子抹着汗，眼睛专心地注视着那边的抢救，神色有点期盼。

"机会很大，明天我打电话问问就知道了，不信你看着。"罗丹青挺有信心地说。

陈皓岩不禁驻足，站在抢救室的角落里看了一会儿。当班的许烨正手里拿着除颤仪，喊一声"躲开"，床周围正在操作的几个人同时闪避，电极放电，病床上的病人在220伏的双向电波下，肢体强直地抽搐一下……训练有素的团队，抢救的场面忙而不乱，熟极而流。

许烨医生是陈皓岩同届毕业的同学，一同到医院报到的，又是从小一起玩的伙伴，他……挺在状态的，看得出骨子里的自信。陈皓岩不禁看了看罗丹青，往常从急诊室经过的时候，也会看见她，她是这里的指挥官，凌厉、干脆、英姿飒爽……可是此刻她的脸色有点苍白、萎靡，皱着眉头，连许烨用眼神跟她打招呼，都有点心不在焉的。

急救车回到城西急救站，罗丹青下了车，走路有点一瘸一拐，只见她跟跄着，到医生值班室的床上坐倒，把裤管拉起来看自己的膝盖。

左侧的膝盖蹭破了，起了一层油皮，沁出了鲜红的血珠子。这多半是刚才在厂区，跪在水泥地面上操作的时候蹭破的。刚才在精神紧张的状态，一点儿都不觉得痛，回到急救站一走动，才发现膝盖擦伤的这一片不轻。陈皓岩赶紧从车上拿了消毒的棉签和碘伏过来，蹲在她跟前，给她消毒伤口。

"我自己来。"罗丹青往回收了收小腿，有点羞涩。

"让我效劳一下的机会都不给？"他扶着她的小腿，用碘伏棉签消毒皮肤破损的新鲜伤口，轻轻吹一下，仰头朝她看看，一双眼睛看得罗丹青一怔。

洗完手，他把大运动水杯倒满了水，递到她手里。她又是一怔，大热天的抢救，出了一身汗，衣服全部汗湿，一回急救站就渴得很了，膝盖上有伤才忍着没有直接去喝水，递过来的是他的杯子，干净清透。喝还是不喝呢？她接在手里，有片刻的迟疑。

她忽然从床上站起来，一瘸一拐快速走到水龙头前，"哇……"地一声吐了起来。陈皓岩赶紧过去扶住她。

她扶着胸口，顿时把胃里吐了个干净，翻江倒海的感觉一阵接着一阵："没事，车上太晃，有点晕车……"他替她背上轻轻拍着，难怪回程的时候，她一声都不吭，原来已经反胃了。

"救护车上干这干那，就是容易晕车……打电话还行，不能看屏幕。"老彭见怪不怪地看了看罗丹青说，出车之后头晕目眩的医生也不止一个两个，老彭见得多了。

刚在车上，又是捏皮囊，又是调整监护仪，车子转弯的速度快，摇晃颠簸得厉害。往常出车，她是从来没这么眩晕过。

她在水龙头前好一阵子，还没有缓过劲来，扶着膝盖、弯着腰，恶心得眉头紧皱。

"出趟车，又是负伤，又是晕车的……损兵折将。"陈皓岩扶着她。等她缓过劲来，在水龙头边漱完口，他架着她，一瘸一拐地回到值班室里。

"你躺躺吧，别动了……"扶她躺下，他忍不住坐在床边摸摸她的头发。见她呕吐过后，白皙的脸蛋涨出了一颗颗出血点，心里大为怜惜，握着她的手，替她在合谷穴上揉捏着。在现场，自己除了胸外按压之外，也帮不了她多少忙，所有的仪器设备，都仗着她来操作，不禁有点惭愧。

萍姐不知什么时候回来的，闷着头默默往急救车上补齐装备。陈皓岩往窗外看了一眼。萍姐在值班的时候跑出去了，没有及时出车，在急救站算是违反劳动纪律的行为，如果让总站知道，轻则扣罚奖金，重则通报批评。看样子，老彭应该是心知肚明，故意不吱声的。

　　陈皓岩老远望了望，萍姐阴着脸，一言不发，一副心事沉重的表情。

　　这几日处下来，大致知道，老彭是个性子挺闷的人，不爱聊天，不爱多说话，戒心挺重的，等闲不跟医生聊天。天气炎热，不止一次看见他身上的手术瘢痕了，依着骨科专业的评估，这该是做了六根肋骨的内固定。他大概是经常腰背酸痛得厉害，闲了就用橡皮榔头敲背。

　　萍姐是个挺弄得灵清的护士，做事情麻利，脑子清楚，跟人相处也是挺圆熟的。每次出车回来，她及时地补耗材，登记信息，清理担架和车厢，一落手全部整理清楚，让车内车外处于"待命"状态，那种习惯该是大医院里待久了养成的习惯。照说这样的角色，年纪又是才四十上下，正是大医院护理的主力军，不知道为什么长期待在这偏远的城西急救站。

　　小玲就没那种好习惯，动不动得老夏吼她一下，才拖泥带水地把该完成的活收尾完成，一点儿不自觉。

　　"她有过几次不出车，不知道哪儿去了。"陈皓岩放低了声音，在罗丹青耳边说。

"你去打探，行不行？"罗丹青轻声说，她此刻说话都有气无力，像是央求，也像是撒娇。

陈皓岩立刻就明白了，不说好，也不说不好，只是低头，替她继续按压着合谷穴。罗丹青很想把手缩回来，可那酸溜溜的感觉，从手背上传来，像酸甜生津的话梅，让胸口泛上来的阵阵不适逐渐平复。他的身躯，就靠在身边，感觉得到那种强劲的热力。她竭力忍住想靠过去的冲动，那种被人抚慰疼爱的感觉，太稀有了。

月明星稀，风吹过树叶，"刷刷"的声音从远到近，一阵子如同波涛起伏。趁着老彭和萍姐在楼下看电视的功夫，陈皓岩到楼上去看了看罗丹青。她晚饭没有好好吃，像是很疲乏的样子，靠在床上有一搭没一搭地翻着书。

"好些了么？"陈皓岩坐到她床边上问道。

"好一些了，有点头晕。"坐得太近，她有些局促，放下手里的书，坐直了身子，跟他拉开些距离。陈皓岩又看了看她的膝盖，裤管拉高了，露出的膝盖青紫了一块，破皮的地方有些渗液。他径自用碘伏棉签为她消毒伤口。

"那个人醒了。"罗丹青看着他说。

急诊室的日班早把好消息告诉了她。许烨是罗丹青的"亲传弟子"，手把手教的基本功，眼下独立上抢救室的班了，跟带教老师还是亲近得很。

病人在送到急诊监护室之后两个小时，就睁开了眼睛。及时抢救的结果简直是立竿见影，到了下班前，就把气管插管拔掉了，心律失常没有再出现。

从心脏停搏到脱离危险才几个小时时间。病人厂里的几个老师傅在抢救室门口都激动得要命，厂里的主要领导也来了，小鬼的家里也来了人，对着急诊科千恩万谢的。

许烨迫不及待把这个好消息发给了罗丹青，他拍了一张病人的照片，发了个微信过来。

"要不是你，估计他顶多也就成个植物人了。"许烨发了条语音。

罗丹青拿过手机，把照片给陈皓岩看，照片上，那小子顶多不过二十岁，黑黝黝的脸上戴着氧气面罩，一双淳朴的眯缝眼已经十分有神，仿佛睡了一大觉醒来，明天就能跳下床来上班似的，外观上并无多少病容。手掌上缠着绷带，电流通过的灼伤看不清轻重。

"你看，他从鬼门关回来。大脑皮层能够耐受完全缺氧的时间只有 4 分钟。"罗丹青说。

"碰到你，他撞大运了！"陈皓岩笑道。

"罗孚东厂的心肺复苏，是我们急诊的护士去培训过的，要不是那些工人当场就在按压，他准定活不了。"她并不居功。

"这是我第一次帮忙插管，以前没弄过真人……我都不知道该怎么帮好。"陈皓岩说。

在工厂区，看她做气管插管的时候，他手心里都是汗，看她插管、固定、连接人工通气，这干脆利落的身手，心里生出隐隐的羡慕和佩服。若是出车的时候，她没有跳上车，靠自己哪会弄这些呢？顶多就是在车上继续做胸外心脏按压。

回想起来，这二十分钟时间，若不是有效地插了气管插管，用加压面罩来通气，绝对达不到一样的效果。况且车上还没护士帮手。他撇撇嘴，沾光了，这成功的抢救，至少自己也参与了，与有荣焉，不是路人甲、路人乙……

"急救车上的转运，有十二分钟时间，对高级心肺复苏来说，这时间很要紧……"她看着他，温柔地说。

十二分钟！陈皓岩听到这个耳熟的词，豁然就想起……原来她笔记本第一页上的那几个字，是这个意思！

"哪会人人都有你的本事。医院里找得出几个来？"他怜惜地看看她，脸上剧烈呕吐留下的出血点还没有完全消退。

"你学一下，行不行？"她歪着脑袋看看他，仿佛是征询意见，也仿佛是调笑。

"行。"他敷衍地答应道。

她的大本子就搁在床头柜上，新的一页上，又添了好些混乱的笔迹，他忍不住想看看她在想什么：

> 电击伤案例：落实人工气道的操作；晕车！；车上需要瑜伽垫（心肺复苏的时候膝盖疼）；肾上腺素的气道内使用方法可以贴标签。

啊！多少有点明白，她为什么成天待在急救站了，他涌起一阵感动，她是一个胼手胝足亲身去感知每一个困难的人。

果然城西急救站，哪个都是"有点啥"的。没点毛病谁愿意长期待在这么个荒郊野外的地方。

03

隔天，陈皓岩找小玲聊了一会儿。站里这几位，恐怕都得过萍姐的嘱咐，萍姐私人的事情避着点罗丹青。老彭怨气重，老夏脾气暴躁，唯独小玲，心眼还没那么多，对帅哥格外友好，陈皓岩一问，她就把知道的底细原原本本都说了出来。

她有个独养女儿，初二就休学了，现在天天在家里，让外婆看着。好的时候挺正常，不好的时候，动不动想自杀。学校不敢收。老师叫家长带回去，治好了再上学。

小姑娘自己不承认有病，为了吃药，闹得厉害，外婆没有这么多力气看住她，萍姐不在家她就偷偷地不吃药。

萍姐本来在第一医院都快提拔当护士长了，女儿一生病，她请假多，护士长这事情也黄了。后来女儿好几次自杀，她慌了，申请调到急救站常驻，一则为了离家近，二则，万一女儿哭闹、不吃药，可以随时偷偷溜出去看一下。萍姐的老公在外头有人，她现在也不吱声。她说，现在不是比气性大的时候，为了女儿能够消停些，什么都忍了。

"难怪，她往常是经常需要到家去跑一趟，应个急，对吧？"陈皓岩说，心里不禁对萍姐涌起了一阵同情。人到中年，谁也顶不住这种折腾法。

"家里外婆电话一来，她就得去看一下，有时候误了出车，全仗着老彭替她担着责任。"小玲说。

陈皓岩不禁叹了一声，苦笑了一下。果然城西急救站，哪个都是"有点啥"的。没点毛病谁愿意长期待在这么个荒郊野外的地方。

欧洲杯在后半夜三点钟正式开始了，第一场是土耳其对阵意大利。

罗丹青望一眼日程表，在小组赛第一排，径自用记号笔在意大利下面标了个罗字，在土耳其下方标了个陈字。相视莞尔，赌球是学生时代的事了，充满了青春的荷尔蒙。两个人虽说有年龄差，但共同的兴趣点倒也不少，混得挺投缘的。

自从欧洲杯开赛，实训室就成了真正的训练场地，日程表上贴着一张一张的彩色便签纸，记录两个人赌球的成绩，白天，陈皓岩被罗丹青拽着做各种训练，心肺复苏、气管插管、手捏皮囊人工通气、电除颤……

"高级心肺复苏，不过是分解动作组合的而已，每个细节都得练到有肌肉记忆。"个子娇小的教官一本正经地指点陈皓岩训练。

陈皓岩惊讶地看着她演示急救操作，按压的深度，按压的频率，都跟自动程序控制似的，精确得毫无误差。他若是露出懈怠来，她的指节就会在他的板寸头上"笃笃"敲两下。

"气道开放不够！面罩固定不要漏气！"两个人在没有空调的

实训室里，练得大汗淋漓。

老彭不算非常铁杆的球迷，后半夜的球赛基本不看，萍姐对球赛无感，后半夜的球赛就只能在楼上的值班室用罗丹青的手提电脑来看。

若是陈皓岩赢了，罗丹青会替陈皓岩出车。他有时候会双手插着腰，看她上车，带着一副孩子气的得意神态。深夜的距离感，被罗丹青控制得很好，他心里暗暗地有点佩服她，半夜看球的时候，她不会让他有机会坐到贴近的距离。室友就是室友，清晰的边界感让人放心。

每天早晨，空气清凉，通风良好的时候，实训室里的操练就开始了。罗丹青有一套既定的教程，往常新的医生轮转到急诊室，都由她来带教，好几年弄下来，她这个资深教官对新手有没有掌握技巧拿捏得极准，陈皓岩那粗制滥造的动作、不求精进的心态就妥妥地被她看个一清二楚。

这大个子，聪明是没问题的，就是不肯把基本功扎扎实实地落到实处，而且他自己还不觉得这是个事儿。罗丹青心里轻叹一声，自己在他这个年纪，早就悟了。医生的基本功就像一块一块的砖头，如果哪一块质地不结实，摆放不稳当，金字塔是无论如何都垒不高的。大个子眼下受的教训还不重，不过是给科主任骂一顿，处罚一下，到现在还在职业的懵懂期，茫然不觉问题所在。

"右手交左手，左手的精准度差，不要自己改流程……"她演示使用喉镜的技巧。

"注意固定的胶布每次都是一个方向……"她在旁边不停地提醒他。语气有点控制不住的火气的时候，大个子会出工不出力地耷拉着脸。

"每次都要听诊两边呼吸音，不能只听一侧……"

看着大个子的耐心已经达到极限，赶紧松一松气氛，给点甜头。"有进步。"从冰箱里拿一罐冰冻可乐来给他。

"有没有人说你像……樱木花道，入门时间不算长，聪明倒还有点的！"她放软了声音哄道。

陈皓岩一边喘气，一边犟嘴："救电击伤的时候，你有我帮手，还有工人按压，你自己想想，如果就我一个人去，练得再熟有什么用？你长几只手？"

"现在这个程度还没有用，继续练一阵会有用的。"温柔的声音没有一丝一毫懈怠。

"如果就是你一个人在，小玲帮手，没有工人帮忙，你怎么弄？"

她把秒表递给到他手里："你看着表，我演示给你看！"

"好吧好吧，继续，继续……"陈皓岩叹一口气，看着她精确的操作，一项接一项，像编织细密的组合拳，半点还嘴的余地都不给。

黄梅雨季，空气中弥漫着饱和的水雾，淅淅沥沥的小雨一直在飘，小玲无事可做，一边摆弄她的直播器材，一边看两个人操练。

小玲的一大堆直播设备都搬到实训室里来了，实训室的一角，现在被她当作直播室利用了。在楼上直播，声音吵不到老夏。而且，换到二楼实训室之后，采光良好，窗外就是大片绿色的田野，一派田园风味。

她的器材并不占地方，比较显眼的是她的那个橘黄色拉杆箱，就搁在实训室的角落里。这个拉杆箱里有各种型号、各种尺寸、各种材质的卫生巾，是小玲的"赚钱营生"。小玲的直播间，就是手里拿着个卫生巾，话痨般地介绍卫生巾的各种优点。

"知道吗？我前天拍了段视频，发 B 站上了，一天点击量十万多呢！"小玲用手机镜头对着正在训练的两个人笑嘻嘻地说。

陈皓岩练完一遍气管插管，放下手里的器械说："给我看看！"

"颜值就是正义，只要长得好看，网上围观的人，多了去了！"小玲笑道。

罗丹青把头伸过去看小玲的手机，那是头一天训练，陈皓岩的手里毫无轻重，满把抓着喉镜的样子像持刀行凶。咬牙切齿的表情，笨拙的动作……终于插进了管子，恨不得多长一只手来帮忙固定……毛病百出的操作，配了一段星球大战的背景音乐……最后是他长出一口气的表情，像做完了坏事的哈士奇。不过，他的脸庞轮廓分明，手臂的肌肉线条极之优美，肩膀宽阔，不管怎么搞怪都是帅的。

这段急救训练点击量奇高，网络上的看官们在评论区留下了好多搞笑的回复。

"我不要插管，直接给我吹气嘛……我准备好了。"

"好帅，死在他手里，我都闭眼了……"罗丹青念了一句，哈哈大笑，对这网络上豪放的狂蜂浪蝶，笑得前仰后合。

陈皓岩看见自己一塌糊涂的动作，又见两个女生各自笑得前仰后合，恨不得当场挖个地洞钻进去，手里的喉镜往盘子里一丢，气呼呼地跑水龙头上洗手去了。

一场分手，进行得文明又锋利，连冷战都没有，交割清楚，直接解约。

04

黄梅天的绵绵细雨，雾蒙蒙地下着，一阵大，一阵小，细密的雨丝绵延向远方。空气中弥漫着栀子花的甜香。一辆黑色的私家车从雨中驶来，缓缓地停在了急救站的篮球场上，电动车停车的声音带着空落落的回音，一个中等个子的年轻男人从驾驶室里钻了出来，站在值班室跟前，仰望打量着面前的矮房子。

"丹青！"他看见二楼正往下张望的罗丹青，扬声叫道。罗丹青脸色一变，从楼上迅速跑了下来。

气氛忽然有点凝重，罗丹青带着那个男人走进医生值班室，关上门。

陈皓岩停止了操练，在湿漉漉的篮球场上玩起球来，他看到小玲在楼上用手机镜头对着他，恶狠狠地瞪了她一眼，不加理睬，自顾自运球，上篮，投篮。他的注意力，却有一线紧紧地缠在关着门的医生值班室里。

小小的值班里，仿佛有低声的对话，有沉默的僵持。过了一会儿，门"砰"地打开，那个男人走出来，脸色平静，径直往车里去了。罗丹青双手环抱在胸前，走到门口。默默地注视着这车子启动……调整方向。他没有回头再看一眼，车窗都没有打开。

陈皓岩放下球，走到她身边。她的神态冰冷，身上仿佛被坚硬的盔甲笼罩。

车内的人应当是在逼视，尽管隔着车窗玻璃，看不到他的神态，但感觉得到那种冰冷和敌意。再过一会儿，车子启动，静静地从小路上驶了出去，被几个土块颠簸得十分优雅。

罗丹青轻轻把头靠在陈皓岩的怀抱中，他有片刻的诧异，立即用强壮的手臂环绕住她，温柔地侧头轻吻她的发丝。车子的后视镜里，那冷冷的目光仿佛能折射过来，陈皓岩用敌意的目光看着黑车。

罗丹青知道，他还在冷冷地逼视着自己。他从来没有给她温柔舒适的感觉。笔挺的西装，有礼的举止，他的一切都恰如其分。

恼怒夹杂着一丝报复，胸中的一口浊气像翻腾的岩浆，随时都会喷发出来，她有一点发抖，抱紧了陈皓岩，身体紧紧贴着他，脸贴着他的胸膛。

雨点密集，黄梅天的雨大一阵，小一阵，等车子消失在小路上，罗丹青松了一口气，弯腰拿起篮球。

陈皓岩问："他是你男朋友？"

"现在不是了。"她投篮，篮球打在篮板上，转了一圈，轻轻落入篮筐里。

并没有回头的路在她眼前，他只是来谈财务的分割，说定时间，把各自的私人物品彻底分开，从此往后再无瓜葛。冷冷的语气更像人事科谈解除劳动合同。

"丹青，我很遗憾，我们相互还是不要再提起这事，对将来的家庭没好处。"

"没问题。"

"私人物品还是各归各的好，本来定的婚纱照，损失的定金，我们分摊好了。"

"没问题。"

"你父母送我的见面礼在这里，原物奉还，我希望……"

"没问题，原装的盒子都在，原物奉还，请他们见谅。那些首饰我没有戴过，如果需要清洗的话，我负责清洗完毕送还。"

两个人都尽量发挥着自己的精明厉害，把损失降到最小。把一场分手，进行得文明又锋利，连冷战都没有，交割清楚，直接解约。

密集的雨丝打在脸上，陈皓岩沉默着陪她玩着球。不久前他的分手轰轰烈烈，那女生一脸的愤恨，红肿着眼睛，抓着他的前襟质问他，声音都沙哑了。可是世上没有靠吵架可以维护得长久的关系吧。情绪冲昏头脑的时候，来一场不计后果的发泄，年少的她显得那样幼稚。

"不如，你做我的女朋友吧。"他撸一把脸上的雨水。

"胡扯。"她苦笑，转身投篮。

"我喜欢你，你也不讨厌我……半年内我们俩哪里都去不了，早早晚晚腻在一起，何必要把这里当成修道院？"他朝她看着。发丝湿了，一个小卷一个小卷地围在脸庞，她的目光游离不定。

"半年内，相互保持忠诚专一，不用猜来猜去，也不用考虑婚姻这么麻烦的事。"

"半年之后，结束……"罗丹青说。

"可以。"

罗丹青抹一把脸上的雨水，走回屋子里去，极小极小的声音，传到了陈皓岩的耳朵里："我考虑一下。"

罗丹青在水龙头下抹了把脸，学着陈皓岩一样冲了冲头，用力甩一甩发丝上的水珠。两年来，陆某人说过喜欢吗？好像没有！陆某人眼里，自己职业高尚、收入稳定、教育良好、家庭清白、处事圆熟，他从里到外，彻彻底底就是个人事科干部，为他的家庭，在面试一个新成员，喜欢在他眼里是很肤浅的，合适才长久。去他的！

身体停止了颤抖，但是心里仍然翻腾着愤怒的岩浆和烦躁的戾气。

陈皓岩继续在场上跳跃着，黝黑的肌肤，矫健的身材，引得小玲站在二楼的栏杆前，又用手机镜头又对准了他。他长得真的好看，充满力量感，就冲这好看，他的邀请就让人动心。

"课间休息结束，你还欠我三个小时四十分钟的课时。"罗丹青探出头来，从二楼的走廊上向着篮球场上大声喊道，语气像一个训练新兵的教官。

"来了。"陈皓岩放下球，跟着她回到实训室里去。

"他们俩相亲相爱，就是为民除害，你看个热闹得了。"

05

连续几天操作训练，陈皓岩感觉得到罗丹青的不同，她在细节上，是完美主义的，一个多余的动作都不允许有。就说这气管插管吧，手指的位置，胶布的长度，皮囊按压的位置和幅度，精准到苛求的程度，每一次的操作重复都没有偶然。这些动作在她手上，已经长成了肌肉记忆，顽固、精巧、迅捷。她也如此这般地要求他。

他在做操作，她就一脸不满意，恨铁不成钢地看着他手里的动作。

往常在医院里训练心肺复苏，几遍也凑合着过了，谁要是这么来要求他，他早不耐烦了，也没人会费那么大劲来盯着。可眼下正一心一意地讨她欢心，他当然耐着性子受她管教，一遍一遍地按照要求来重复。

"在模型上练得再好看，看见真人，我还是不敢插……"他懊恼地顶嘴。一边练习，一边想象着曾经遇到的溺水的病人、那个被电击的工人，要自己一个人去面对一场抢救，除了不敢，还是不敢……

"溺水的病人，你插得进，你拿喉镜的力气比我大得多，声门可以暴露得清清楚楚。"她不生气也不让步。

"还欠我五个小时二十分钟。"罗丹青给他纠正动作，口气像个讨债的。然而，她也会耐心地跟他解释："你看，我的手小，所以500毫升的潮气量是两手捏一半，你单掌捏到这个位置就足够了。"手里演示着手捏皮囊，人工通气。

"这样吗？"陈皓岩趁着她的示教，捏着她的手，摸摸手背，不怀好意地看看她。

小玲和萍姐，看见罗丹青在盯着陈皓岩训练，会偶尔过来张望一下。小玲还是个没心没肺的傻妞，没有想到急救实训，总会逼到护士头上来，尽看帅哥的各种洋相。

"虽然不一定顶用，但样子已经从业余选手迈入职业选手的行列……"小玲举着手机拍个不停。

萍姐心里有点感觉，这帅哥对教官的态度，有点特别，空气中有无影无形的电流通过。用网络上的话来说，眼神拉丝，充满张力……她忍不住跟老彭嘀咕了一下："他们俩不般配吧？"

老彭只到实训室来张望过一下，就再不关心急救训练的事了，他用见惯世情的态度冷笑了一声："要你多事。男未婚女未嫁，你管他们配不配……他们不来问你，已经很好了。"

"她好好一个急诊科大医生，也会吃那小子这套油滑功夫。"萍姐心里还是向着罗丹青。她到底是个身家清白、职业前途明朗的好医生。可是陈皓岩似乎也还算上路，并没有纠结她没有准点出车的问题，似乎是有意捺过一边不提。

"他们俩相亲相爱，就是为民除害，你看个热闹得了。"老彭朝实训室看一眼。

后半夜三点，Ｆ组的小组赛，法国对阵德国。这天是罗丹青当班，两个人在楼上打开电脑。老夏的呼噜声震天响，隔着门都听得到。若是吵着了他可不得了。罗丹青把房门轻轻关上。急救站周围沉寂在漆黑一片中，远远的路上有大卡车开过的"轰隆轰隆"声。

"想好了吗？"陈皓岩盘踞在自己的床上，用手托着脑袋，看着电脑屏幕，轻轻地问道。

"好。"罗丹青盘踞在一米开外，自己的床上，干脆地说，她顿了顿，说："不过我们先定一下规则。"

"……你说。"

"这层关系，半年后离开急救站，自动解除。"她说。

"可以。"

"不在医院的同事面前公开。"她说。

"可以。"他似笑非笑地看看她，急诊室的许烨若是知道，第一个得炸毛。骨科主任若是知道，说不定得把他安上火箭发射到火星去。

"行为不能太放肆，这儿是工作的地方。"她耳朵有点烫。

"明白。"他笑得十分暧昧。

"没了是吗？"他挪过去，坐到她身边，在她耳边轻轻地说了什么。

她呛了一声，别过脸去。

"在实训室里折磨我的时候，不要像后妈一样板着脸，经常鼓励我一下，比教训有用……像这样……"陈皓岩笑一笑，打开一包薯片，拿一片，放到她嘴里去，在她脸颊上轻吻一下。

德国队的后卫在门前摆了个乌龙，法国队 1∶0 领先，陈皓岩强忍着惊呼，用手掌拍了拍床。"啊……"他的注意力全部回到屏幕上去了。

隔了半晌，罗丹青紧张的肌肉，终于一点一点地放松了下来。这小子怎么会是善茬，他在她耳边轻轻说的是：发生亲密关系，我会征求你的同意，做好安全措施。

德国后卫的乌龙球，让法国在死亡之组中，用 1∶0 的小胜赢得了宝贵的 3 分。而在这个寂静的半夜，她开始人生中一次从来没有过的冒险。

罗丹青揉了揉自己的脑袋，如果不是在这个封闭的城西急救站里，自己不会和一个这样的男生混成这样。可是除了名利、事业、忙碌、风光，哪个女生都想要旖旎和温情，跟那种冷酷无趣的男子混足整整两年，分手连点回忆都没有，除了厌烦，胸口有团无名火，只要一想到这回事，恶狠狠报复的念头就按捺不住。

陈皓岩轻轻靠到她身后，伸手在肩膀上替她揉捏几下，酸爽难耐的感觉让她轻轻呻吟。

第四章

实训

每一轮班次，都在把任务往前推进一步。

01

罗丹青的褐色真皮面笔记本总是摊开在桌子上，笔迹混乱得很，时大时小，有时候是黑色的圆珠笔，有时候是墨蓝色的圆珠笔，她总是忽然想起什么来，再往上添，一边计划，一边变化……字迹笔力厚重，顶天立地，眼下这一页上，罗列着需要操作培训的目录：

心肺复苏、气管插管、电除颤、人工通气、安装心电监护……

黄梅雨季已经热得很了，清晨和黄昏，他们都在一遍一遍的重复练习中度过。罗丹青已经改造了急救站的住宿条件、解决了吃饭问题、准备了实训室，现在正在修理这个骨科男医生，每一轮班次，都在把任务往前推进一步，陈皓岩过关一项，她就会在后面打一个钩。

陈皓岩那本《内科学》，搁在包里，本想着趁空翻翻，也得对得起科主任，结果到现在，忙着看欧洲杯，拿都还没有拿出来。一天一天与她在一起度过，真切的感觉，是她始终如一地在改变着什么。

早上的穿堂风吹过实训室的窗户，带来窗外植物的清新味道，清凉的清晨时光，他打开手机的QQ音乐，轻轻地放自己喜欢的音乐，让枯燥的训练带点浪漫的滋味。

"这是什么歌？"罗丹青问。

"《夜航星》。"陈皓岩手里不停，答道。

她侧耳凝神听着歌词："好听……"

陈皓岩一边做，一边发牢骚："心肺复苏的病人又不是很多，其他病人转运，急救车上整不出什么花样来。"

"心肌梗死的 D2B 时间[5]最好控制在 90 分钟，卒中的溶栓时间窗是 4.5 小时，病人到急诊的每一秒都很宝贵，如果能在急救车上就开始检查和抽血的话，最后的结果会很不一样。"罗丹青看着他。

"做了心电图，我也不会看。在急救车上折腾，节省那几分钟，颠得头昏脑涨，有什么意思……"陈皓岩悻悻地说。重复了几十遍电除颤操作之后，他的手里也快长出肌肉记忆来了，手里的活已经不难看。

罗丹青看着他那无所谓的脸，忽然像是悟到了点什么。她跳起来，迅速地用原子笔在大笔记本新的一页上写："院前急救的意义。"

罗丹青是在急诊科的一亩三分地上混大的医生，急诊科的流程对自己来说，早就熟极而流，来了胸痛病人，考虑心肌梗死，立即做心电图，立即抽血，通知胸痛中心团队，通知导管室准备……习惯了这个套路，抓紧急救的时间就是急诊科医生的一种习惯，见怪不怪。

而陈皓岩的知识库里，心肌梗死的流程非常模糊，非常概念化，骨科病房若是碰到了疑似心肌梗死的病人，叫心内科急会诊就

---

5 指 door to balloon time，即患者入院至球囊扩张的时间，是急性心肌梗死病人能否及时获救的一项重要指标。"D2B 时间"的国际标准是 90 分钟。

行了，所以他怎么会在乎 D2B 时间？心电图的识别早一分钟，晚一分钟，在他看来，也差不了多少。抽血早一分钟晚一分钟，只是化验单角上的一个数字，他怎么会重视院前急救的效率？急救站的跟车医生们，大多都像他一样，大家的认知和专门做急救的医生是不一样的。

罗丹青有点顿悟，要想改善十二分钟的效率，先得让急救车的参与人员都知道为什么要这么做，她有点兴奋。

"想到新的招式折磨我了？"陈皓岩放下手里的器械，小心地看看她。

"明天开始，我们加理论课……行不行？"罗丹青在笔记本上一边写，一边问。看见他的表情，她立刻放软了声音凑到他耳朵边去哄道："行不行？"

他装作不乐意地看她两眼，爱理不理地点点头："行。"

"修理我，算我自作自受吧，愿打愿挨。你有多少功夫，去培训其他站点的人呢？"

"不要紧，没有解决不了的问题，我可以录网课。"罗丹青的嗓门顿时大了起来，看了一眼小玲的直播器材，微微一笑。

大笔记本上"刷刷"几笔，迅速罗列了网课的目录：

急性心梗、卒中、创伤急救、心肺复苏指南……

护士用简易版本

司机用科普版本

陈皓岩看着摇摇头，轻笑一声，她就是来改变世界的，推进计划的时候，是碾压式的，温柔中带着战无不胜的蛮横。

"你干吗挑城西这个站点？市区别的站点，上一天班，休息两天。休息天多，整顿起来不容易很多吗？"陈皓岩问道。

"教一组人容易，还是教两组人容易？上班那个人如果连续出车，回来还肯训练吗？你自己想想看……"罗丹青站在他身后，给他纠正手的姿势。陈皓岩的大手力气又大又倔强，并不愿意顺顺当当地给她调校姿态。她皱着眉头，顽强地掰着一根手指头，终于掰到姿态满意。

"个个都是一样的傻大黑粗，我有几条命来教。"她没好气地在他手背上拍了一下。

自从给她软磨硬缠地做训练，陈皓岩感觉，急救车"友好"起来了，车里的东西一样样都知道该怎么用了，看着急救箱、除颤仪亲切得多。病人一抬上车，自然就会想着打开心电监护、安装导联片、测量氧饱和度……

他回到急救站的时候，先去仓库补货。

"呵，太阳从哪边出来？"萍姐见大个子在规整物品，不禁揶揄道。

"自己放的东西，找起来会比较容易。"陈皓岩略有点讪讪的。以前被骨科护士长不止一次地骂过，自己总也不长记性。

罗丹青要求他每次训练结束，都把所有物品收拾到初始状态，喉镜放在急救箱的最上一层，导电糊必须搁在除颤仪旁边的凹槽里……

这两天，送病人到急诊抢救室的时候，陈皓岩经常站在旁边看一会儿，这个地方是给她修理改造过的，复苏室的物品执行 6S

管理，医生和护士的操作里，经常会看到她要求的精确细节。看着看着，心里会悟到点什么，但是一瞬间又模糊了。要不是她，他才不会对抢救室这样仔细地端详！

"咦，你们俩在练操作？"陈皓岩看着罗丹青督促着小玲在实训室里操作，大为奇怪。小玲蹲在瑜伽垫上，正在操练打留置针。小小的鼻子上，亮晶晶的都是汗。

"是啊。"小玲嘴里答应着，继续咬牙切齿地操作。

"小玲立过军令状，本周之内，会给一个病人建立有效静脉通路。"罗丹青笑嘻嘻地说道。

"有这种事？！你输了昨晚的哪场比赛？"陈皓岩奇道，已经要忍不住笑了，即便是拿着留置针在模型身上比画，小玲都抖抖索索快戳自己手上去了。好不容易用敷贴固定好留置针，一瓶盐水在输液皮管里留下了一串泡泡，赶也赶不干净……这个形象跟自己气管插管的时候，没有什么两样。

小玲咬牙："你等着，我一定会做到的。"

陈皓岩警惕地看了眼罗丹青，问道："你怎么搞定的？"

"小玲要是有能耐打进留置针，帅哥就进直播室帮忙聚集人气。"罗丹青笑道。

"卖卫生巾……"陈皓岩跳脚："我不去。"

罗丹青拽着他摇一摇，大大的杏核眼，眼波一转，模样十分娇嗲，全没了往日的英姿飒爽，这无声的娇媚越发绚丽，看得陈皓岩一呆。

小面包车违章变道，导致大货车刹车过急，后方的三辆轿车连环撞上货车，总共十三个伤员。

02 炎热的中午，急救车开出车库，转出小路，往高速公路出口方向驶去。刚接到急救中心的信息，十分紧急：高速公路上五辆车连环相撞，有十几个轻重不等的伤员，正在等待救治。

老彭踩着油门往高速公路出口的方向去了，车开得很猛，急救车一路弹跳，张扬地开大了警笛声，一副声嘶力竭，有紧急任务在身的样子。

陈皓岩一上车就开始戴乳胶手套，塞了几块没拆封的纱布在口袋里。一听是车祸群发伤，罗丹青也一起跳上了车。

"你上来做什么，中午不困吗？"陈皓岩问，昨晚看完三场球才睡觉，今天不该她的班。

"群发伤的现场处置很关键，我从来没有到最前线去参与过，我要去看看现场的水平。"罗丹青的眼睛有点红。

救护车越接近车祸现场，就越感觉不一般。各个方向的道路上，都有急救车拉着警笛往同一个方向跑。前方的路面已经被先赶到的警察拦起了交通管制。

陈皓岩跳下车，拉出移动平车来。只见路面上，一辆大货车和三辆小轿车挤成一堆，首尾相连，其中第二辆和第三辆轿车严重变形，一辆面包车横躺在路中间，远远冒出黑烟。

有几个伤者已经坐在路边等候，警察正在奋力解救第二辆轿车中的驾驶员。

那被暴力挤扁的驾驶室，气囊和保险带都已经剪开了，但是伤员的身体仍然动弹不得。

"医生……这边，先送这个。"警察指挥着陆续赶到的急救车把伤员运走。能够自己行动的伤员们惊魂未定，坐在硬路肩上，用手挡着炙热的太阳，等待着救助。

"第一医院急诊科副主任罗丹青。"罗丹青大声向警察报了一下身份。

罗丹青的目光扫视了一下头破血流，坐在路边等候救助的伤员。这是一家三口，七八岁的小女孩吓得尖叫大哭，她的脸上、腿上都有擦伤，但是行动敏捷、声音响亮，不像有大碍。小孩的妈妈瘫坐在地上，额头磕破了，青紫了一大块，脖子被保险带勒出了青紫的痕迹，两手捂着胸口。这该是被安全气囊弹出时候的力道撞击了一下，但是安全气囊既然弹出，胸廓的损伤估计也无大碍。小孩的爸爸躺在地上，蜷着身子，按着肚子。

罗丹青赶紧上前问道："是被方向盘挤了一下吗？"

"肚子痛。"他脸色痛楚，弯腰屈膝地忍着疼回答。罗丹青伸手按压了一下伤员的腹部，又拨开眼睑评估了一下失血情况。

"平车！"罗丹青大声指挥另外一辆救护车上下来的担架。那个跟车的年轻医生显然认识罗丹青，"罗老师……"他大声招呼道。

"小于，这男病人优先，有腹腔闭合伤。小孩和妈妈可以同车一起拉走，问题不大。"

"好嘞！"于医生一声吆喝，旁边护士、交警一起帮手，把小孩的爸爸移上了担架。

罗丹青向一堆人围着的第二辆轿车跑去。在场指挥的黄警官见她的模样，也一起围过来。驾驶室正在用钢制的钳子强行破拆，伤员是个强壮的年轻男子，嚎叫不已。

他踩踏油门的右脚，肉眼可见地变形了，鲜血淋淋。方向盘和座椅之间，被挤压成小小的缝隙，前后重重地挤着他的身躯。

强壮的工人，正用器械把扭曲的车门拆下来，把座椅前方的空间扩大。但是进展得不顺利，每动一下，伤员就发出惨烈的嚎叫声。

"骨盆、右侧下肢、腹部。"罗丹青跟身后的陈皓岩说。

陈皓岩点头："还有脊柱。"他跑回救护车，去拿夹板、颈托和绷带。

"放平，放平……"罗丹青看着工人破拆整个驾驶室之后，把病人移出驾驶室。她迅速地拿起颈托给病人戴好。

陈皓岩手脚不停地用下肢托和绷带固定变形的右侧下肢。"胫腓骨有开放性骨折。"他一边固定一边说，对病人的痛呼不为所动。

罗丹青按压了一下病人的骨盆，"啊……"伤员惨叫一声。

"骨盆带！"她和陈皓岩一人一边，用中单把病人的骨盆紧紧地包扎起来。简单固定好的下肢像木乃伊一样被支具和绷带缠了一圈又一圈。等到固定完毕，担架迅速地被推上急救车。

"罗老师，看一下这一个！"侧翻的面包车附近，一个医生大声喊。

罗丹青一看，一路小跑了过去，只见面包车的缝隙里正有大量的血迹洇开来，侧翻的一面有个人被压在车子的下方。

她绕了半圈，看看位置，顺着警察的指点往里探了一下。她摇了摇头……血肉之躯在严重的挤压下，已经没有了生命迹象。

罗丹青跳上救护车之前，从车窗往硬路肩张望了一眼，等候在那里的几个伤员，被陆续赶到的几辆急救车运走了。大型的拖车已经开来，交警还在混乱不堪的现场忙碌着。罗丹青用视线跟黄警官打了个招呼。

"谢谢，罗医生。"

急救车的警笛响亮地鸣叫着，老彭一路踩着油门驶离了车祸现场。

"去第一医院，我得先通知创伤中心启动。"罗丹青向驾驶室里的老彭说。

"中医院近！"老彭头也不回地回答道。

"去第一医院，这个伤员可能需要到 DSA 介入止血。"罗丹青简短地说，指令的语气十分干脆。

"出血的病人，就近转送。"老彭头也不回。急救车风驰电掣般地在和平路转了个弯，向市中医院的方向驶去。大幅度的拐弯，让车上的几个人都控制不住地向一边倒去。陈皓岩用身体抵住几乎跌倒的她。

罗丹青强忍了一下情绪，回头看了眼伤员的情况，陈皓岩已经给病人安好监护仪，监测了氧饱和度，戴上了氧气面罩。伤员的血压在80/40毫米汞柱的及格线上徘徊，氧饱和度在91%的及格线上方徘徊，监护仪发出不满意的报警声。

"我女朋友，她没事吗？她去哪里了？"躺在担架上的伤员用极轻极轻的声音问道，他伸手抓住了罗丹青的前襟。

罗丹青调整了一下气息，压抑了一下急躁的情绪，轻声说："她没事，她被别的救护车送医院去了，你别担心。"

那伤员神色有点呆滞地看着她，用力拽了一下她的衣襟。

急救车在市中医院急诊科的平台上停好。罗丹青来不及再说什么，一顿足，跳下了车。

"罗主任。"市中医院的急诊科医生也都认识她。细长个子的急诊科高主任跟她熟络地打着招呼。

"高速公路伤员，脊柱、骨盆、右侧下肢骨折，腹部可疑闭合性外伤，胸腔也承受了严重撞击，神志清楚。"罗丹青简单干脆地交接班。

"需要创伤中心 MDT[6]。"罗丹青皱着眉头说。

交接班完毕，罗丹青、陈皓岩、萍姐三个人在抢救室的一角洗手的时候，罗丹青的眼睛一直注视着病人的抢救，一副要冲过去帮忙的急切神情。

6 多学科会诊（multi-disciplinary treatment, MDT）。

陈皓岩赶紧拉了她一把——在第一医院急诊室冲上去帮忙还罢了，毕竟自家的地盘，在中医院的急诊室里指手画脚可不太妥当。罗丹青当然知道他的意思，又忍了一下。

抢救室里陆续赶到的骨科医生、普外科医生开始会诊，深静脉通路正在建立……

"走吧！"萍姐也上来拉了一下罗丹青。罗丹青无奈地叹一口气，转身跟着他们俩回到了急救车里。

急救车回到城西，午饭已经送到了，搁在一楼值班室的桌子上。

陈皓岩帮着老彭冲洗车厢，病人的伤口出血不少，淋淋漓漓地滴在担架和车厢内，一股子血腥气。两个人都没急着吃饭，先清理急救车，血迹若是干结了，会很难擦。

罗丹青一回来，就到楼上的值班室去了，也没急着吃饭，她一路打着电话，零碎传来的话音，听上去是在关心这起车祸的具体伤员数。

陈皓岩见她面色不愉，知道是为刚才送医院的那番争执，他一边拖干净地面，一边问拿着水喉正在冲洗的老彭道："送第一医院也就多两分钟，多转一个街口，干吗非中医院呢，听她的也没错啊。"

"一院……一院，你第一医院了不起啊？！我做司机也久了，我们的规矩就是哪里近送哪里……"老彭不知道哪里来的火气，大声抱怨。大热天，他把汗湿淋淋的工作衣脱了，光着膀子，迅速地把车子的外壳冲洗了一圈。显眼的刀疤深深地刻在身上，在明亮的阳光下，有几分狰狞。

陈皓岩的语气纯粹聊天："不是规矩的事，她是急诊科医生，判断总是准一点喽。"

"急救车，是流水的医生护士，铁打的司机，上头给我们的规定就这么着，不是听哪个医生的。"听得出这抬杠的语气是在犯倔。

"哎呀，吃饭了，累都累死了，中午休息会儿。"萍姐在树下的水泥墩子上摊开了中饭，适时地打圆场道。香樟树的树荫密密层层，房子的影子正好盖住了水泥墩，风"沙沙"地吹过，坐在那里吃饭倒也凉快。

陈皓岩洗完车，把满头满脸的汗水和灰尘洗洗干净，往楼上去找罗丹青。

罗丹青刚刚清洗完了，头发湿漉漉的，正坐在书桌前，脸色有点苍白。

"吃饭了，吃完了睡一会儿。"陈皓岩柔声道。大笔记本上，新翻开的一页，用力透纸背的大字写了"规则"两个大字，差不多占了一半的纸页。接下来的字迹，看得出心情略平静一些了，没有恶狠狠地划破了纸张。

群发伤：一家三口，送院后的诊断和预后。

多发伤：现场的判断需要急诊专业人员！！！

她用大大一串红色惊叹号来提醒……

"别生气了。"他抱住罗丹青的肩膀晃一晃。自从那天之后，她对这种亲密的肢体接触并不抗拒。

"别生气了。"他把她圈入怀里，抚摸一下她的发丝。她的精神慢慢松弛下来，默不作声地平静了一下，身体一软，柔软的手臂勾住他的脖子。他有点感动，抱紧了她。从战场上下来的她，也是一个柔弱的小女子，耍赖撒娇的孩子气需要有人来疼她。

傍晚，接完一个电话，罗丹青从二楼"腾腾腾"地冲了下来，直奔司机值班室，一见到老彭就大声说："病人死了，出血过多，下午死了！"她的声音太大，凶神恶煞的语气是从来没有过的。隔壁的陈皓岩听见，赶紧跑过来看看发生了什么事。

"死了管我什么事，你去问中医院啊！"老彭脸涨得通红。

"叫你送一院，听得懂吗？病人需要介入手术止血，中医院没有导管室……"罗丹青半步不让地高声训斥道，两手紧紧握着拳头。

"送到一院就不会死吗？你第一医院了不起啊！"老彭没有让步的意思，越发凶狠了起来。

陈皓岩见状赶紧拦着罗丹青。用身体隔开了两个剑拔弩张的人。张开手，拦着冲上来的罗丹青。

"开始的止血速度，决定了他能不能活下来，你懂不懂，不懂就听我的。"罗丹青满脸通红，声音充满了愤怒。

萍姐也急匆匆地从那边跑了过来，看发生了什么事。

"为什么要听你的，急救车从来都是就近转送，早送到，早治疗，你以为我们司机是老粗，好欺负啊？！"

萍姐听着语气不善，赶紧拉着暴怒的老彭。

"你知不知道？那个司机才 25 岁，刚刚才订婚，赶着去江西见新娘的父母。你知不知道？那个司机是家里的独生子，父母好不容易供养到大学毕业……"罗丹青的声音里已经不只是愤怒，颤抖的声音里，那种伤痛和不甘心，几乎是要冲过去动手的架势。

"关我什么事？医生没本事，才会救不活。你找司机的麻烦，你以为你是谁啊？"

萍姐在身后拉着暴怒的老彭。

陈皓岩力气大，拦着罗丹青，一路把她连拽带拖地拉到了隔壁的医生值班室里，向着萍姐使个眼色。先让两个人相互看不见，吵不起来再说。

他见罗丹青气咻咻地，眼睛通红，眼里几乎要冒出火苗来了，赶紧安慰。这急脾气的急诊科女医生，火气上来了，跟男生似的，这么小的个子，愣是一副要用拳头说话的样子。

他把她揽在怀里，紧紧地抱住了，安抚着她的情绪。

"别生气。"他抚摸着她的发丝，抚摸着她的背脊。她挣扎了两下，力气相差太远，被他圈着无法挣脱，在强烈的情绪下，身体激动得颤抖不已。

过了好一会儿，她的呼吸才慢慢平静下来，紧张的肌肉渐渐放松，咬牙切齿的神情渐渐松弛。

"本来有机会救他的……"她仍然小声说着，愤恨不已，悔愧不已。

"不是你的错……不是你的错……"陈皓岩高出她大半个头，

用手圈着她，让她的脸颊贴在自己胸前，轻声安抚着。正午的知了在窗外的香樟树上高声鸣叫着，奶牛猫在对面的房檐上轻巧地走过，他耐心地安抚着。

她终于平息下来，神情委屈，沉默地由他抱着，眼睛里泪光一闪，像个想着心事的小孩子。

整个下午，她都在关注着车祸的消息。这是个大事故，公众号上，官方新闻马上就出了。抖音上很快出现了过路车辆拍的视频。很快，统计信息出来了：小面包车违章变道，导致大货车刹车过急，后方的三辆轿车连环撞上货车，总共十三个伤员。

小睡了一会儿之后，罗丹青不时地在急诊微信群里看着车祸伤员的动向。

"罗老师……没问题，小孩的妈妈肩胛骨骨折，小孩的爸爸脾破裂、小肠破裂，小孩就是个软组织损伤。"几个小时后，许烨给她发了条语音。

可是看着新闻客户端上的正式报道，罗丹青的手有点颤抖：截至傍晚，车祸后 6 小时内一共死亡两人。坐在侧翻的小面包车副驾驶位置上的乘客，头部撞击过大，当场死亡。一辆轿车的驾驶员失血过多，抢救无效，死于中医院。

啊！那个年轻人，那个虚弱地问她，女朋友怎么样了的伤员。衣服的前襟似有记忆，她忍不住低头看了看，恍惚感觉到，他还拽着她的衣服。

"高主任，送来的伤员后来怎么了？"罗丹青忍不住打了中医院急诊科主任的电话。

"可惜了那小伙子，骨盆破裂得太厉害，做了外固定支架，也没止住血。"高主任叹息一声，从微信里发过来一张骨盆的CT重建图像。

骨盆像碎裂的碗，被暴力地掰成了三块。

啊！罗丹青倒吸一口冷气，即便是在现场进行了骨盆带的固定，这巨大的暴力还是让骶髂关节附近的静脉丛大量地出血。后腹膜的巨大血肿，吞噬着病人最后的凝血功能。"腹部和骶髂关节血管丛同时快速出血，胸腔、下肢又失血太多，来不及止血了！"高主任的语气十分沉痛。

"其实当时，送第一医院，或许还来得及让介入科博一下……"

世界像是把他忘记了，也像是有他没他都一样。

03

夜晚的九点钟有球赛，这场球是注定没法在老彭值班室里看了。罗丹青早早就到二楼去了，不看见冤家对头，火气还小一点。

萍姐拉着陈皓岩问道："你怎么劝住她的，原来她这么个人，也跟炸弹似的。"

"我没劝，再大的火也有自己平下去的时候。"陈皓岩说。

"她不会去总站告老彭的状吧？"萍姐有点担心。

"老彭今天干吗这么杠？"陈皓岩不解地问道。下午他们俩吵架的时候，陈皓岩听了个满耳朵，老彭的说法其实没错。可是公开的理由，不见得是真的理由，见他故意拧着抬杠的态度，陈皓岩揣测，得是别的什么不容易出口的原因。

"还不是因为他自己那一回车祸，吃了这么多的苦头，落下了病根，还没有赔偿，能恨谁呀？他看见第一医院就有气。"萍姐压低了声音说道。

萍姐指指楼上，轻声说："你帮忙拉着点架……"

夜深人静，罗丹青的情绪刚刚平息，吵完一架，心头的懊恼觉得释放了一些，一时疲倦不堪。她抓着脑袋，神思恍惚地坐在摊开的笔记本前，复盘今天发生的问题。一直到天已经黑透，都还是怔怔的。

也许再让介入科去做一下栓塞，病人就能止住血，只要勉勉强强地维持住，这种危重的创伤是能够一点一点离开危险的悬崖的……心头盘绕着的心事，兜兜转转没法离开急救的病人。

大笔记本上，"规则"两个显眼的大字摆在跟前，不知道如何接着写下去。这规则怎么来制定呢？送往哪家医院的判断，到底该怎么来决策？脑子里盘旋着混乱的计算和措辞，太阳穴酸胀得厉害。

陈皓岩静静地走到她身后，一双大手搭在她的肩上，凑上来问："比赛快开始了，要是不生气了，就开下电脑吧。"

罗丹青叹一口气，沉默着打开电脑，连上网。

陈皓岩劝架的态度，让罗丹青感觉舒适安心。他挺沉默的，坚强的肩膀和浑圆手臂，一句话也不踩到是非中来，就是单纯地安慰、安慰、安慰……感觉像个舒适的大枕头。

一顿怒气发泄完毕，她向来是个性子刚毅的女生，经他哄着，竟然有委屈得想哭的冲动，可能是坚实的怀抱太有安全感了，往日里紧紧压抑着的各种不适像脱缰野马，几乎是渴望着尽情释放。刚才有好一会儿，忍着眼泪忍到眼眶都发酸了，才没失态。

他递过来一罐冰冻的青岛啤酒，丰富的泡沫带着麦香，几乎溢出来，她伸手去拿，却没有给她，径自送到她唇边。

"喝完一罐，看完第一场就睡觉吧，你也累了，后面的比赛，明天早上看新闻好了。"他温柔地说着，喂她喝下。"放心，我不会赖皮的，输给女生哪有赖账的。"他在脸颊边轻轻地吻她，把她嘴角溢出的啤酒舔去。一边在她肩上按摩几下，替她放松酸痛的肩膀。

哦……这男生简直是太……

也许是累着了，一罐啤酒喝了一半，比赛刚过半场，罗丹青就睡着了。魁梧的身躯就坐在她身边，那么近的距离，可以清晰地感觉到他的体温，闻到他的气息。心底里明明知道需要拉开距离，夜色渐深，太亲近了不妥，但还是抵不过瞌睡虫的强烈诱惑，气息沉沉地睡去了。

不知道什么时候，电脑的音响调到了最低，顶灯关闭了，只开了柔和的小夜灯。

　　吵了架之后，饭桌上的气氛就比不得往日了，隔了一个星期，老彭像是还在生气，中午端着自己手里的一盆子饭菜，就上值班室里去了，"咣"地一关门。看见了罗丹青也像是空气一般，招呼都不打。黝黑的中年人的脸，带着拒人千里之外的情绪。

　　还好他们俩不是同一个班次，需要交流的机会也不多，所有的信息传递就靠萍姐和陈皓岩做中间人。

　　罗丹青像是在外头忙着什么，趁着休息的日子，开车出去了几趟。白皙的脸蛋，看不出是生气还是不生气。

　　她开车出去办事的时候，待在镜子跟前打扮了一下，一套乳白色的真丝套装，一双白色的低跟凉鞋，戴小小珍珠耳环。

　　"咦，有点淑女的意思。"陈皓岩见她开了车窗，趴在车窗上揶揄她一下。刚想问"去哪里"，硬生生忍住了。

　　"我去一下医院办事，再到超市去补点货，你需要带什么吗？"罗丹青问道，口气十分家常。

　　"换换口味，我要黑啤，薯片没有了，带青瓜口味的。"他心里一松，除了训练的时候，她对他没有端着架子。

　　来急救站这些日子了，除了日常的出车，陈皓岩没出去过几趟，世界像是把他忘记了，也像是有他没他都一样，寂寥的感觉是以前从来没有过的。朝夕与她在一起，家常的亲近和随和，倒像是家人一般。

清晨的训练一天一天顽强地继续，操作训练在慢慢叠加难度，他在她的配合下，训练双人心肺复苏，她会随时变题，难到他卡壳不知所措为止。她也会随时抽考以前训练过的任何一个操作。她是个好教官。小玲在旁边即兴录制的几段视频，看上去已经挺过得去了。陈皓岩甚至会有点窃喜，有点得意，其实总共算起来，也没花多少时间。若是打游戏，也没到该升级的分值。

隐隐约约有点悟到了，她的道道，其实就是每个时间段完美主义地做好一点点，然后一天一天地叠加。自己以前的操作向来是及格过关就好，科主任再三再四说自己"粗糙"，也没理解他要的那个细致是什么。现在有点知道了。

炎热的下午，关起门来，在空调间里讲理论课。《内科学》自从从包里拿出来摊在桌上之后，纸页慢慢地在往前推进。

"要做的事，先别管难不难，开始了再说……"她坐在他身边督促着他，一双清亮的大眼睛，随时准备答疑。

最初他告诉罗丹青的是当初被臭骂一顿的"降压药"事件。那个肾性高血压的病人联用着三种控制血压的口服药物，入院就要做PKP手术[7]，他按照常理，手术前准备的时候把口服药物都停了，结果进了手术室，给黑脸的麻醉科医生重新推了出来。

"血压 200/120[8]，臭小子，你

7　球囊扩张椎体后凸成形术（percutanouskyphoplasty，PKP），微创手术，通过向骨折或病变椎体内注入骨水泥，达到强化椎体的技术。

8　血压 200/120 毫米汞柱。

想死吗？打完骨水泥脑出血了怎么办？"麻醉科主任的炮轰没半点留脸面，病人都听到了，给他的脸色那个难看，骨科主任赔补了多少笑脸都补不回来。

"哈哈……"她听了笑得前仰后合，"长效钙通道阻滞剂的机理都不知道，你到底怎么从医学院毕业的……果然是个木匠"。

她好歹把"烂木匠"的外号省了个字下去。他恼羞成怒，抱着她不让逃走，伸手抓她的痒痒，闹到她软成一堆，投降了为止。

"你……你……"她一边笑一边揶揄，"你太像哈士奇了，又英俊……又搞笑……又逗比。"

课程从此就从"高血压"开始了，气呼呼怀着点好胜心，跟着她上课还算刻苦。

她的手机功能用得绝佳。他才发现，手机的药典功能强大，手机上的APP——UpToDate可以轻松搞定各种综述的查阅，比教科书还要教科书。

往常住院总也演示过，可是不放在心上的时候，什么都会过眼云烟。连续几天地学习下来，他经常会恍然大悟般地搓搓脑袋。

她不会像小学老师似的埋怨，若是陈皓岩听了今天的，忘了昨天的，一双杏核眼在她脸上翻翻，一副难以置信"你怎么会这么蠢"的表情，像看着家里养的哈士奇，让他冒上一阵子羞愤难当来。为了少看到这种表情，睡前零碎的时间，他会去再翻阅一遍今天讲过的内容。

欧洲杯小组赛过去之后，输赢没有这么多了。可是，一天天习惯下来，他也不再在乎还剩多少赌债要还。

有时候，心里还有点小嘀咕，"等着，等我半年修炼下来……"

萍姐看他学得不耐烦了，耷拉着个脸，一个人在篮球场上投三分球，笑话他："哪有你这种读书人，让你读书还得靠哄的。"

"你在大学里，就该勾搭个学霸女朋友，现在就不是这个德行了。"

白色的云絮在碧蓝的天空里快速地变幻着身形，阳光洒在身上，陈皓岩恍惚感觉自己是被世界遗忘了……也好，也好，在思过崖上，想想未来的人生到底想过成什么样子，过往的纷纷扰扰随着时间的过去，慢慢烟消云散。

唯有她，待他以平等和至诚。

老彭这样的粗人，吃了自己臭脾气的亏，还看谁都不顺眼，真是的！她打了几通电话咨询，就把问题问清楚了。

04

傍晚时分，萍姐和老彭一起看电视的时候，手里拿着一个大的牛皮纸信封。

"她叫我带过来给你。"萍姐向

楼上值班室一努嘴。罗丹青把里面资料交代给萍姐的时候，一样一样，仔细地讲过去，每看一样，萍姐的惊讶就多一分。

一沓复印资料，是老彭住院手术的病历，"让他填这几个表格，下个月初到区人民医院去做残疾鉴定。"

"残疾鉴定？"萍姐不知道罗丹青要干什么。

"老彭的手术后恢复超过半年了，按照恢复的结果，估计可以定个九级伤残。"罗丹青熟门熟路地翻阅一下旧病历说。她在急诊室干得久了，熟知残疾鉴定的流程和文件。

"那又怎么样？"

"既然没有工伤的赔付，可以用残疾鉴定结果，向区残联递个申请，政府会有助残的拨款，还有康复治疗的医疗补助。"罗丹青翻出后面的几个空白表格说。

一沓装订好的文件，是政府补助残疾人的政策文件，搁在空白表格的后面，萍姐略略翻了翻。

这些政策，对生活空间兜兜转转在急救站的司机老彭来说，其实无从知晓。萍姐顿时涌上了偌大的感动，她是亲眼见着老彭受伤后，每办一点事都受挫，一点一点堵心到如今的。怨不着他，也怨不着单位，天降的灾祸，单位按照规矩在办，可是他有什么错呢？这还是第一次，有人把他那点事，当成一回事，争取他的权利。

天知道，对于一个粗粗识几个字，干体力活的老粗司机来说，这个文明的城市是多么的不友善。

"工伤保险，可以向这个律师咨询，他的情况介于可赔和不可赔之间，值得争取一下。争取赔付的机会不小的。”罗丹青拿出一个名片来。彩色的折页，是一个律师事务所的详细业务介绍。

“那不又得罪领导了？！”

“按程序办事，向机构要钱，只要是程序文明，怎么会得罪领导？你都不用自己出面，靠吵当然不行的。钱也不是急救站领导出的，他生什么气？”罗丹青看着萍姐说。

“你自己为什么不跟他说？”

罗丹青一噘嘴，顿时露出小女生气没有消的委屈表情，不说话。萍姐心里不由得涌起一阵感动，这女生说大不大，说小不小，骨子里还有小女生的任性小气。但是理智压抑着，她办事的时候，理智又高效，不为自己的情绪干扰。最难得的，还有热心肠。

老彭是个粗人，火气上来的时候，骂她的话尽戳着短处，什么老姑娘、假公济私……这小小的院落，她哪有听不见的，不委屈才怪。

萍姐一份一份地清点着牛皮纸袋里的材料，唯恐记漏了。这个跑腿的中间人，她是乐意去做的。

萍姐趁着罗丹青和陈皓岩都不在眼前，拿出牛皮纸袋里的纸页，一张张指给老彭看，一项一项细细地说给老彭听。老彭冷着脸，一副爱理不理的神情，有一耳朵，没一耳朵地听着，眼睛向着那沓资料，斜一眼，又斜一眼。

末了冷冷地说：“搁那里吧，我有空看看。”

萍姐见他这样，知道这五大三粗的老实人一时还下不来气，瞧这神情，该是动心的，于是埋怨道：“你搞笑吧，她不找你麻烦算得气量大了，还给你跑这些腿，你当自己是啥大领导了？不识好人心！但凡知道好歹，先去试试定残的事情，有钱拨下来到底是实惠的。"

老彭一张黝黑的脸没有表情，不说行，也不说不行。对着桌上的黄色牛皮纸袋"哼"了一声。

"你出去为老彭跑工伤赔偿的事？"陈皓岩问罗丹青。

"不是特意。"她淡淡地说。

开车跑出去，任务带了不少，急救站的规章制度需要拿来仔细看一下；已经整理录制完毕的课程，需要让站里仔细审核过；这些都需要去和陈姐当面沟通清楚。还有一堆的报销单据需要去跟财务据理力争——不给钱想成事哪里能行！

所有事情办完，从超市出来，时间还早，忍不住到医院的病案室去查阅了一下老彭的病历。坐在长条桌前翻阅厚厚的存档病历："脾破裂，左侧 4～10 多发性肋骨骨折，肺挫伤，左腕骨折。"

当时老彭的伤不算太轻，肺部的挫伤范围还很大，加上常年吸烟，他是到重症监护室里去上了几天呼吸机才勉强过关的。

从 CT 影像上看，手术其实做得还好，只是左腕的骨折愈合不良，反复感染了两次，瘢痕影响到了左腕的功能。

罗丹青一眼就分辨得出来，老彭一天到晚这里痛、那里痛，是当时神经损伤的结果，实际上对生活影响最大的，是左腕的功能。平时冷眼看去，老彭的左手僵僵的，毛巾都拧不动，尽靠右手。

她叹息了一声，办理残疾鉴定的流程和文件反正都熟悉，就当顺水人情好了。陈姐的话也颇有道理："又不是站里不想办，事事要讲规矩，你没有依据，没有诊断证明，不打申请，现在办个事情哪能靠喉咙响呢？！"

罗丹青暗叹，老彭这样的粗人，吃了自己臭脾气的亏，还看谁都不顺眼，真是的！她打了几通电话咨询，就把问题问清楚了。

"丹青，我们科那个烂木匠还算乖吗？"骨科沈主任刚从一排一排的病历架深处出来，看见正在查阅存档病历的罗丹青，笑着打招呼道。

罗丹青耳朵一热，赶紧站起来说："还好。"

"他也不是不聪明，整个人太粗糙，哪里是27岁？一天到晚打游戏，想活成什么样子都想不明白。以为医院就是打工……"沈主任的气像是没有消，一顿牢骚。

"最近游戏倒是玩得不多。"罗丹青抿嘴笑道。

"你得空多修理修理他，他肯开窍，也是能用用的。"

沈主任年纪有五十了，对这后生晚辈还是有点父辈的慈和，不尽是跟这不听话的小子置气，还是望着他成材的。

罗丹青笑着点点头。

从超市带了一堆零食回去，薯片、啤酒、红肠、花生、旺旺雪饼、长鼻王、酱芒果、零度可乐……两个人心情不好的时候，都喜欢嘴皮子乐呵，水果不用老远从超市采购，急救站附近有的是农民采摘的新鲜瓜果。

他往常训练得很烦躁的时候，教官往他嘴里塞点好吃的，薯片、草莓什么的，又能坚持一会儿。

"那天这么大的气，现在还生气吗？生气还帮他办事。"陈皓岩侧头看她。

"有什么气不气的，总是解决问题比较重要。"她大义凛然的口气，却是噘着嘴，小女子怄着气，还没有心平气和的委屈。

陈皓岩在她耳畔偷笑，装作认真看书的样子，偷眼看一下她在写什么，她落笔力道十足，在大笔记本上写：

规则一：群发伤现场指派质控中心专家（急救中心调度）

规则二：多发伤转运至经过认证的创伤中心

他不禁往她嘴里塞个巧克力，把头搁在她的肩膀上说："红蜘蛛小姐姐，你总是在花心思解决问题。"

丝滑的巧克力在嘴里慢慢融化，她不噘嘴了，用脸颊蹭着他的板刷头："火星都可以移民，没有不能解决的问题！"

他最近才发现，用解决问题的方式来看书，其实一点不难。高血压那一章已经看得很"瓷实"，眼下再有个联用三种药物的病人要手术的话，已经难不倒他。各种使用机理，对应各种不同性质的高血压，有些可以短暂停用，有些术后需要静脉药物控制。带着一堆问题和一肚子气琢磨，身边还有个灵气的"伴读"小姐姐在一旁解释，高血压也不比打游戏难多少。

接下去要看的那个章节，是房颤的治疗，这又是另一个伤心往事——忘记停抗凝药了，病人没法手术，要不是那事情，也不会雪上加霜被主任发配充军。抗凝、抗血小板、抗血栓……

"喂，你这都不懂，骨科手术真的就是让你修凳子腿吗？"罗丹青叹一口气，用一根手指头戳一戳他的太阳穴，好像对着脑袋开了一枪。

他挥手迅速地抓住这只小手，一口咬住了她的手指头。

翻了翻内科书的页码，要是以这个速度搞下去，半年之后，大部分也搞完了。

"臭小子，你别玩出花来，到头来伤了她的心。"萍姐私下里警告陈皓岩，听得出心里是挺向着罗丹青的。

"不放在心上的人，怎么伤得了她的心？"陈皓岩的神情有点无奈。她正在给自己疗伤，等些日子，她会痊愈。到那时候，疗伤用的药，全部会给抛下。到那时候，自己对她来说，还有什么存在的意义。

陈皓岩向楼上的值班室瞄一瞄，压抑着语气中的伤感，魅惑般地龇一龇牙说："再说了，惹恼了她，说不定手机软件上，点……点……点，就能找一队人来，把人大卸八块了。"

很难跟萍姐这样年纪的人交流明白。对他们那个年代的人来说，男女在一起就是"过日子"，门当户对，柴米油盐，生儿育女，白头偕老。

她不是萍姐那样传统的人，可是也害羞、保守、矜持。他小心翼翼地维持着距离，唯恐吓着了她，骨子里还始终有点敬畏。

第五章

信　息

这个推推搡搡的懒家伙，懒有懒的道理。

01 欧洲杯的比赛渐渐进行到尾声，欧洲的观赛黄金时段，亚洲已经进入后半夜了。看球赛实在是件讲体力的事情，当天值班，跑得比较累的那个，往往看着看着就睡着了。

八分之一决赛意大利对阵奥地利，白天陈皓岩一连出了七趟车，接连出了几次路途较远的车，后半夜三点的时候，看着看着就顶不住了，靠着床头软软地歪了下去。罗丹青朝他看看，摸摸他的板刷头，听着他气息沉沉，把电脑的声音调轻，继续看球。

距离两个人的约定，过去了整整一个月，平日里他行为规矩，不在司机和护士跟前显得太腻歪。单独相处的时候，有亲密的肢体接触，既然他们中的一个是在待命状态，他也不会亲热得过分，渐渐地她放心了。

那些亲昵的小动作，让她觉得窝心，从来没有尝过这样清甜喜悦的滋味。往日里，跟任何人的相处中，都没有过这样控制不住的欢喜。有时候，觉得自己像那只奶牛猫，在外头蹦跶够了，控制不住想靠近他，想求摸摸。

天天待在一起，知道他的清洁习惯很好，衣服洁净，头发、指甲清理得干干净净，倚在他身上很有安全感，并不介意他亲热地厮缠上来。

褐色真皮面的大本子，已经翻过去了很多页。开头的几个星期里，茫然没有什么打算，借着出车执行日常任务，记录下自己碰到的各种出车状况。心境颓丧，打不起精神来面对复杂庞大的计划。

掉过头来，翻翻刚来的第一天，罗丹青会对着笔记本笑起来，整晚被蚊虫打扰，睡也睡不着……一肚子恶气想出，看着破烂的值班室被拆个精光，破家具卖光，大动干戈地装修值班室，觉得挺解恨的。

跑到油腻的小饭店厨房里，跟老板娘讲价，到菜地里看她家种的扁豆和丝瓜，清脆的丝瓜藤，小小的瓜果头顶着一朵黄花慢慢长大，放养的小鸡在院子里踱步，感觉像是在度假。

教陈皓岩各种急救技能，纯粹属于本能，手里做着事情，就不容易伤春悲秋。专心教这一个偷懒的新兵，一边训练，一边拌嘴，一边偷懒。教烦了，一起到篮球场上打一会儿球。这种强度的训练，比起急诊室来，还是像度假。

那个锋利而冷酷的身影，逐渐淡去。日日跟这个矫健的大个子骨科医生做伴，看他像个小孩子般懒散的时候，就忍不住会像教官一样教训他，有时候又忍不住希望他来哄哄自己……一起看球，一起看书，一起锻炼，恍惚中仿佛还在大学的宿舍里。

一个月慢慢就这么过去了，生活像船，在时间的河道里慢慢行驶。先东一榔头，西一棒槌地解决些具体的问题，到最近，心里渐渐有了模糊的框架。就像建筑图纸，把庞大复杂的计划，勾勒出了大致的形象。

"喂，你平时在车上能够做到哪一步？"她问陈皓岩道。笔记本的页面上罗列了一排项目：初步评估、生命体征监测、初步有限治疗、传送信息、开通静脉、留取血标本……

陈皓岩拿后脑勺撞一下罗丹青，气呼呼地说："才十来分钟，干不了这么多，信息传送挺有问题的，车上操作手机真是晕啊！"

这一个月来，两个人都有过几次晕车的体验，急救车的车速快，路上颠簸比私家车剧烈得多，左摇右晃，上下弹跳。即便体格再强壮，也时常有一阵的眩晕感。

"呼叫一下不行么，传个语音？"陈皓岩建议道。

"不行，身份信息语音传不清楚！"罗丹青侧头看一眼。

病人到急诊之前，最好先从网络传输病人的身份证信息，这样就能事先给危重病人打印好腕带。如果是严重创伤病人，最好是先通知到相关的科室，用最快的速度开通绿色通道，打印血标本的条形码……身份证的照片可以解决问题，语音不行。

"你帮我想想，还有没有别的办法？"

"司机传信息比较好，司机没什么活儿，途中停车看手机，不会头晕。打针抽血是护士的事儿……"陈皓岩一脸不高兴。

"知道了，知道了。"罗丹青"噗嗤"一笑，在他结实的膀子上掐一下。这个推推搡搡的懒家伙，懒有懒的道理。

出车又不是医生一个人的事儿，他说得没错，还有现成的资源没有调度起来呢！

"任何功能，都要被你开发利用起来，人都给你榨干了，真是……全心全意为了你的十二分钟。"

02

次日是罗丹青的班，急救车从外面回来，车门一开，她踉踉跄跄地跳下车，就直冲水龙头，吐了个昏天黑地。陈皓岩赶紧跑了出来。

"不死心，在车上弄手机了，是吧？"他一边拍着罗丹青的背，一边嗔怪地问。罗丹青气都喘不上来，一阵阵地干呕，呕得两眼都是泪，她摇了摇头。

小玲有点抱歉地说："刚罗姐姐要在车上开通静脉，血倒是抽了，留置针也打进去了，可是车上实在是太晃。"她拿了平时乘凉时的大蒲扇来，给额头上爆满汗水的罗丹青扇着。她一头一脸的虚汗，脸色苍白。

刚接载的病人是个老妇人，偏瘫一个小时，看着像是卒中的样子。罗丹青问诊结束，预判是脑梗死，立刻就开始动手开通静脉，她让小玲在旁边帮着手，迅速把留置针打进了前臂的静脉里。留置针抽血方便，直接连接血标本瓶，一下子就把卒中溶栓需要留取的血常规、凝血系列都抽好了，接着给病人输上液体。

弯腰屈膝，一通在车上摇来晃去的操作。等车子到急诊室的时候，传送信息还是没有来得及，但是毕竟又提前了一步，等病人送到卒中中心的专用床上，罗丹青站在抢救室里，觉得挺有成就感。

"丹青，如果都能够这样在车上抽血，我们溶栓的时间起码可以提前 10 分钟。"神经内科肖主任看见罗丹青，不禁大声说。神经内科医生追求的核心目标是 D2N 时间 [9]，就像神箭手瞄着靶心一样，务必把溶栓的时间窗控制到半个小时以内去。

不管是 D2N 时间，还是 D2B 时间，听上去像行业内的"黑话"，其实上无非是用更短的血管通畅时间，来挽救更多的神经细胞或者心肌细胞。

罗丹青露出一个得意的笑容，回应肖主任。

这会儿，他正急着给病人做 NIHSS 评分 [10]，督促尽快做 CT，病人到急诊室的每一分钟都是很宝贵的。进入"卒中溶栓"流程的肖主任，眼下像一颗停不下来的炮弹，再也腾不出注意力来关心别的。

回来的路上，罗丹青已经觉得大事不妙，一股一股的酸水，难以抑制地涌了上来，头晕目眩。把头靠在座椅背上，闭上眼睛，仍然无济于事。

"姐姐打得倒挺准的，这事情若是我来做，针能不能进去是一回事，我估计得吐到起不来床。"小玲一副畏难退却的样子，心里其实是很佩服的，罗丹青明明是个医生，护士的活干得利落得不得了，眼睛像带着瞄准器一样，一针见血，从准备到留取血标本也用不了两分钟时间。

陈皓岩瞪她一眼，看罗丹青慢慢缓下来了，架着她回值班室

9 指患者进医院大门到开始静脉溶栓的时间，要求小于 30 分钟。

10 美国国立卫生研究院神经功能缺损评分。

里去。

"老夏，有事叫我，这人快挂了。"他对着老夏喊道。

"逞什么强，哪里就差这几分钟！"老夏"嗤"了一声，说道。

"逞什么强，就会折腾自己。"陈皓岩把她扶到二楼的值班室躺下，打开空调，把杯子递给她。

罗丹青缓了好一会儿，只觉得脑子嗡嗡乱响，闭上眼睛，天花板在旋转，四面墙壁不停扭曲浮动，整个人像是坐在动荡的巨轮里。刚在车里，为了做精确的操作，眼睛不得不在近距离紧紧盯着，窗外的风驰电掣和颠簸，折磨着内耳的平衡系统。

这会儿，平衡系统失去控制，陈皓岩抱住她，强劲的怀抱像一个茧，她把身体蜷成一团，把头埋在他怀里。他的汗息和温度，让她感觉好受一些。

"死心了……不能这样做。"她蒙着脸，轻轻叹息了一声。

"歇了歇了，等缓过来再动脑筋吧。"陈皓岩帮她按摩着合谷穴，轻轻劝慰道。

小玲在窗前探了探头，推门进来，见两个人的情状，略有点羞涩："罗姐姐，你还好吧？"她抬眼看了看陈皓岩说："原来你们俩……"

陈皓岩白她一眼，手臂把罗丹青搂紧了。

"我不会乱说出去的。"小玲吐了吐舌头。

"我是想说，姐姐这么快的打针速度，其实上车之后，先打针抽血，再开车启动，就不会晕了。车上是最好不要干啥，谁受得了老夏这个开车的德行。"

罗丹青闭着眼睛，伏在他怀里，闷着头，瓮声瓮气地说："有道理。"

陈皓岩揽着她，用手抚摸着她的脑袋和背脊。

"还有，还有，下午有空到我的直播室来吗？"小玲放软了语气，央求陈皓岩道。

罗丹青拽住陈皓岩的前襟，晃一晃，眼睛虽然闭着，脸上的隐隐的笑意却掩饰不住。

等到罗丹青能从床上爬起来，她迫不及待地坐到了书桌前，翻到了新的一页，迅速用大字写下了：

修订流程：

预先开通静脉（防针刺留置针）

抽血：三大中心需要的血标本，空管组合套包。车内固定标本位置（防倾倒）

又晕车了！！！

"喂。"陈皓岩瞧她一眼，语气十分不满。

"不要紧，再想想，没有解决不了的问题。"她轻轻地舒了一口气，像是生怕忘了什么。

"又不是千手观音，做了这个还要做那个，你是要把急诊室搬到车上来吗？"陈皓岩捏捏她的脸蛋，抱怨道。

"我先想想还不行吗？又没勉强你来打针抽血。"她看看自己的笔记本，仍然躺回床上去，倚在陈皓岩身上。

"喂，你做骨折制动固定的手法挺好的呀，也录个视频，讲个课？

行不行……我先给你列在计划里，行不行？"她软软的声音问道。

这念头当时就动过，只是跟老彭一吵架，气得忘记了，刚刚看到笔记本上涂涂画画的备忘，才想起来。

前些日子，高速公路车祸的现场，看见他给下肢骨折的病人制动，给骨盆骨折包扎骨盆带，骨科的基本操作，他到底是做得比她瓷实。

"任何功能，都要被你开发利用起来，人都给你榨干了，真是……全心全意为了你的十二分钟。"他埋怨道。

心里不知怎的，有些隐隐的刺痛，她是来完成任务的，等到她的任务全部完成，她会离开急救站，到那时，她就会永远离开他的生活。此刻的温情，都会像天际的云，慢慢散开，无影无形。

一阵酸楚涌过，他故意地抱紧了她，拿长出须根的脸去磨蹭她柔嫩的脸颊。

半小时前货车撞电瓶车，他是骑电瓶车的，现场瞳孔不等大，车上呼吸节律不规则，一直在人工通气。

03

"出车。"老夏沙哑的嗓子在楼下喊了一声，陈皓岩对罗丹青说："你别动了，我去。"他赶紧放开了她，"腾腾腾"地跑下楼去了。

"电瓶车车主，昏迷……"电话那头的声音明显是警察。

"警察先生，车子还有两分钟到，他在树荫下吗？太阳直射的地方路面温度太高，皮肤会烫伤。"陈皓岩在电话里回道，他搁下电话就开始戴手套。

炎热的中午，阳光刺眼地从柏油路上反着光，路旁的行道树太小，弱弱的树荫一小朵一小朵，根本没有遮阳的能耐，路面上热气蒸腾。急救车一路从城市的三环路往西，到了三环路连接国道线的路口。

只见一辆电瓶车翻倒在路边，车头几乎散架，车身散落的外壳碎屑一路上零零落落的，显然是撞得不轻。一个鲜亮的黄色头盔滚落在路边。一辆重型货车停在路边。车身上都是泥土，显然是哪个工地上运送建筑材料的。庞大的车身敦厚结实，比起车道上驶过的私家车，简直就是个巨无霸。

警察已经先一步赶到了，看见急救车来，赶紧做手势，示意停到伤者的附近。路边躺倒的男子已经没有意识，软软的瘫在路面上，四仰八叉的，头上脸上有些擦伤，身上全是从路面上滑过沾上的尘土，裤子蹭破了，露出血呲呼啦的膝盖。

陈皓岩俯身下去，拨开伤者的瞳孔看了一下，两侧瞳孔已经不等大，哦！这是个非常紧急的脑外伤病人。病人的胸廓深大地起伏着。

陈皓岩一看，周围并没有几个人。这地方周围没有什么建筑，大热天的中午，也没什么人经过，就呼唤警察和大货车司机。

"警察先生，一起帮下忙，这脊柱估计也骨折了。"

两个人在他的指挥下一起伸手，把伤者平托着，抬到了担架上。小玲赶紧上来固定绑带，陈皓岩和小玲把平车推入救护车。

"他还有救吗？"大货车的司机，仿佛刚二十出头，面孔非常年轻，一张脸被烈日晒得通红，黝黑的皮肤，额头渗出串串汗水，满脸带着惶恐。

"看上去有救吗？"警察也问。

"估计很悬。"陈皓岩固定好担架的位置，给病人戴上氧气面罩，接上监护仪。病人的血压显示 80/40 毫米汞柱。

光看路面上的车轮划痕就知道当时的惨烈景象，多半是电瓶车到了大货车的视野盲区里，开得又实在太快，刹车不及，直愣愣地撞上去。撞击的暴力让电瓶车翻转了车身，伤者的身体弹出了十几米开外。

警官左右张望，看看探头的位置。

"送第一医院，监护室里能多点机会。"警察很内行，对着急救车司机位置上的老夏说。

老夏没有下车来，点了点头。他有点老油条了，下车又热又晒，有时候还得帮忙抬人，血呲呼拉的，就在驾驶室里待着。江湖混久了，老夏心里门清，警察的话是要听的。

"病人的身份证有吗？"陈皓岩问警察。

警察在车窗前递给陈皓岩，老夏已经拉响了急救车的警报，催道："好了没？"

陈皓岩来不及细想，迅速用值班手机对着身份证拍了张照片。

急救车风驰电掣般顺着环城路，往和平路方向开去。一路尖啸着的报警声，让路上的车辆纷纷避让。

陈皓岩在值班手机上找到"急救云"APP，把照片传了上去，在运送医院的选项里，点了一下第一医院，然后按亮了车内摄像头图像传送的开关。

吃过晕车的亏，做完这些功夫，他立刻放下手机，往窗外看了看。车子进入市区，街边的景色几乎连成一片模糊的幻象。

他又朝移动担架上的病人看了一下，伤者的呼吸已经呈现点头样，非常深大和吃力。陈皓岩下意识地拿出急救箱里的加压皮囊，安装好接头，连上氧气，用Ｃ型手法把加压面罩扣在病人脸上，开始给病人做人工通气。

这操作在实训室里，被罗丹青监督着做过不知道多少次，头一次用在病人身上。他单膝跪在地面上，看着病人的呼吸节律，按照"吸气时捏皮囊"的要领，一下一下地给病人做着通气，身体在车辆的颠簸中勉力维持着平衡。膝盖压得有点痛，顺手从椅子后面的夹层里，拖出一个小瑜伽垫垫在地上。

急救车终于在繁忙的十字路口拐进林荫路，第一医院的标示，远远已经能够看得清楚。"小玲，过来帮一下。"陈皓岩唤道。

他看见伤者的呼吸像是在垂死挣扎，用力点头，拼命地吸气，怕自己单手固定加压面罩，在鼻子周围会漏气太多，示意小玲一起帮忙固定面罩。

皮囊是无论如何不能给小玲捏的，他已经虎口发酸了。车子一个急刹左拐，陈皓岩站立不稳，背脊"咚"地撞在车厢上，碰出了响亮的一声。

车子终于停到了急诊室的平台。几个医生和护士一哄而上，把病人转移到平车上。许烨医生一看病人的呼吸形态，赶紧接过陈皓岩手里的加压皮囊。

脑外科的张医生就在抢救室门口等着，冲上来就用手电筒看瞳孔。急诊室里接诊病人的架势，与往常重病人运到，似乎有若干不同。陈皓岩疑惑地问许烨："你们接到'急救云'的通知了？"

"接到了！"急诊前台的分诊护士迅速把事先打印好的一次性腕带戴到伤者的手腕上。

"半小时前货车撞电瓶车，他是骑电瓶车的，现场瞳孔不等大，车上呼吸节律不规则，一直在人工通气。"陈皓岩对许烨说。

许烨抬头看他一眼，点点头，大声喊道："气管插管。"旁边的护士立刻把气管插管箱和可视喉镜拿了过来……

陈皓岩脱下手套，在洗手槽边洗手，顺便看着那边的抢救。气管插管很快插好了，眼下甚至可以看得出来，许烨的插管手法就是罗丹青的拷贝，一丁点都没有走样，手指的位置，胶布固定的方向……

许烨看他的眼神，已经好久没有这样"正式"过了，自从那次……他顶多斜一斜嘴角，皮笑肉不笑地给个表情，算作打招呼。

护士这边忙着准备做 CT，抽血型和血交叉。

"能活吗？"他问正在帮忙开头颅 CT 单的脑外科医生。

"脑疝了，得立刻减压，CT 做完就送手术室。"张医生见怪不怪。

陈皓岩和小玲两个人站在空调跟前吹了一会儿凉风，两个人都没做声，看着急诊室忙忙碌碌的抢救场面，似乎各有心事。

分诊护士的工作电脑上，可以看到冻结的"急救云"图像，摄像头传来的最后一帧画面是小玲帮着固定面罩，陈皓岩捏着皮囊的场景，车子的颠簸中，镜头不甚清晰，可是抢救的图像不折不扣是预先传过来了……陈皓岩点点头，难怪今天脑外科的当班医生来得这么快，不是亲眼看见，他不会理解，这执拗的小女人死活要争取的每个技术点，都有她的道理！

"走了！"老夏喊道。

急救车一回到急救站，陈皓岩跳下车，晕头转向地拖着脚步往医生值班室去了。他捧着脑袋用力搓了搓，脑袋是真的晕。

老夏一边用拖把拖着车厢内的地面，把血迹和尘土擦掉，一边回头看陈皓岩："好，两个都晕车了，等下出车，看你们谁出得动！"

"谁？晕车了？"罗丹青听见急救车的声音，从楼上下来，她脚步敏捷，只是神色略略还有些憔悴。看见老夏和小玲都在急救车前忙活着，她赶紧跑进医生值班室去看陈皓岩。

大个子抱着脑袋，在小小的钢丝床上蜷成一团。她在床边坐下，轻轻摸摸他的脑袋。

过了一会儿，陈皓岩深深地喘了几口气，用力按按自己的太阳穴，从床上坐了起来，一双大手在自己的头上各处穴道按压几下。

"没事，没事……"他吐出一口气说。

小玲收拾完毕，从外面跑进来，见陈皓岩的面色已经缓过来，不禁笑道："到底是身体壮，不一样就是不一样。"

"晕得够呛……不过把病人的身份信息发到'急救云'上去了。"陈皓岩有点得意地对罗丹青说。

"今天急诊室不知道怎么会这么快，风一样，我都觉得有点不一样。平时再快也没有这个速度。"小玲在一旁帮腔。

罗丹青心头涌过一阵温柔的感动，顺手在他宽阔的背脊上锤了一下。

急诊室的分诊护士如果看到"急救云"上发来的病人信息，再有急救车上病人的图像，抢救室会提前准备启动，绿色通道会提前开通，抢救室的值班组长会分析传来的信息，预先做准备，创伤外科的值班医生接到通知会提前在场……罗丹青太知道这些流程了。但是，这"急救云"的APP徒有强大的实时传送功能，还是需要有人去启动！没想到，这大个子会放在心上去做。

"哇呀……"陈皓岩猝不及防地喊了一声,露出痛楚的表情来。

"怎么了?"罗丹青给他吓了一跳。

陈皓岩捞起背后的衣服说:"刚车上,转弯的时候撞了一下,撞得挺重的。"他反身想看看背后。罗丹青赶紧给他检查一下,只见后肋处撞起了一个大大的乌青,赶紧按压一下肋骨,看看有没有骨折。

"吸气……疼不疼?"

"应该就是软组织损伤,肋骨还算结实。"大个子反手按了按伤处,露出龇牙咧嘴的表情来。

"饭送来好一会儿了,吃完了睡一觉,冰袋冷敷一下。"罗丹青柔声说。

"吃饭、吃饭……"小玲吆喝着跑了出去。

酷暑炎炎,浓荫遮蔽下的水泥台子上,老夏已经摊开饭菜。碧绿的丝瓜蛋花汤、浓郁的梅干菜烧肉、凉拌豆腐和皮蛋,加上一个西葫芦炒虾皮,有红有白,夏日里看上去也是十分开胃。

陈皓岩瞧着罗丹青微微一笑,抓着她的手站了起来:"等下你帮我冰敷一下,我可够不着。"

罗丹青白他一眼,羞涩地"哼"了一声,这家伙顺利完成了一桩任务,又负了点小伤,那是非找她撒娇不可了。可是自己也得好好想想,怎么能降低一点急救车里碰撞的风险。

在这半年里，一边是苦役，一边是骑旎的假期。

04

城西急救站毕竟是个偏僻站点，这天出完上午的两趟车之后，余下的时间就很消停了，炎热的下午，各自倒头睡觉。

后半夜三点钟，欧洲杯将要迎来最后的决赛。

等到夕阳西下的时刻，傍晚的风从树梢卷过，两个晕过车的人，都已经恢复的活力，穿着短袖，上场在篮球场上打攻防。直玩到酣畅淋漓，浑身都是滑溜溜的汗水才作罢。

"决赛了，不如你押英格兰，我押意大利。"陈皓岩扇着风说。

"干吗？"罗丹青在水龙头上用自来水撸着发烫的脸。

"这样英格兰如果输了，我还可以赢了你，总有点开心的事。"陈皓岩蹲下来，逗弄前来打招呼的奶牛猫。

实训室的墙上，已经贴满了两个人赌球的胜负结果，一个月下来，鲜艳的便签纸贴得花花绿绿，看上去像一盘下着的大棋，或者僵持着的战役。

"赌注呢？"罗丹青乜他一眼。

"你说好了。"陈皓岩摸摸奶牛猫的"白手套"，举起手机，给它拍特写。

"家里催婚，催个不停，你输的话，今年春节就冒充一下……

让我耳根清净一年。"罗丹青说。

"这个主意我喜欢……也不是完全冒充的。"陈皓岩露出一个贼兮兮的笑容。

罗丹青听他答应得这么爽气,不由得"嗤"地笑了一声。这"女婿"样子出色、又乖又粘、温柔体贴、绝不敷衍,即便略小几岁,老妈眼里只怕是中意的。学霸女儿从来就没让父母担心过学习和工作,可是一头栽进去,放在医生职业上的时间也太多了点,眼下老妈就怕她这独养女儿丫角终老,一年一年地错过了芳华。

老爸就喜欢前任那种恰如其分的,不用说也想得出来,他的腔调:"这么小……不靠谱……哪懂照顾人!"

老妈就不喜欢前任:"我女儿十项全能,智商 125,不专程是给你们陆家下厨、生娃的。"

想象得到,他这滑头小子,故意做出深情款款的样子来。唉!世上的事,哪有十全十美?但是,若两老知道自己又是孤家寡人,那可……

"你想要什么?"罗丹青问。

"嗯……等急救站的轮班结束,一起出去玩一趟,行不行?"他学着她惯常的口吻问道。

"可以。"

她忽然看见他的目光,顿时耳朵红得发烫。

小玲刚刚添置了一个手机用的鱼眼镜头,站在香樟树下举着手机,利用黄昏美丽的光线,一会儿对着猫猫,一会儿对着篮球场上的他们。

凌晨三点，二楼的值班室里，陈皓岩和罗丹青两个人对着电脑。橄榄型的温布利球场人声鼎沸，身穿蓝色球衣的意大利，和身穿白色球衣的英格兰即将登场。

罗丹青偷眼看一下陈皓岩，亏得他一早就挑明了，这半年两个人就是男女朋友的相处，不然，深夜总在一起看球，猜测对方心意，防着安全问题，还对旁人闲言碎语堵心，这滋味可不太好受。他这般率性坦然地摊开来讲明白，反而大家都不难受。到了自己这个年纪，顾忌多多，很难这么坦荡。

有时候，心里隐隐会有些难过，他这么年轻，享受当下是最自然的做法，而自己，在这半年里，一边是苦役，一边是旖旎的假期。生活总会恢复正常的。那忙碌的，纷纷扰扰的，无滋无味的日常。

"嗯，我算明白了，怎么把信息传送做掉。"趁着开赛前的入场，陈皓岩对罗丹青说。

他拖过桌上的大笔记本，一边画图，一边说："那不就是球场上的跑位配合么！"

病人在担架上躺好，往车上抬的时候，司机拍病人的身份证，上传"急救云"；医生负责固定担架，安装车载的心电监护，安装氧气面罩，固定担架；护士用已经准备好的物品打留置针、抽血、输液。三个人各自负责一摊，等车厢后门关上，急救车启动的时候，车里的医生和护士，就只需要像往常一样看着生命体征就好。

他几笔画出了急救车内的方位，司机在车头处传递信息，医生和护士在各自的位置上协作。

算计过时间，老夏肯用手指头点两下，自己也就不必在颠簸中发送信息。小玲是个打不进针的护士，可是如果换了萍姐来，两分钟之内打个针还是问题不大的。

"有道理，职责分明。"罗丹青拉过本子来看看，不由得点点头，他这么个没心没肺的臭小子，居然肯上心想想，真是挺聪明的。她从他的手里拿过笔，"刷刷"几笔，画了个Q版的樱木花道，笑道："你这个人，就像他。"

"可是，说动他们干分外的事，倒也不算容易。"陈皓岩瞄她两眼。老彭这些天都没怎么跟她说话，两个人虽然是肯在一张桌子上吃饭了，可是眼神不交流，气鼓鼓的仍旧像是窝着一股子气。有什么非说不可的，她会拧着他去跟老彭说。老大不小个人，仍然有小孩子脾气。

"没事，没有解决不了的问题。明早交班的时候，我先问问，也许人家愿意也说不定。"罗丹青微微笑着，把头在他肩膀上磨蹭，亲昵得让他心软。

陈皓岩没好气地摸摸她的头，他闭上眼睛，凑近了她，露一个暧昧的笑容，轻轻问："有没有奖励呢？"

罗丹青心一阵"砰砰"乱跳，看着他……丰润的嘴唇充满了期待，闭上眼睛，睫毛微微地抖动着，眼睛隙开微微的缝隙，等着她自投罗网。

"唉……唉……"忽然，两个人都发出惊呼。开场还不到两分钟，钝滞的脑袋还没有兴奋起来，特里皮尔助攻卢克·肖破门，英格兰忽然之间就进球了，这是欧洲杯最快的一个进球，简直是动人心魄，两个人各自压着声音"哇哇"叫着。

"这样就进啦！"罗丹青跳了一下，仍然坐下来，拍拍床说。

"你看……你看……我就是说，今年英格兰势头很劲！"陈皓岩得意扬扬地说。他兴奋得好像刚刚进球的场上球员。

他也不等罗丹青回过神来，一把抱过她，用力亲吻她的嘴唇。

到了下半场第 66 分钟，意大利队开出角球，小个子维拉蒂在禁区内头球被皮克福德扑到之后击中门柱，门前混乱当中，博努奇抓住机会补射得手。

"啊！博努奇……"罗丹青欢呼，"这家伙年纪一把了，还能进球！"

一场球，从半夜三点，看到晨曦逐渐越来越明亮。加时赛双方都没有建树，最后，要靠点球来决胜负。

楼下，听得小玲和老夏都在洗漱了，两个人索性开大了房门，开大了声音，站在电脑跟前，看最后的点球决战。

两个点球不灵光的队伍经历着拉锯战。

"耶！"终于进行到最后关头，两个人一声欢呼，和温布利球场上的所有观众一样，如释重负。

"意大利总算也有点球能赢的时候。"罗丹青抚胸道。

"英格兰就是下半场太保守，一个球胜出怎么能保得住稳赢，缺了点王者的气势。"陈皓岩慨然长叹道。他忽然想起了什么来，拉过她来，用自己的脸在她脸上摩擦一下，笑道："记得我赢了你的，不许赖皮"。

"到急救中心去要钱。"

05

早上七点四十五，老彭和老夏交替，萍姐和小玲交替，通常这个时间，是急救站人员最齐全的时候。夏季的明媚阳光在树叶间闪烁，篮球场上只有一个角晒到太阳，屋子跟前还十分阴凉。几个人被罗丹青拉到一起，听她讲。

"听一下大家的意见，看看我们能不能做到。"罗丹青趁着这个点，把昨晚想好的流程修改说了一遍。

司机传送信息，医生固定担架和安装监护，护士打针抽血。

罗丹青眼睛一溜，看见老夏、老彭两个老司机的反应。只见老夏一面听，一面耷拉着意兴阑珊的脸，一看就知道不愿意。他懒得听完，"咳"重重地咳嗽了一声，坐上了电瓶车，戴好头盔："你们商量，商量完了告诉我，没事找事的，别耽搁了送医院的时间。"

说完，他发动电瓶车，说了一声："我得跟我弟换班去了，我先走了……"一溜烟地往自动闸门去了。

这老规矩大家都知道，老夏的弟弟须得他接手看着瘫痪的老爸，才能上班去，老夏必须得在八点前赶到才成，不然弟弟八点半上不了班，又得扣钱。

"我还没能耐保证打进静脉针……萍姐说啥，就是啥好了。"小玲看了眼萍姐，"等我有这本事了，弄弄也没什么不可以。"

小玲把橙黄色的行李箱放在她那辆红色POLO的后备箱里，准备回家。这小号行李箱，她是上下班都带着的，在家，在急救站，少不了都得开直播，带货这事情，也不是容易做的。小玲的生意经已经不错，卖这劳什子之后，她也不算太在乎急救站发的那点工资奖金。车子是父母买的，油钱是自己出的，底气还算雄壮。

"这事情是多出来的，车上万一有针刺伤什么的，总站管不管？多做了事情，奖金提不提？"萍姐听完，闷闷地发了句牢骚。

老彭没有开口，双手在胸前环抱着，没说愿意，也没说不愿意。

陈皓岩看了眼罗丹青。只见罗丹青轻笑一声说："明白了，今天征集一下意见，大家也想想，我跟总站那边再沟通一下。小玲下班吧……也累了。"

她拍拍小玲，示意她上车走吧。

陈皓岩看了她一眼，她仿佛是把事情捺过一边，脸上的情绪并没有太失望，把手里拿着的豆浆一口喝干，转身跑二楼的值班室去了。

等她再下来，已经换好了外出的装束，一副小淑女的样子。小小的珍珠耳环散发着柔和的光泽，看上去又娇俏又端庄，樱花色的唇膏有一层水光。

"不补一下觉，出去干吗？"陈皓岩趴在她车窗上，轻轻地问道，她一双杏核眼隐隐有点疲倦，看得出精神头不如往日，但眼睛里闪闪的，有一点儿凶横的光。

"到急救中心去要钱。"她吐吐舌头，做个鬼脸。陈皓岩一听忍不住"哼"了一声，在她脸上偷偷地捏一下，执拗的急性子是真的厉害，片刻都不等。

"小心把我的画皮撕下来。"她在汽车的反光镜上照了一下。

"淑女只要一张皮就够了，心一定要够狠够黑！"她噘了噘嘴，踩了一脚油门。

陈皓岩目送她缓缓开着银色的帕萨特驶出小路，嗤笑了一声，"红蜘蛛"也不是白叫的，她可不是随便就会泄气的小妞。

罗丹青回来的时候，已经是中午时分，车子缓缓停在树下，她从车里钻出来。

"来吃饭吧。"陈皓岩见她回来，仔细看一眼她的神情，招呼道。只见她袅袅婷婷地直冲楼上，一顿把衣服换了，把首饰摘了，换上日常的白T恤和运动裤，踢里踏拉拖着拖鞋，下楼来了。

"怎么样？"他把饭递给她，萍姐和老彭虽然没有急切地问，两双眼睛也是从饭菜上抬起来，看在罗丹青的脸上。

"结果还可以，每季度的奖金多六百，下个月开始。"罗丹青说。

"啊？这么容易？"萍姐惊讶地问。急救站这几年都是死死板板的一个事业单位，哪来什么超劳务奖，上头拨多少奖金，从一月到十二月，多不了，也少不了。从来没有听说暗落落在哪个站点加点钱的事儿。

"上头这么快就同意？"萍姐不能置信地追问一句。

六百块钱若是在第一医院的呼吸科，真不算啥，可是在这急救站，一年增加两千四百块钱，还是挺受用的。萍姐的算盘一转，脸上的表情一下子就不一样了。

"同意了！你们觉得我早上说的能做吗？"罗丹青眨眨大眼睛，看了看萍姐。

"反正在上班，零头碎脑的功夫加一点，我是没事的，小玲不一定行。"萍姐脸上溢出的表情有点收不住，自己觉得有点不好意思，略微推搪了一下。

罗丹青又看了看老彭，这中年汉子从今天早上就没怎么表态过，不说行也不说不行。他从饭碗上抬头，略略点了下头。

罗丹青心里大乐，脸上紧紧地忍住了笑。

陈皓岩在旁边笑道："我没问题，加不加钱都行。"

"啊……感谢各位支持。"罗丹青跳起来，往汽车后备箱里拿东西，原来后备箱里藏着三四个西瓜。翠绿的皮，这 8424 西瓜正在最甜的时候。

水龙头上洗洗刷刷的时候，萍姐悄声问老彭："你去残疾鉴定过了？"

"嗯。"老彭轻轻点点头。

萍姐觑着老彭的神色，分辨得出来，他对罗丹青的敌意没有了，刚才的沉默甚至带着支持的意味，心里多少有点明白。

老彭看着自来水冲洗下，自己左手那条醒目的瘢痕。大前天，正好是"定残日"，趁着休息天，老彭往区人民医院去了一趟，带了所有的手术资料和手术后复查的片子。手续不算太复杂，等待一个月，出残疾鉴定结果。老彭在区人民医院看完出来，心里涌起一股温热的情绪，在太阳底下长长地叹了一口气，不知道是感慨，还是愤懑，还是感激。

这一年来，没有人告诉他该怎么办，承受着车祸的后果，承受着背痛，终于，能见到一点点补偿了。大老粗办事，真难哪！

早上，罗丹青说的传病人信息的事情，他心里思量过，能做！这有什么难的？值班手机就在那里，用手机拍个照片，传到"急救云"APP，比用支付宝还简单，就这点子事情，做就做了。但是当众帮着罗丹青，他还是面子有点下不来。

到这时候，见她又出去帮大伙儿争取奖金，那还有什么理由不做呢。

老夏好说服的。他也不用下车来，在手机上点两下，一年就多两千多奖金，老夏不做才有鬼，自己私下里跟他提一下，就行了。

老彭"哗哗"地洗完碗碟，洗手，拖地，不把脸对着萍姐。

"……定了残之后，有希望补助吗？"萍姐问道。

"看到残联的文件了，钱不多，不过一直补贴下去。"

"嘿！就说，她还是有点本事的。"萍姐用"哗啦哗啦"的水声，掩盖着轻声的交谈。

"唉，你跟老夏说一声，开车转弯不要太急，大个子肋骨撞伤了，一起上班的同事，伤了人家也不好意思的。"萍姐像是想起什么来，压低了声音轻轻地继续说道。

"嗯。"

"红蜘蛛小姐！"

陈皓岩吃完饭，到楼上的值班室里来找罗丹青。她正在整理外出的套装和皮鞋，收拾进衣柜里。那样子就像一个战士，从战场上下来，收拾盔甲。

"嗯？"罗丹青把珍珠耳环放进首饰盒子里。把珍珠白的手提包搁进抽屉。

"要钱没有这么容易的吧？穿这么漂亮去讨钱，说说你怎么干的？"陈皓岩凑到她眼前，一脸好奇。

"嘿！"罗丹青看他一眼，"你怎么知道？"

"我爹公司里发奖金，我看得就多了，核算这、核算那，这里得同意，那里得公平，到家里来告黑状的也有……CEO也没有一口就答应的道理。"

陈皓岩坐在她的床上，看见她光着一双雪白秀气的脚，脚面上给皮鞋磨了好几处红印子。圆圆的脚指头，指甲是天然的粉红色。

"原来家里有金矿啊……"罗丹青听他这么说，不禁讪笑了。这小子手边用的东西，牌子都不错。包包是耐克的，用了很久，磨得边角破损，保持外观干净，仍然看得出质地很好。他显然是从小习惯认品牌，不容忍地摊货。

陈皓岩见她问，拉长了脸，悻悻地说："他有钱是他的事情，不干我事。"他把她的脚搁在自己膝盖上，用力按了按涌泉穴。

"啊……"罗丹青发出一声惨叫，一股子酸爽，直冲上来，一时话都说不出来。

陈皓岩对奖金这事的确看得没有错，上午到了急救站，罗丹青先去查了一下全市各急救站点出车的每月出车数据。几个相关部门的头儿，都知道她是干吗的，业务数据自然是一路绿灯开放给她随时查阅。

罗丹青在电脑前看了一会儿数据，就往副主任陈姐的办公室去了。"陈姐，城西急救站这边培训进展得还不错……"罗丹青说。

"我就知道你没错的，做事情有条理。"陈姐笑容满面地说。

"有些困难也向领导提一下。"罗丹青说。"我建议总站加派一组人，在城西值班，也跟其他站点一样三组人轮值，不然车上增加工作量，出车的任务又逐渐增多，我是没问题的，司机和护士都有点顶不住。"

罗丹青把手里的打印纸递了过去。市区的其他急救站都是三组人值班，值班、休息、休息。只有城西，因为相对出车量少，是两组人轮值。

罗丹青手里的数据，是她在电脑上的计算。近半年，城西急救站的出车次数在逐渐上升，老彭的每月出车量，已经明显高于市区站点司机的平均数了。

"加人可有点麻烦。"陈姐听了要求就一皱眉。站点增加司机得靠招聘，增加医生和护士的话，需要和各大医院扯皮要人，绝对不是急救中心想加就能加上去的。

"医生护士能吃苦，司机太疲劳的话，容易出安全问题。已经工作量加了，还要加质量，这事情不好办。"罗丹青没有让步的意思。

"不如站里开会商量一下？"她看着陈姐的表情，放软了语气请求道。

"这事儿我说了不算，而且，你也知道，扯皮一开始，半年一年能不能落实还不一定。"陈姐是爽气人，一点没有官腔。

"那我不好办事啊……他们都已经答应配合培训了。"罗丹青很为难的样子。

"这样吧，季度奖金提高一点，我手里可以给出的资源也不多，你尽力安抚一下。"陈姐仔细看了一下工作量。

"司机这种大老粗，我可说不服，老彭是什么人，你们又不是不知道！"罗丹青很为难地说道。

"丹青，你伶牙俐齿的，想想办法克服一下，我跟财务说，下个月，就把季度奖金提高六百块钱。"

罗丹青一脸吃亏的表情说："一个月才两百啊……陈姐你算算，加一组人，得花多少钱，这也太为难人了吧。"

"丹青，"陈姐几乎是要站起来安抚罗丹青了，软语道："我也就这点权限了。你想想，提到上面，开会讨论加人，好久才真的加得下来，这不耽误你的任务吗？"她的语气不像领导，倒像是闺蜜在说私房话。轻轻的、软软的声音，带着几分温和的讨价还价。

"那……好吧。看在陈姐的份上，我就去试试看。下次陈姐去巡查站点的时候，一定要说，是急救站奖励城西站有进步，给加的激励，可别说别的，不然我可要给他们骂死了哦。"

"好的……好的……"陈姐见她答应下来，如释重负。

"指东打西，围魏救赵啊！"陈皓岩替她按着酸痛的脚，啼笑皆非。这人，手小、脚小、个子娇小，不知怎的就是长了挺大的气势，挺深刻的脑回路。

罗丹青看看他不禁问道："你老爸是开公司的老总，老妈呢？"

"……我本科毕业那一年去世的，脑胶质瘤。"大个子的脸上显出了一丝寂寥，眼睛望向窗外，仿佛在看天际的浮云。

"她一直说自己是偏头痛，发现的时候，已经没有机会手术了。我老爸尽看着自己那摊子生意……哪关心人家头痛的事情。"他的愤愤之意夹着凄楚和怨怼。

罗丹青伸手，柔软的手臂勾着他的脑袋，温柔地摸摸他的板寸，又轻轻摸了摸他背后撞伤的乌青。难怪他这么体贴女生的心意，若不是他不经意地提起，自己再想不到的。原来，他心里有个大洞，空落落地没有填满。大个子把头靠在她的胸前，拥抱她一下，叹息声中，夹杂着深深的伤痛和遗憾。

第六章

『烟花』

"烟花"在舟山市普陀区登陆，中心最大风力 13 级。城西站点地势太低，暂时撤除。

01

夏日炎炎，7 月中旬，台风"烟花"在太平洋上形成，步步向浙江省的沿海紧逼。铅灰色的云层快速地在天空中移动，香樟树的叶子在大风中"啪啦啪啦"直响。

一阵紧似一阵的大风，把植物的茎叶扯得不停地剧烈摇动。雨点有一阵、没一阵，乱糟糟地砸下来。司机值班室里的电视机一直开着，中央电视台的新闻里，实时播放"烟花"的巨大裙摆在沿海造成的巨浪。播音员穿着雨披，腰里拴着安全绳，在海滩边声嘶力竭地报道着台风即将登陆的舟山沿海的实况。这几天连"云南逛吃团"的大象也不见报道了，沿海一带所有的紧张视线都盯着这缓慢移动的台风。而与台风路径不相关的地方，大家都在看东京奥运会的女排比赛。

全市都在启动红色预警，准备应对台风的正面袭击。城西这一片是地势最低洼的地区，每年逢暴雨台风，这里的街道都会积水，远处泗水河的水位猛涨。急救站附近，在两年前台风"利奇马"过境的时候，水势高到半人多深过。街道里的社区干部正在发动部分老旧小区的居民到市体育中心去。

老彭满不在乎地把频道调整到了东京奥运会，但凡是这种天气，高速公路关闭，地面车辆十分小心，企业单位都在响应上级的指示，小心地抗击台风；家家户户关紧了阳台，收拢了花盆，急救车反而很消停。老彭的家住在城西片，对这里的状况心里有数。急救站本身并不太怕淹，房子的基座很高，水位涨上来的时候，篮球场、小路都会漫成一片汪洋，只露出房子，像孤岛似的存在。像前年，台风"利奇马"过境的时候，就孤岛过一回。

急救站一个上午都没有外出任务。等到中午的时候，接到了总站的通知。"烟花"在舟山市普陀区登陆，中心最大风力13级。城西站点地势太低，暂时撤除。站里值班人员撤离急救站，直到台风警报解除。

老彭顶着大风冲了出去，发动了急救车，按照急救中心指令，把急救车开到急救中心的停车场停放："对嘛！急救车又不会爬楼，万一淹死在停车棚里……萍姐，我等下不回这里，直接回家，你记得通知老夏和小玲，明早别急着来，等急救中心的通知。"急救车的侧面被风吹着，竟然也有摇摇晃晃的架势。

萍姐大声答应着，去锁闭各处的窗户。这两层楼的房子在大风大雨中，边角窗户都略有些渗水。

"我等下就回家了，门都锁了，电视机插头也拔了。如果你们都走的话，记得把总电闸拉下来。"萍姐看看那两个人，加快了速度。风雨辫子似的抽过，雨水碰进窗户里面来，屋外是"哗哗"的雨声水声。

萍姐仰头望了望，戴起了雨披，急着去开电瓶车，这个风雨，开在路上已经有点风险。台风刚登陆，正以极其缓慢的速度，轨迹不定地北上，大范围地散落着携带的水汽，现在距离这边还有一百几十公里，过一阵风雨只会更大。

罗丹青犹豫地站在二楼的房间门口，看萍姐的电瓶车从小路上拐弯，消失在雨雾中。视线往远处眺望，田野里的水势已经颇为可观，汪汪的一片一片，大有汇合成一片的趋势，水位已经逼近小路的路基。

"走吗？万一停电，这里挺不安全的。"罗丹青问陈皓岩道。

经历的台风也算多了，没有想到城市边缘的风声要比城市中心地带瘆人得多，风在旷野里毫无阻挡，呼啸而过。听着猛兽嘶吼一样的声音，还有天际不断划过的闪电，书也看不进去了，电视更是早早关了，免得迎来雷电的袭击。

陈皓岩侧头看看她："今天吃饭是会有点问题，没有人会送来，留在这里就吃方便面。"两个人待在二楼的值班室里，门窗紧闭的室内，空调"嗡嗡"响着。二楼的走廊已经被扑进来的雨水打得有水坑，即便有房檐挡着，整个房子也都湿漉漉的。

天色渐近黄昏，一阵雨水略小，罗丹青开了门往院子里张望一下："哎呀，已经涨水了。"篮球场上集聚了脚面那么高的一层雨水，田野里的水位涨过了小路的路基，直逼路面。

"不行，还是走吧。我的帕萨特不会爬楼，水位万一再上去，淹过了发动机，它可淹死了。"她看了一下天空，阴沉的天空慢慢变暗，心里忍不住一阵恐惧感。她拉一拉陈皓岩说："走吧，荒郊野外的，半夜再停了电，我们变成要等待救援的难民了。"

陈皓岩好笑地斜她一眼："去你家？不怕引狼入室吗？"

远处的田野里有树木断裂的声音，"咔嚓"一声，吓得罗丹青一哆嗦，一看篮球场上，一会儿的工夫，水位已经没过帕萨特的小半个轮子。门前的小路大有整个沉入水下的架势。

"走吧，别贫嘴了。"她拉着陈皓岩，"都说了所有人员撤离，不能留你一个人在这里，万一晚上停电，我来不来救你呢？大风大雨，路给水淹了，看都看不清楚。"

"走吧。"陈皓岩有些羞涩，伸手拿出自己的包，装了点东西进去。

迎着风雨冲进车里，车子驶过慢慢积水的篮球场和小路，急救站只有外墙上的几个红字还亮着，漆黑的两层楼，消失在黑暗中。直到开到大路，才看清，一墙之隔的城西卫生站，也全部撤离了，几栋紧挨着的小房子漆黑一片，连个值班的灯光都没有。城西这一带，整个隐没在黑暗的水雾中，少有灯火。

车子驶入城市中心的繁华路段，风大雨大，但是明亮的路灯和霓虹灯下，瘆人的感觉没有了，看见灯光，心里顿时有了安全感。道路两旁的树木，使劲晃动着树冠。

罗丹青的家在秋实小区，距离第一医院不过一公里，远远可以望见第一医院巍峨庞大的主建筑群。她在地下车库停好车，穿过联华超市的时候，买了一堆吃食，带着陈皓岩乘电梯到了十楼的公寓。

一百来平方米的公寓，布置得十分简约，看得出一个人住，很少柴米油盐，很少闲情逸致。硕大的厨房、硕大的冰箱光洁闪亮，都不像经常使用的模样。

卧室宽大的床铺旁边，是大大的电脑桌。整个房间里，一股子好久不住人的气息，几乎没有小女生的摆设、装饰，墙上连幅画都没有。自动扫地机给不小心碰了一下，"兹兹咕咕"地跑到客厅里，转了个圈开始满屋子乱跑，到陈皓岩的跟前停留了片刻，像是吓了一跳，一个急转身往阳台那边去了。

窗外，远远有从第一医院急诊室传来的急救车的警报声。陈皓岩伸头往阳台外面看了一眼，外面狂风大作，窗户的一丁点缝隙都发出猛兽嘶吼的声音。他回到厨房里，帮罗丹青一起做晚饭。电饭煲里冒出香香的水蒸气，她在案板前切香肠。他不由得心里一热，有多久没有看见这么家常的景象了。

"红蜘蛛小姐姐，你若是操作系统里没有安装这个功能呢，我来算了。"陈皓岩示意灶台前的罗丹青让开——她打蛋、切菜毫无急救操作那种利落劲儿。

他站到水槽前，一阵洗、切、起油锅……看得罗丹青有点傻眼："啊！居然有这一手。"她从身后抱住他的腰，把脸伏在他背脊上，看他做菜。他的衣服洁净，隔着薄薄的衣物，肌肉柔韧，她一时贪恋地粘在他背上。

"以前中学的时候，老爸老妈创业，尽跑在外面，不大顾得了家里，只好自己动手解决。"他手势熟练地翻动锅铲，搅匀锅里的蛋炒饭，直到金黄的蛋液均匀地包裹了米饭，青色的豌豆粒、橙黄的玉米粒、红色的香肠粒均匀地和米饭混合在一起，翻炒、撒盐、撒鲜酱油、撒葱花……扑鼻的香气蒸腾出来。罗丹青在他身后，"哼哧哼哧"吸几下鼻子，像小狗一样深嗅着锅里弥漫出的香气。

"哇！赏心悦目，怪不得……有香、有色、有颜值，怪不得给人烧了房子。"罗丹青笑道。

他侧头轻轻撞一下她的脑袋，"哼"了一声，在冰箱里翻了翻，取出一瓶干白葡萄酒，手势娴熟地用海马开瓶器拔出软木瓶塞。

"啊！真会挑，这是我喜欢的雷司令。"罗丹青感慨道。

"经常一个人喝酒？"陈皓岩问，硕大的冰箱里有啤酒，有红酒，有梅子酒。

"晚上电脑上的功夫弄得久了，会睡不着，喝一杯帮助入睡。"她在橱柜里拿出晶莹的葡萄酒杯。

陈皓岩把葡萄酒瓶上，一个幸运草图样的标示给她看："这酒是我老爸开的那个公司在代理的，一看就认识它。"干白倒入酒杯，剔透的玻璃上立刻凝了细细的一层水汽。

满屋子转的扫地机器人，到厨房门口看了俩人一眼，觉得不大好意思，调头又往客厅去了。

入夜，风疾雨大，高层建筑的风声虽然凄厉，但人群聚集的地方给人心里增添偌大的安全感。雷司令馥郁的花香味，清甜入口，两杯下去，脑袋有微微的眩晕感。

他听得她在打电话："没事，台风吹不倒小高层，十楼也不会进水的，放心……哎呀，今天我不值班……这个月在急救站，你忘啦……知道了，电视机已经拔掉插头了！"她的语气十分娇嗲，像是在跟父母报平安。

他轻笑一声，再英明神武，在老妈眼里也还是白痴儿童，生活不能自理。他朝自己的手机看了一眼，又看了一眼，把手机扔回了书桌上。

夜色深浓。

他的嘴唇在她的唇齿间留恋不去，强壮的手臂紧紧圈住她的腰，一边亲吻她的耳垂，一边在耳边轻声呢喃。一阵一阵电流一样的酥麻感觉从罗丹青皮肤上涌过，她闭上眼睛，把滚烫的脸颊贴上他的脸，用牙齿咬了咬自己的下唇，清晰的、锋利的自我，消失在粗重的呼吸里，沉溺到欲望的旋涡里。

"烟花"用极其缓慢的速度从海边慢慢移动，巨大的风圈和云系释放着大量的水汽。扭曲的行程一路摇摆，第二天的上午又在嘉兴平湖再次登陆。台风一夜的行程中，大雨不止，抖音上播放的，更是水位上涨、堤坝溃决、老老小小乘坐橡皮艇转移的影像。

罗丹青睁开眼睛的时候，光线已经从窗帘的缝隙里明亮地照射进来，外面强烈的风声、雨声、树叶"哗啦哗啦"的声音，仍然是台风笼罩下的动静。

她听到均匀的呼吸声，回头看他，英挺的面颊，结实的肌肉，醉睡中他还是好看的。仰望天花板，有一瞬间的眩晕。啊！太强烈的满足，简直有罪恶感呢。

"早啊……"他闭着眼睛说。原来这人已经醒了，真能装。

"不早了。"她轻笑一下。

"如果有什么事，给我极乐的感觉，那最好时间永远不要过去。"他轻声带点委屈地说。罗丹青听得呆住，他声音语气有种身不由己的忧郁和无奈，让她深深感动。

老夏的老爸不好了。

02

中午一过，风慢慢停了下来。萍姐打来电话，急救中心要求城西急救站晚间检查完毕设施设备的完整度，次日一早开始正常运行。

私家车驶入小路的时候，路面已经露出了水面，路面上满是泥泞，就和远处的田埂没有两样。半个篮球场还聚积着大大的水洼，树下满是被风折断的枝叶。

"哇噻，哇噻……"两个人光脚涉水而过，踢里踏拉地从车里跑到地势较高的屋檐下。

"昨晚估计最深的时候，有个二十厘米。"萍姐正挥着扫帚，清扫屋檐下的一片。还好门窗都关着，窗户附近稍微有一些渗水。久违的午后的太阳从厚厚的乌云里，光芒万丈地探出头来。周围一霎时闪亮了起来，亮晃晃的水洼，和植物叶子上的水滴，晃起来一片五彩绚丽的光晕。

老彭驾驶着急救车从小路上泥浆四溢地开进来，像开船一样划开水面，停到了停车位上。停车棚的上方，堆满了枯枝败叶，一片狼藉景象。

四个人忙着打扫卫生，花了整个下午，把"烟花"蹂躏过的急救站慢慢恢复正常。

"来看，来看！"陈皓岩兴高采烈地冲着罗丹青大叫。他蹲在地上，一只青色的螳螂，正挥舞着大刀，在恐吓他。那螳螂大概是刚从树梢上掉下来的，小小身材，充满了威慑力的样子，十分好笑。

罗丹青一溜烟跑过来，蹲下看，螳螂朝她挥动了几下大刀，把她吓得后退了一步，威胁它道："叫你女朋友来，咬掉你的脑袋。"

"啊！"陈皓岩装作很痛、很害怕地摸了摸自己的脖子。

萍姐张望了一眼，看两个城市居民正大呼小叫、嘻嘻哈哈地与一只昆虫对峙，忍不住"噗嗤"笑了起来。

傍晚时分，老彭忽然从司机值班室里冲了出来，奔向急救车，一边跑一边喊："萍姐、小陈，出车、出车……"

"怎么回事，不是明天才正常上班吗？"萍姐措手不及地从厕所里跑出来，快速地系着裤袋，有点狼狈。陈皓岩光着两只脚，正在冲洗地面，急急忙忙地找着鞋子。

"老夏，老夏的老爸不好了。"老彭指着手机说道。

刚刚是老夏的电话，急急忙忙的，话都说不清楚了，"车子要是能用，快来接一趟，我老爸看着不好，得送出来……"紧急的事情逢到自己头上，老夏差点连老爸家的地址门牌都想不清楚了，结结巴巴了好几秒钟。电话的那头听得到老头重重的抽气声，呼哧，呼哧，呼哧……

"罗丹青！"老彭扬声冲着二楼的窗户喊道，"下来，下来……"

老彭那粗重的嗓门从来没有清晰地喊过"罗丹青"三个字，乍一听，简直吓人一跳。罗丹青探出头来。陈皓岩和萍姐都被他的呼叫吓了一跳。

老彭大喊道："快，老夏的老爸，需要接。"罗丹青一听，鞋子都来不及换，穿着双浅蓝色的洞洞鞋，踢里踏拉就从楼梯上一路小跑下来了。

"出什么问题了？"她问道。

"别问了，我说不清楚，老夏也说不清楚，听上去呼吸很不好。"老彭迅速地发动了急救车，车门"砰"的一声关上，急救车一路像划船一样，分开了水波，从小路开出去，按响了警报。

"老夏，什么情况？！"罗丹青拨通了老夏的电话。

"把他的头侧过来，嘴巴里分泌物用纸巾清理一下。"罗丹青在电话里指点。

木桥路的大部分路段上，还有不太深的积水，路两边台风之后还没有什么人走动，从木桥路转弯，在乡村的小水泥路上行驶了一公里，就是木桥浜村。这房子是没有翻修过的老瓦房，看上去房屋和院落都有点破旧，在一片三层楼的农村自建房的映衬下，寒酸得显眼。

"这里，这里……"一个矮胖的中年妇人站在路边冲着驶来的急救车大声招呼。

老彭赶紧把急救车掉了个头，后门朝里，停到了路边上。后车厢里的三个人，推车的推车，拎急救箱的、拎监护仪的，一起往院落里去了。

陈皓岩一边跟着急急地往里去，一边环视这个小小的院落。从小在城市里生长的他，没怎么在农村待过，对这种小院落有点陌生。

矮矮的院墙围了个小天井，院墙裸露着砖面，没有糊上水泥，现在红砖已经给青苔爬满了，滑腻灰绿，小小的牵牛花在墙面上顽强地爬藤，螺丝卷一样的藤蔓在风里摇曳。门前的角落里，散放着凿子、锯子、几块木头，零星的木工工具被雨水淋湿了。这些东西也看上去有年头了，工具的柄上，都是手掌磨出的光滑。

低矮的瓦房黑而大，墙面陈旧剥落，弥漫着一股子腥膻的臭气，像是尿骚味。一张简陋的大床靠墙放着，老夏半坐在床上，扶着一个极其干瘦的老头。

老头的生命已经是最后关头了，他在努力拼尽最后的力气，吸气，吸气，好像吸不进胸腔里。

这种情况陈皓岩已经不止一次看见了，病人的呼吸即将停止，后面就是随之而来的心脏停搏。

"快……"老夏对着老彭喊道，他又扶着老头喊道，"爸，你等等，阿兴还没有来。"

罗丹青见状，迅速地安装好皮囊的接头，把加压面罩按上老头的面孔，把皮囊递给陈皓岩。

"老夏，你老爸快要停了，你确定要插管吗？还是就这样算了。"陈皓岩听得罗丹青口齿清晰地问道，她的语音清楚而温和。

"不行，不行，你帮我维持一下……去医院，我弟弟还没有来。"老夏急道。

罗丹青用 C 型手法打开病人的气道，陈皓岩在她旁边捏着气囊，只见气流从病人的口鼻腔涌入，单薄的胸廓有规律地起伏着，十几次之后，老头的面色已经不像初来的时候那么青灰，呈现将死的颜色和气息。

"老夏，他吃了很多苦了，不如就这样算了。"罗丹青把加压面罩递给陈皓岩，自己手里准备着喉镜和气管插管，一边轻声劝说着老夏。

"我要他等一等，等我们兄弟两个都在的时候走，他脑子清楚的时候跟我说过，他要走的时候，我们两个都牵着他的手。"老夏的一边说，一边哭泣，语气中夹杂着深深的悔愧。

老夏的老婆，那个矮胖的中年妇人在旁插嘴道："昨晚就该送出去了，风大雨大，门口涨了挺高的水，实在是看着不好，他弟在仓库值着抗台风的班，也回不来。"

"我插管了，老夏，你别看着，看着心里会难受。"罗丹青准备好了气管插管，抬眼看了眼老彭，老彭会意，立刻勾着老夏的肩膀把他拖到了门前，背对着病人，两个中年男人搭着肩膀默默地看着门外那套木工工具。

气管插管轻巧地插入了声门，病人已经虚弱到没有任何呛咳反射，陈皓岩在旁帮手注射气囊，置入牙垫，用绷带和胶布固定插管。这不是他第一次见罗丹青做气管插管操作，心头有若干疑团，她的操作轻巧、娴熟，仿佛很在意这失去知觉的老头，疼和不疼。

他在一旁用皮囊做着人工通气，心里除了佩服，涌起了一股温热的情绪。数年前的记忆从深处涌出，眼眶里有温热的眼泪，几乎控制不住地涌出来，他用力咬了一下嘴唇。

萍姐给病人安好了监护仪，只见监护的屏幕上，心率、饱和度、血压慢慢出现了大致看得过去的数字，监护仪停止了大声的报警。

罗丹青和陈皓岩两个人操作的几分钟里，萍姐用急救箱里备好的留置针，给病人开通了静脉，长久不做的功夫，现在做起来，倒也未见生疏，一瓶 5% 的葡萄糖注射液，慢慢滴入病人的静脉中去。

"走。"罗丹青起身喊道。

几个人推着平车，病人身上裹着一条薄被子，往屋外的救护车去了。老夏一阵忙乱，在抽屉里找了一下，终于把身份证翻了出来，拿在手里。

老彭一把拿了过来，用手里的值班手机拍照，一边走，一边上传"急救云"系统。这点子事几趟车就做熟了。

"急诊室注意，79岁男性病人，窒息，心跳未停，目前气管插管，心率 90[11]，氧饱和度 95[12]，血压 84/40[13]。"罗丹青接过值班手机，在"急救云"上传了一段语音。

急救车拉响了警笛，慢慢地掉头，向市中心方向驶去。陈皓岩打开了视频传送的摄像头。

"他还能维持50分钟吗？我弟弟接到电话，已经有人来接替他，大概一个小时内可以到急诊室。"老夏看着老人的脸，焦急地问。

"可以做到。"罗丹青清晰地回答。她蹲在病人的头端，手里拿着皮囊，一下一下规则地做人工通气，一双眼睛看在病人的脸上。这老者病得时间久了，干瘦如同骷髅，皮肤的皱褶里，有些污秽，油腻的白发显然是自家粗粗理的，身上散发着不洁的气味。但是，她看着他的目光，没有躲闪和回避。陈皓岩的心温柔地抽动了一下。

第一医院急诊室的停车坪上，已经有医护人员在等候，这显然是信息上传的结果，老夏看见这日常见惯的一幕，心里甚至有点想哭。

11　心率 90 次 / 分。

12　氧饱和度 95%。

13　血压 84/40 毫米汞柱。

老夏的老爸推进抢救室之后，罗丹青就跟了进去，一直在抢救室里。连上呼吸机之后，病人虽然毫无知觉，但面容十分安详。

老夏的弟弟在一个小时之后跌跌撞撞地跑进了急诊室。两兄弟都已经头发花白，各自强力控制着自己的情绪，在抢救室门口絮叨了一会儿。

"老夏，你弟弟已经来了……拔掉气管插管吗？"罗丹青问老夏。

兄弟二人相互看了一眼，各自点了点头。老夏哽咽着说："他也吃够苦了，不必再维持下去，我们就跟他说的一样，一边一个，拉着他的手，送他去了。"

老夏的弟弟点点头。

最后的送别，并没有多少时间，油尽灯枯的老人，在气管插管拔掉之后，四十分钟，呼吸就慢慢停止了，监护仪上心跳的节律越来越慢，越来越慢，最后成为一条直线，他走完了人生最后的进度条，在两个儿子的陪伴下离开人世。

急救车停在急诊室外的停车场上，老彭和萍姐在停车场上等着。老彭看着灯火辉煌的急诊室，点了一下头，又点了一下头，默默地点起一根烟，在角落里，避开保安的视线，凶横地抽了起来，弥漫的烟气在他头顶慢慢飘散。

萍姐轻轻地说："唉……终于解脱了。"她的语气带着一丝感伤。

陈皓岩在抢救室的一角，一直看着罗丹青，她在抢救室的时候，就是那个地方的"一家之主"，医护人员的视线都会自然而然地看向她，等着她的指令。

老夏的目光会不经意地划过她的脸，仿佛在找安全感，也仿佛在寻求一点现实的帮助。隐隐的，你甚至会感觉顶灯投射在她脸上的光，有一层圣洁的光环。

深夜，急救车回程的时候，车里的四个人都没有说话。

老夏老爸告别了人世，他的后事有条不紊地进行着，完成了心愿之后的老夏，没了那种张皇失措，一板一眼地帮父亲联系火葬场，擦洗穿衣，像每一个壮年的儿子，虽然阴沉着脸，脸上憔悴不堪，那眼睛里的伤痛却是一点一点地消退了下去，情绪一点一点地恢复正常。

老夏的弟弟喋喋不休地向罗丹青致谢，粗糙的大手像是没有地方放，在自己的工作裤上擦着。"要不是来得及时，我就没法陪着老爸，他会怪我的，他一定到了那边都会骂我。他很早的时候，就对我们两个说，要走的时候，一定得拉着他的手，来年清明看他的时候，一定要带西塘老酒……"

一个苦命挣扎了一辈子的老人，在儿子最后的絮叨中，展现了一辈子的坎坷。中年的时候，老婆就去世了，一辈子辛辛苦苦靠木工活养活两个儿子，拉扯大了儿子之后，辛苦存着每一分钱，为他们娶妻生子，盼着他们成人，盼着苦日子过去。家里的老房子，多年来从未翻修过，渐渐在左邻右舍里成了最破烂的院落。

仓皇来临的老年，带着大脑功能的衰退，带着脑血管疾病的高危因素，他一年比一年更加衰老。离不开床铺，离不开儿子的照顾，两个儿子再苦再累，也继续挣扎着，跟老爸当年一样。端屎端尿，喂饭擦身。他当年为儿子做过的，儿子再为他做一遍。

唯一让儿子心里感觉安慰的是，他终于以他自己设定的方式，离开了人世。

两兄弟，站在急诊室门口，目送急救车离去，老夏站在自己开了多年的车旁边，语气哽咽："谢谢，兄弟们，谢谢……"

"你每一次插管的时候，都是这么轻的吗？"陈皓岩轻轻地问，她回来之后，显得格外疲惫，软软地倚在床上。

"不是每次，最初没有这个本事，后来没有这个理念，到最近这两年才会这样。"她放下手机，陈皓岩靠过去，坐在她的身边，他的手指在她的发丝间穿过，呼吸拂过她的脖子，罗丹青软软地倚在他肩上。

她的声音也慢慢更轻了："很久以前只知道，插管是治疗呼吸衰竭的，插管是有指征的。直到插了很多年，才慢慢明白，其实插管，用那些机器设备，有时候，并不是在治疗病人，而是在帮助家属解决心里的遗憾，我到现在还不是很明白，这样做，对还是不对……"，她说着说着，口齿更加缠绵，仿佛在自言自语，片刻就睡着了，一只手无意识地捉住他的一根手指头。天真的依赖感，让他窝心。

陈皓岩听着她沉沉的呼吸声，心里漫起了无边无际的温柔，昨晚……是累着她了……他伸手过去，把她轻轻拢在自己怀里，温存了好一会儿，蹑手蹑脚地帮她关上了灯，下楼到值班室里去。

"小玲刚刚打了有史以来第一针，瞎猫碰死耗子，居然打中了。"

03

老彭一连在急救站待了五天，老夏家里在办丧事，一时半会儿也难找替班，就只好用这种方式来自己消化了。

陈皓岩看看他，觉得这人也真的实诚，该帮人的时候，半点也不含糊。

他和罗丹青僵持了个把月的关系，总算是好转了。这性子挺闷的人，当然不会来热络地说什么好话，也不聊天，但看得出，那股子绷得紧紧的气性已经没有了。他叫罗丹青一起吃饭的时候，就大喊一声："罗丹青。"就像那日叫她一起出车一样，听上去还挺炸耳朵的。

他现在用"急救云"已经很娴熟，有时候他会向家属要医保卡、身份证，要来之后，拍照、上传、发语音，做惯做熟的流程，看上去就像从来便是如此。急救总站的调度员都很快发现了，城西急救站的网络信息传输次数，达到出车次数的90%左右，远超市内的各个站点。

等到一个月的单据收回来统计，车上建立输液通道率，居然达到了30%。信息科在急救中心的例会上通报数据的时候，大家都觉得有点惊讶，全市的平均数也不到10%！

这几日，一起出车，老彭闷闷地说："小玲，就差你，打个针有什么难的，弄两下试试……"

往日他跟小玲的交集甚少，跟这卖卫生巾的小姑娘，简直没有什么可以说的，两个人不在同一个班次上，而且小玲一天到晚除了开直播，就是在鸿星尔克直播间里扫货，在汇源果汁店里点单，跟风骂某个网络上爆红的流行男明星。

陈皓岩听见老彭这么说，肚子里暗笑，老彭现在黑转粉，该是罗丹青的铁粉了。

他背着人，也会冷不丁地跟陈皓岩说："谈恋爱呢，就好好谈，不作兴玩弄人家感情的。"这种忠告，实笃得像糯米团子，简直能把人噎死、顶死。

陈皓岩无从解释，也没得还嘴，只得诺诺地答应着。心里不由得涌起好大委屈，外人都觉得他在游戏，不诚心，可是交上一颗心，她会不会当真稀罕呢？她那样的一个人，只不过是在人生的"非常时期"需要一个避风港来疗伤罢了。

他躺在树下的绳床上，手指用力敲了敲手机的屏幕，终止了正在播放的 QQ 音乐。刚在放的那首歌仿佛叫做《何以爱情》，凄婉的男声在唱：

等待最后一眼，最后一遍，最后一天，

最后一点，滴滴答答，消失的时间。

最后这场爱情难逃浩劫，倒数幻灭，

这咸咸的告别，沿海岸线终结……

时间缓慢而坚定的脚步，一直在前进，而她只能属于自己短短的几个月。这歌到底在唱什么，这是个魔幻的预言吗？太阳从树叶间晒下来，台风走远之后，酷暑依旧，烈日依旧。

"上课了。"清脆柔媚的嗓门在二楼喊道。不用回头看就知道，她叉着腰，小脸一板，这是她气势最盛的时候，像个教官，像个工头，蛮不讲理，要求苛刻。陈皓岩轻笑了一声，起身从绳床里站了起来。

他看见，罗丹青的大本子里，有一页，清楚地记着"烟花"两个字，行书的字迹格外清晰，勾画处，几乎是在练书法。那两个字下面，什么也没有写……她在想什么？后悔吗？想忘记吗？还是也像他一样，把贪恋的感觉深深封存在心底。

她的手机铃声，不知道什么时候换成了《夜航星》。孤独、顽强、充满信念的章北海一定让她感觉到了共鸣。

自从知道了打针有奖金之后，急救车的"后进分子"小玲，终于有一日，开窍了。

急救车停在篮球场上，小玲率先从车里连滚带爬地跳下来，一边跳，一边冲着陈皓岩大喊："百发百中，百发百中。"

"啊？护士小姐，你能打针了？"陈皓岩啼笑皆非地看着小玲。

罗丹青从她身后下车来，笑嘻嘻地说："小玲刚刚打了有史以来第一针，瞎猫碰死耗子，居然打中了。"

"我埋头苦练过了，好吧？！"小玲一边跳，一边不服气地吵吵着。走路也不好好走了，一跳一跳地跳进仓库里去补货，也不用人催了。

陈皓岩向罗丹青一使眼色："真的是她打进去的？"

"真的，我没帮手，静脉是挺粗的一个，年轻的外伤病人，不过……看上去，她好像躲哪里去练过几下子，不像模型上练的。"罗丹青有点惊讶地说道。

"那还用说，打针又不是什么了不得的事情，自从我佩戴了这个护身符之后，百发百中。"她往自己的胸口砰砰拍了拍。引得三个人视线都转到了她白 T 恤胸口的那个贴纸上。

啊！是只蚊子。

"我舅妈说，护士的守护神，就是蚊子，每针下去，必须见血。"小玲上蹿下跳地在急救车上添补耗材，看上去像是有用不完的劲头，恨不得马上再出车去完成下一单任务。

陈皓岩和罗丹青连着司机老夏，都停下了手里的活，笑成一片，老夏手里的水喉，一个大摇晃，水柱把陈皓岩喷了个正着，一脸的水花。

"真的到哪个山洞里去拜名师偷学武艺了？"罗丹青问。

"那天不是征兵体检吗？我舅妈管的那摊活儿，她说，'你来，保你抽血抽个够。那帮帅哥，扎不进去，也不好意思哭吧？也不好意思朝你这么个小姑娘发火吧？只要你想抽，保你管够。'我就去了。"

"男生的血真的是好抽，血管都那么粗，凸起老高，想打不着都难。他们都说：'你打，不疼的，别慌。'有几个是挺逞能的，说得好听，脸吓都白了。煮熟的鸭子，只剩嘴硬。"

"我不是照着我们训练的套路，先找的肘正中静脉吗？抽了几个，觉得难度太低，换到手臂上，后来又换到手背上。抽得我这个爽啊！晚上睡着的时候，梦里都是各种弧度的浅静脉，各种皮肤的男生手臂。"

"蚊子啊！我的守护神，愿你保佑我，每季度加上这六百块。罗姐姐，有个帅哥跟我加了微信好友呢……啊！啊！啊！他比陈哥哥还要帅。"

小玲高音量、清脆的少女的嗓音，"巴拉巴拉"像机关枪一样，越说越是兴奋。听得旁边的几个人，笑得弯腰。寂寞沉寂的急救站好久好久没有这样清越的笑声了。

两只猫猫轻手轻脚地从房顶上过来看热闹，香樟树上的喜鹊停止了吵嘴。

小玲兴奋得乱跳，整理完毕后，跑二楼实训室里去开直播去了，楼下都听得到她兴奋的大嗓门，人来疯似的在直播室里大声地叫卖。

"我们护士就是要像蚊子一样，一针见血，这是我们的职业能力，而在事业奔忙的途中，需要好好宠爱自己。今天给大家介绍的这一款卫生巾，适合夏季高温天，用另一种方式告诉您，它就像蝙蝠一样，带翼，吸血，午夜飞行，唯一的不同，它的颜色，和我的护士制服一样是白色的……"

"夏季款 38 厘米夜用，35 元一包，立刻进入直播室，点击屏幕下方二维码，还有惊喜带给您……"

罗丹青和陈皓岩两个人，站在树荫下，往楼上看看，一齐笑得前仰后合，停都停不下来。

"最近城西点的信息上传及时度，数据非常好，而且送到各家医院急诊科的病人，上车的评估和救治速度也很快，我走了三家急诊室了，都反应一样的结果，丹青不容易啊！"

04

急救中心的例行巡查来了。每个季度，主任、副主任会到各个站点都走一遍，一半是巡视工作，一半也是见见各个急救站的员工。

若不是常巡查，有些站点的值班室会惊人地脏、乱、差，像小狗窝似的，床底下臭袜子一堆，不管管是不行的。

主任也不会一天跑很多个站点，通常就是在早上交接班的时间点，看一个站点就好，一两个月轮替下来，全市的每个站点也就跑齐了。

萍姐接到电话，通知大家都等着，没一会儿，见一辆黑色的公务车从小路上驶入了篮球场。这次来巡查任务的是副主任陈姐和信息调度科的科长小刘。因是公务巡查，两个人都穿了一身急救站的蓝色制服，笔直的小直筒裙子到膝盖，显得十分挺拔。

"大家好。"陈姐一钻出车子就满面春风地跟大家打招呼。两位领导好几个月没有来，在值班室的窗口粗粗看了一眼，三间值班室早被萍姐督促着打扫得干干净净的。

储藏室里检查了一下耗材和药品的储存情况，接着看了看急救车车载的器材使用情况……一圈例行检查下来，两位领导对二楼的实训室大为赞叹。小玲的摄影器材摆在那里，好像就是为了录制培训视频用的。

地上，折腾了一个月的模型，比以前更破了，两只胳膊的肩关节经常掉下来，索性把手臂给拆了，扔在桌子上。这手臂又给练过了静脉输液，手背上一本正经地贴着输液敷贴，乍一看简直瘆得慌。一面白墙上，贴满了花花绿绿的便签纸，有实训课的目录，有欧洲杯的"欠条"，也有视频课件的备忘。

"丹青这劲头真是不同凡响，让她一弄，马上就不一样了，陈姐，我们得好好马屁拍着点，搞不好丹青一升官，就是咱的顶头上司了。"刘科长摆弄了两下训练用的模型，笑着对陈姐说。还仔细看了看这套直播设备。

萍姐往常不大上来实训室的，看见小玲显眼的橙红色行李箱在墙角，赶紧用身子挡了一下。没给领导看见。

"最近城西点的信息上传及时度，数据非常好，而且送到各家医院急诊科的病人，上车的评估和救治速度也很快，我走了三家急诊室了，都反应一样的结果，丹青不容易啊！"陈姐也是赞叹不已。

"哎呦"！等他们俩推开二楼值班室的门，不禁吓了一跳。"丹青，你这几个月，就以急救站为家啊？"陈姐的语气有点心疼，桌上是罗丹青的电脑，一本《急诊医学》摊开搁在桌面上，床头一本《枢纽》。空落落的房间，还算舒适，但是看得出，并无太多娱乐。

"我本来就是一个人，再说也需要盯着另外一个班次，看能不能把两个班次做到同质化。"

陈皓岩待在楼下，没跟过来，飘过来的只言片语，约略猜得到，领导这回巡查是刻意来检查罗丹青的"十二分钟"计划进行到怎么样了。其他设备、药品、环境的检查都在其次。

一圈查完，两位领导回到了楼下的公务车前面，显然是结束了。罗丹青对陈姐说："培训计划做得差不多了，流程清理也还可以，培训视频还需要拍摄一阵子，我准备下个月，到急救中心来汇报一下进展，也要求一下支持。"

"好……好……我猜你用不了六个月，就能把这些全部搞定，要什么支持尽管打电话给我。"陈姐一叠声地说。

她趁着旁人不在身边，轻轻在罗丹青的耳边耳语道："那小子，没又捅娄子吧？"

"没有。"罗丹青看了眼陈皓岩，脸庞隐隐有些发热。

"唉，还有桩事，我晚上给你打电话啊……"陈姐在她耳边说了一句，看萍姐过来了，脸上立刻恢复了客气而礼貌的笑容。

第七章

父子

心底里知道，职业生涯的冷硬和理性需要那样一阶一阶地手足并用地攀爬。她已经是个中高手，而自己还没有入门。

01

老夏的父亲去世，他的面色比以前看上去健康了很多，干瘦的面孔胖了一点。苦苦煎熬的日子结束，眉宇之间那种暴躁和颓丧之气淡去，时时刻刻困倦得想闭上眼睛的那种极度的疲惫，也渐渐消失，连开车都没有那么急躁了。

五十多岁的汉子，不会满脸情绪，黑黄的脸皮静得有点木讷。值班室的廊檐下，那套手工的木工工具不知道什么时候被搬了过来。

他和小玲、罗丹青都没有什么可说的话题，白天不再需要"补觉"，闲下来的大块时间，他就坐在树荫下，一个人用手工的工具，拿着块木头，用木工刀，用凿子，用锉刀，用砂纸，慢慢地做着木工活。

看得出，他学过这手艺，这些古老的工具用得颇为娴熟，全身的注意力都落在面前的木头上面，眼神非常沉静，不知道是沉浸在回忆里，还是痴迷在手艺活里。现在手里正在做的木工活，仿佛是一只尺寸不大的匣子，一块沉手的深褐色木料也不知是什么木头，接合处，全用榫头，手工十分考究，不知道将来是做什么用的。

陈皓岩坐到了老夏的旁边，凑近了看，手撑在膝盖上，看半个小时都不挪地方。再过了些日子，他也有时会动手，在老夏的指点下，细细地做。两个人偶尔交谈一下，那神态和表情，忽然像是有了点贴心贴肺的交情。就像两个旗鼓相当的棋手，互有输赢的次数多了，磋磨出来知根知底的理解和喜悦，看得罗丹青都觉得有点诧异。

到急救站的第四个月，陈皓岩感觉自己快被外面的世界遗忘了。手机最近用得更少，骨科群、同学群的微信都不大关心了，不看仿佛也没什么损失。曾经要死要活的那妞微信号注销，手机号注销，彻底消失在了人潮人海中。他本来多少还有点歉疚，现在可以像电脑清盘一样彻底删除了。

上午的实训课还在继续，一边练，一边拍摄视频，他动手，罗丹青在旁拆分讲解，越讲他就越明白，手里的活儿也开始娴熟到肌肉记忆的程度；下午的理论培训，比预想的还要快，沉下心来，把当初踩的坑，心头有过的疑惑，一样一样拿出来解决。学她那样顽强地、碾压式地慢慢推进。

他把她从家里带来的书，一本一本地看下去。像她一样，想到一个问题，就先记下来，再慢慢想办法解决。

零碎的时间，忽然对这木工活有了偌大的兴趣。

"兴趣的槽点真是复古。"罗丹青忍不住打趣他。老夏休息的那一天，陈皓岩有时候会独自折腾一块木头，折腾好久，翻过来，背过去，仿佛在做几何体，也仿佛在做物理实验。罗丹青坐在一边托着下巴，看着他。

"我外号叫什么来着，红蜘蛛小姐姐？"陈皓岩手里拿着钉子和锤子，轻轻地研究着角度。

罗丹青笑了出来，这个名号，长久没有人提起，竟然有些生疏了，烂……木匠！

"现在我有一点感觉，其实椎弓根钉，就是需要用手来感觉的，不尽然是用 X 线定位……而且，立体三维的力线，用点空间想象力可以做到……"他像是在跟罗丹青说话，也像是在喃喃自语。手里的钉子虚摆一摆，眼睛仿佛带着 X 线的功能。

"以前，带教老师说，做骨科最好学书法，学十字绣，学刻印章，我都觉得好笑，现在有点明白了。"

钉子稳稳地以某个角度钉入木质中。他的样子，不知道是在做木工活，还是在做手术，手势仿佛和木匠不太一样，又仿佛有点相似。

"不疯魔不成活。"罗丹青看看他的手，手指上磨起了几处粗糙的茧，大拇指上缠着个创可贴，想是不小心划到的，看看他的眼睛，他的注意力全神贯注在手里的木工上面，一点精光，沉静而痴迷。她喜欢那双大手粗糙的感觉，不自主地，会握着他的手，摸摸手心里的茧子。

这几天骨科主任把一个案例比赛的任务派给陈皓岩了。手术太忙，科室里的几个年轻医生都赖着不愿意做PPT，时间又催得挺紧的，只好剥削送往急救站"劳动改造"的陈皓岩的时间，他的电脑功夫还算不错的。

骨科主任给罗丹青打了个电话，大有点"托孤"的意思："丹青，市级的病历比赛，你帮忙看着点，赚个名次，回来面子上也好看点。让那臭小子上心，别丢了我的老脸。"

她一头是答应着，陈皓岩不问她，她也没有故意凑上去当参谋。

他有时候在电脑上倒腾，有时候手里拿着木头比画，她在一旁翻《枢纽》，各做各的，靠得很近，却互不干涉。

褐色的真皮面大本子，翻过去快一半了，规则、补充、实训课程、视频教学、流程修订、质控增补……一个一个的条目在陆续增加，流程图渐渐变成一种新的习惯，文字渐渐累成计划书。

陈皓岩见她开了一次视频的会议，那是急诊质控中心的主任会议。不见她组织开会，还不知道，她往日里的气势，真让陈皓岩吓一跳。

她是急诊质控中心的秘书。老主任快退休了，名为主任，重责都让秘书小姐担了去。

晚上7点钟开会，她在电脑上6：45上线等着。7点钟开始点名，二十来位急诊科主任、副主任陆续上线。镜头前嗡嗡喳喳的声音，是好几位会议程序用得不熟练的，她一一帮忙解决问题。7点一到，开始点名：

"罗丹青，到！"她声音清脆地第一个点到自己的名字，又声音清脆地喊到。

接着，按着名单一个一个地报名字，许是榜样的作用，这些中年的主任，被报到名字之后，也像军训一样一个一个地喊"到"，等到一遍报数完毕，镜头前的注意力开始集中，不再有人晃动不已，也没有私下讨论了。

"各位主任，本次会议的主题，是提高院前急救的效率，这是上级质控中心给出的要求，也是卫生健康委和急救站的本年度重点工作之一。我先向各位主任汇报任务的进展情况，提出对各大医院急诊室的基本要求，最后是一些现实问题，需要各位主任出谋划策，群策群力地解决。"

罗丹青清楚地对着镜头开始会议。陈皓岩坐在手提电脑的背面旁听着，免得在镜头下被看到，他的视线默默注视着她的面孔。啊！她已经是一个专科中成熟的医生，是江湖中招牌响亮的高手，天天在一起耳鬓厮磨，她才露出柔弱天真的一面，当她穿上盔甲的时候，她是战士，巾帼不让须眉。

"提前在院前完成静脉通路，完成血标本的留取，需要各家医院互认检验标本……这样检验科出报告的时间至少可以提早8分钟。为了简化流程，急救车上留取的血标本需要用组合套包，牺牲一些个性化的考虑……"

"院前急救医生的培训，不能流于形式，监护仪的使用、加压皮囊的使用必须讲求实效。建议各医院派遣院前急救医生的时候，先完成在急诊室的至少两个月轮训，熟悉三大中心的基本流程和理论框架……先有认可，才能自觉执行，才有可能有效提升D2B时间。"

"执业范围在内科的医生，需要经过创伤中心基本培训，戴颈托、使用骨盆带、肢体制动，这些培训项目在以往的上岗培训中都没有，目前接诊病人中外伤的比例比较高，必须系统地添加骨科课程。"

她一项一项地汇报着进展，陈皓岩脑子里就仿佛在回放一次又一次的出车经历，这就是自己已经经过的那些日子，在实训室、在书本旁、在急救车里……每个细节的磕磕碰碰，细细打磨。原来她是这么想的！归总起来又是这么一个结论。他想到了那个放血标本试管的小试管架，每天下午的理论课目录，手机录制的操作视频……一点一点，就是前行的一个一个脚步。

最后，轮到镜头前的各大医院主任发言。

"罗主任，每个医院的病历信息系统不一样，有没有可能建立部分互通的云平台？"中医院的高远主任问道。

"好的，高主任，我记下了，这个建议很好，可以向上级要求搭建统一的急诊平台。"罗丹青回答。

"罗主任，线上培训的理论课是可以的，实训还是需要借助两个大医院的技能中心。"一位县医院的主任建议道。

"是的，急救中心今年在新大楼里建新的实训中心，在建成之前，所有实训课程会申请在市内两个大医院的技能中心进行，这个报告由我来提交。"

罗丹青一路听，一路记录，来来回回的线上会议，气氛一点也不比线下的交锋来的弱，信息量巨大。陈皓岩看见她的手机开着录音功能，搁在一边，显然是会后方便复盘所有的讨论。

陈皓岩之前从来没有见过科主任组织会议。骨科那油腻的半大老头也要花这么大功夫来组织三个病区的科会吗？他向来只觉讨厌，没有看过他的辛苦。

小巴辣子、小住院医生、小跑腿的……他只要长耳朵坐在最后一排听着就行，抽空刷个手机，没给看见的话，也就刷了……陈皓岩第一次感觉到成年的压力。心底里知道，职业生涯的冷硬和理性需要那样一阶一阶地手足并用地攀爬。她已经是个中高手，而自己还没有入门。

可能是毕业前后纷纷扰扰，心乱如麻，自己一直也没有从学生的角色里抽离，许烨忍不住说过几次，骂自己"幼稚……没脑子……头脑简单"。此刻看着她，有些细微的感觉，慢慢地生长起来了，就像一颗停滞不长大的树，在一场大雨的浇灌下，又开始了生长。

八点钟，会议按照计划结束。

"你从来不拖几分钟的吗？"陈皓岩见她满脸泛着红色和油光。

"守时是帝王的美德，我一直就是整点开始，不等迟到的，整点结束，不让守纪律的人懊恼。"罗丹青一边收拾摄像头，一边说。

守时是帝王的美德！陈皓岩无声地在心里复述了一遍，她的那种坚硬和靓丽，每一分都有每一分的道理。

"我得把会议记录赶出来……"罗丹青在笔记本上迅速地写着什么，神色仍然是紧绷绷的。

"我看你录了音的。"陈皓岩不解。

"这你就不知道了，会议记录是用来分割任务的，直接发在质控群里，下次开会的时候，白纸黑字，没按照清单做到的人自然心虚，做不好的会难为情，能补的就迅速补……要是缺了这一道互相监督的机制，你以为哪个大主任是好支使的！"罗丹青笑道。

陈皓岩沉默地点点头，她懂得号令三军，懂得身先士卒，懂得曲线救国。他把脸贴在她的背上，深嗅她身上温馨的气息。

静静的夜里，对着电脑坐下来做病历分析的PPT，打开主任发来的压缩包，看着病史，看着磁共振影像，渐渐觉出了些不一样的滋味。惭愧，几年的医生生涯，眼下，他才第一次用解决问题的心态来看一个具体的病人……

这个臭脾气的小子算是和父亲怄上气了。

02

季节在无声无息地转换着，一过到九月，早晚的气温有点清凉，夜来香在黄昏中绽放白色、黄色的花朵，馥郁的清香弥漫在小小的院落中。金铃子带着金属质地的鸣叫，清脆悠长。

一早救护车就接到了出车任务，车子驶出了自动闸门，急救站里剩下罗丹青一个人。香樟树荫下，鸟声、风声，越见寂静。罗丹青把衣物从洗衣机里取出来，拿去篮球场一侧的晒衣处晾晒。太阳还没有晒到这里，清凉的风里，都是清新的植物的气息。她伸着懒腰，深深呼吸。

忽然，她看到有一辆黑色的奥迪从大路上转弯，开得有点慢，仿佛是对道路不熟悉。

车子慢慢转进了自动闸门，在篮球场上停了下来，一个高个子的中年人从车里钻出来。罗丹青一看他的样子，心里已然约略明白来人是谁。这中年人，和陈皓岩相似的个头，穿藏青色的短袖T恤，深色西装裤，看上去似乎有五十多的样子，器宇轩昂。一眼看去十分相似，眉宇之间的气质更加神似。

他下车来，打量了一下两层楼的急救站，问罗丹青："请问，陈皓岩是不是在这里工作，他在吗？"

"他出车去了，今天是他的班，您是他爸爸对吗？"罗丹青放下手里正在晾晒的床单，转到他面前来回答道。方格的床单在风里猎猎作响。

他的视线落在她的脸上，面色忽然有片刻的迟疑，凝神看了看，那神色竟然有一丝怅然。

"你是皓岩的……"他迟疑着问。

"我是他的同事罗医生，今天不该我的班，不介意的话，树下坐一会儿，我给您泡杯茶，等他一会儿。"罗丹青把树下的水泥墩擦擦干净，请他坐。

一杯绿叶浮动的安吉白片泡好了，送到他手里。罗丹青看到，他站在树下，往两层楼的屋子打量着，神色寂寥。

"他有很久没有回家了，他在这里……还好吗？"他问道。他的视线和眼神仿佛很在意罗丹青，让她觉得有一丝紧张和窘迫。

"还好，这里的班次，是上二十四小时班，休息二十四小时，可能他觉得回趟家时间太仓促吧。"罗丹青继续着手里的晾晒。

"我刚去了医院，碰到了他的同学许烨……"他说。

偌大的医院，几乎问不到一个小医生的踪迹，还好急诊室的位置就在最前面，从大学同学的嘴里，总算知道些许儿子的近况。

"他派去急救站半年，在骨科……可能和同事有点合不来。"许烨的片言只语中，听得出来，儿子的工作并不顺利。

"跟女朋友不欢而散，不过他哪里用得着担心没有女朋友……"许烨说。从小的朋友，没心没肺地一起长大，说话仍旧带着小时的随意。即便是恼过他，不理他，对着长辈还是胳膊肘往里拐，护着他的。

做父亲的心，越听越是担忧。这小子，梗着一股子脾气，电话也不打，微信也不发，不在乎钱，也不回家，过年打了个像电报一样短的电话，只说医院里排了值班，不能回来过年，整个人像是要消失在人海中一样。

他等了很久，等他的情绪消失，等他自己回心转意，但是这个臭脾气的小子算是和父亲怄上气了，让人担心。若不是如此，他也不会专程找到这偏僻的急救站里来。

罗丹青知道宝贝徒弟许烨的脾气，他的大嘴巴，不能指望他遮掩得妥帖。于是赶紧替陈皓岩说道："别听许烨的，陈皓岩在这里挺好的，静下心来看书，顺便加强急救培训。大概跟女朋友那边，双方需要花点时间冷静一下……"

听她这么说，他又仔细朝罗丹青看了看，视线停留在罗丹青的脸上，凝神看了会儿："……如果我没有看错……你是他喜欢的人吧。"语气有些犹豫，柔中带刚。

罗丹青手里的枕巾"啪嚓"掉在地上，沾了泥土。她赶紧捡起来，用手拍了拍。

他从自己的口袋里，拿出钱包，打开，里面的透明夹页里，露出一张小小的照片，那是一张多年前的全家福，被小心地塑封好了。抱着小孩子的年轻女子，倚在丈夫的身边，衬得个子十分娇小，小小的鹅蛋脸，一双杏核眼。她手里抱着的孩子，显然就是幼年的陈皓岩，最多只有一岁大，精灵的眼睛十分顽皮，待在母亲怀里也不安生，扭着身子。

那位女士，一眼看去，竟然有三分罗丹青的神韵。小卷小卷的烫发覆在耳边，戴着小小的珍珠耳环。罗丹青看得一怔。

"皓岩不知道有没有提起过，他的母亲在他大学毕业那年去世，这以后，他就不大愿意和我说话了。"他神色十分落寞。珍而重之地把照片藏好。

罗丹青狠命吞了一下口水，一颗心"咚咚"直跳。

他手里捧着茶杯，慢慢地说着家庭的过往。

他经营的公司做葡萄酒的进口和分销，刚刚开始的阶段，十分艰苦，没有几个员工，很多事务要靠夫妻二人自己，事无巨细地做妥。

一年一年，公司逐年运行得平稳起来，有了办公楼，租用仓库，经销链上又开发出新的盈利点。接着线上销售开始，成为当地规模可观的上市公司，赶上热潮之后，营业额迅速增加……生意人没有节假日，营营役役中一年从头到年末。

青春叛逆期的儿子高中毕业，故意报了医学院，也不知道是真心喜欢，还是和父母怄气。他心里想最好宝贝儿子是考商学院，不免有一些怨言。但是，他这样沉浮过的商人，不会太执念。或许这也是好的，大学是重点大学，医生是个好职业。

常年在公司帮手做财务的妻子，疲劳了之后，会说偏头痛，有时候吃几颗止痛药。她自己并不太在意，他也就没有上心。谁还没有个头疼脑热的？儿子读大学之后，她的生活没有之前那么紧张局促。中年人都是忙着照顾老小，忙着照顾生意，谁都觉得自己身体还算不错的。生意上的动荡起伏，她替丈夫担着责任，担着心思。

某一天，她在公司的办公室突然昏迷，送进医院急救。做了CT之后，医生说她的脑内有一个很大的肿瘤，应该是生长了多年，突发肿瘤内大量出血，已经没有手术的机会了。医生为她做了不得已的血肿穿刺引流术。

她在那一天之后，再也没有醒来。脑内的肿瘤出血不受药物控制，很快进入了脑疝阶段。她身体的各种机能在几天里，彻底崩盘，躺在监护室里，用药物狠狠地维持着。等到儿子从学校赶回来，只见到最后一面。她的样子也与平素大相径庭，为了手术，头发剃去了，头部包着纱布，面目浮肿，嘴巴里插着维持生命的气管插管。

儿子赶到医院的次日凌晨，她就离开了世界。儿子在监护室的外面号啕大哭，哭得心都快碎了。

仓促的死亡，带来了父子之间深重的情绪。陈皓岩带着情绪继续去读书，去工作，不与父亲和解。而他沉浸在悲伤中，在数年之后，才重新组建了家庭。毕竟中年人的伤心和寂寞，也需要抚慰，也需要分担，他也有几十年的人生要过。

他慢慢地说着，神色郁郁："前几天，台风登陆，我想打电话问问他，有没有危险……可是，小罗姑娘……唉！"

他不说，罗丹青也感觉得到，儿子恶狠狠地沉默了若干年，父亲心里岂能没有气，男人的面子绷得久了，他也下不了这个气。

听他提到台风"烟花"的那个夜晚，她一阵心虚，脖子都红了。

"今天，是皓岩妈妈的忌日，我想了好久，若是再不来找他，我这辈子，可能就再也没办法让他与我和解了。今天恰好是中秋节，皓岩一定会想念她，或者他也会连带地想到我，不那么拒绝我。"他的语气平静，看着罗丹青的神情，几乎有一丝恍惚。

"他……应该快要回来了。"一颗心牵牵念念有些心疼，原来他心里藏着不愿意与人分享的伤痛。难怪，去接老夏的老爸那次，他总像心事很重的样子，在监护室和母亲最后告别的惨痛情绪，只怕一直深深埋在他心里。难怪他对劳心劳力的她如此体贴，不介意为她按摩，抚慰她的疲惫，恐怕下意识里，也是在补偿着自己内心的遗憾。

"你比他成熟。"他端详着罗丹青的挣扎的表情，仿佛看得懂她在想什么。

"这个傻小子，傻不愣登的，长了一米八五的个子，头脑简单，说不定自己也搞不清楚心里要什么……"

罗丹青听他这么说，不禁莞尔，在父亲眼里，他不过是个没长大的小孩子，迷糊、任性，父亲不会想到，他的样子这么出挑，又懂得体贴女生的小心思，已经是著名的"蓝颜祸水""人间祸害"了。

这时候，急救车从小路上一路颠簸了进来，两个人一起看着急救车，神色都有些紧张。陈皓岩从车厢后门一跳出来，一下子就愣了，表情忽然僵硬了起来。

中秋节的晚餐，罗丹青被"勒令"回家去和父母一起吃饭。父母的家在几十公里外的城市，从高速公路开车过去，要不了一个半小时。罗丹青驾驶着帕萨特，心里像是堵着什么。

整个下午，陈皓岩父子二人都在二楼聊着。陈皓岩的表现，并没有太激烈的抵触，最初有些尴尬和生疏，低着头没有视线的接触。可是中饭过后，父子二人的话渐渐也多了起来，罗丹青也就适时地找机会躲开了。父子之间有太多的心结，需要单独面对。老夏和小玲都小心翼翼的，刻意避开了。看眼色也知道，这对父子比不得旁人的父子那么亲热。

老夏看了陈皓岩一眼，像是想说什么，终于叹了一口气，什么也没有说，回到树下，默默用砂纸打磨着木头。"沙沙"的声音，就像无言的海浪，吞吐着寂寞的沙滩。

直到罗丹青打扮停当，开车离开急救站，父子二人还在聊着。看这情形，他们的和解已经是必然的事情。她抬头望望二楼的房间，不禁替他欢喜。陈皓岩神情一直像个窘迫的大孩子，眼睛红红的，他不会希望自己看到这个样子的吧。

在爹妈眼里，婚姻才最实在，情情爱爱都可以迁就。

03

开车在半路上的时候，她约略猜得到，父母的饭桌上要说起什么。一刀两断的婚事，这几个月估计也终于传到父母耳朵里了。想象得到，即便老妈本来不大喜欢陆某人，现在也会说几句他的好话了。毕竟到了这个年纪，在爹妈眼里，婚姻才最实在，情情爱爱都可以迁就。

这阵子，老妈和大姨发来的信息，都是叫她看某人。那张照片在微信上发来，她就瞄了一眼，那个男人不算难看，老实的西装头，端方的脸，看上去很知识分子。这照片只怕是机关单位的证件照，西装领带十分正式，男人只要是那样正式打扮，都会约略增色一些。

"市委办公室的秘书，前途很好的一个年轻人，等闲的姑娘他也看不上……年龄也般配。"大姨比老妈要嘴碎，也不怕罗丹青生气，有什么说什么，她说什么，大约等于老妈心里想什么，老妈知道罗丹青不敢得罪大姨，干脆拿大姨当作她的传声大喇叭。听得出，她们老姐妹二人是达成共识了，这个难得的人选，是无论如何要让她认识的，不行也得行。

"丹青，我听说了，你在单位，那是数一数二的出风头，武汉也去过了，奖也拿了，可你也得知道，要是未婚的话，那领导要考虑你升职的时候，就会多想想了，中国人的机关事业单位，到底是传统的，谁都怕大龄未婚的老小姐……"大姨的电话，不好意思随便搁，只好由得她滔滔不绝地教育下去。

忍住了不去还嘴，心里还是气的，大龄未婚的老小姐不行，那中年离婚的单身女人行不行呢？！不许不结婚……不许离婚……不许感情不好分居……不许结了婚不生孩子……生生捏到一起去的两个陌生人一定要百年好合，白头到老吗？肚子里频频腹诽，电话里还得礼貌地答应着。

晚餐果然不在家里，锦悦酒店是城里口味最精致的饭店之一，中秋节的包厢给定得满满的，看样子不会是普通的家庭聚餐，老妈和大姨是等不得了，这中秋晚宴估计得有衣冠楚楚的

“别人”。

停车场上毫无空隙，罗丹青倒车的时候，有一点点慌张。

“停停……”一个急切的声音喊道，等到罗丹青一脚刹车踩住，两辆车之间就只剩下 5 厘米的空隙了，险些碰上。

“算了，算了，看你倒车技术也就那样，我帮你停吧。”黑车里的男司机倒也大方，索性坐进了罗丹青的车，帮她把车倒进狭窄局促的车位里。几把方向一打，手法利落。罗丹青赶紧露出笑容说：“谢谢！”

那男司机看看罗丹青，小小的个子，穿一身象牙色的真丝套装，小小的珍珠耳环，明眸皓齿，形似日本的小公主上新闻，神色间有点狼狈。他不由注目，露出温和的笑容。

停车花了太多时间，罗丹青找到包厢的时候，桌上已经差不多都坐上人了。一看，自己爸妈、大姨、姨夫，另外有两对年龄相仿的夫妇，坐在对面，熙熙攘攘地客套着。见罗丹青进来，众人不禁都把眼光移到了她身上。

“丹青，这是徐伯伯、赵阿姨，这是沈伯伯和小赵阿姨，她们是俩姐妹，我们也是俩姐妹……”大姨的麻辣嗓门，最适合家长里短调节气氛。

罗丹青吸一口气，像磕头虫似的一个一个长辈地叫过去。

“丹青真的是好标致。小时候见的时候还是童花头哪！”一堆长辈从上到下地打量着她，堆着笑脸，提起八百年前的往事来。

“喔……来了，来了，他也来了。”大姨欢喜地叫了一声，把她先按在一个座位上，桌面上仅剩的座位就在她旁边。

一个中等个头的男子推门进来，一进门就点头致歉道："抱歉，抱歉，接个电话，晚了一点点，不好意思。"他的礼貌极之妥帖。

"小徐，坐这里，坐这里……"大姨让他坐下，亲亲热热地说，"这是丹青，早就说起过的，你们年轻人聊聊，不要见外。"

两个人脸对脸一看，都不由得愣住了，这不就是刚才在停车场上照过面的那个男司机吗？！他的眼睛不由得亮了起来，刚见过她慌慌张张、窘迫慌神的娇俏，那打动人心的天真，并不是传说中杀伐果断的急诊科女超人。

大姨一副大功告成的神情，一桌子酒宴也就在看来看去的各种心思和眼神里开场了。身边那个叫徐林森的男人，大约是很会处理酒桌上的各种礼仪，他殷勤地给长辈倒酒，叫鲜榨果汁，适时地给罗丹青盛汤，并不喧哗，周到得让人舒适。

只听得酒桌上，几位中年的太太大声欢喜地聊着，一会儿是罗丹青去武汉时候的故事，一会儿是徐家小区封闭的时候的趣事，讲到前阵子赵家老姐妹在苏州给叫去隔离的事情，更加是一阵牢骚，一阵大笑。他一直有礼貌地微笑着，间或小声地对罗丹青说："吃点鱼汤，这个鱼头是今天早上千岛湖过来的，今天过节，刚到就定光了，很鲜……"

他一边自己不动声色地吃着，左手帮着转动一下转盘，让长辈们方便夹菜，低调又有礼。罗丹青叹了口气，不用看就知道，二老嘴里虽然没有说，满意劲儿就快从脸上溢出来了。

那边的眼光也在不停地打量着罗丹青，处理惯医疗麻烦的罗医生也不会太胆怯忸怩，按着礼貌依次敬酒。一顿饭吃得热热闹闹，且不像一般的"相亲宴"，一帮子长辈都没有很明显地撮合他们两个，一句男大当婚女大当嫁的话都没扯。

到了快结束时，大姨才拉大嗓门装作无意地说："你们小年轻，自己留个微信，留个电话啊，多省力的事，以后自己联系。要看病什么的，就打丹青的电话。"

两个人相互留了个通信方式，他忽然皱着眉头跑出去接了个电话，过一会儿跑回来说："对不起，我得先走一步，是疫情的事情，等不得了……难为情，难为情……中秋节也不消停。"

大姨只一愣神，马上亲热地替大家说道："先去，先去，谁都知道，这事情现在哪里能等的！责任大了去了……丹青，你帮忙送到外面。"

等到罗丹青和徐林森两个人一前一后离开包厢，一桌子长辈都有长吁一口气的神情，仿佛是一件大事放定了的那种如释重负。

"一眼看上去就般配，仔细看还是般配……"

"丹青这模样，我们家儿子看神色就知道是中意的，自己儿子我还拿不准吗？"

"这倔丫头，这回算乖了，我看是有想法了。我们这些做长辈的容易吗？为他们好，还怕吓着他们……"

"干杯，干杯，干杯！大姨、姨夫，应该是马上得封红包的。"一桌子中年人嘻嘻哈哈地碰起了杯子，大功告成后偷偷压抑着的喜悦尽情释放，笑得格外开心。

两个人一前一后走到停车场，两辆车并排停在一起，徐林森没有急着坐进车里，他回身问罗丹青："下次，可以出来喝茶吗？"

"……有点远吧？"罗丹青说。

"我下个月调动了，应急管理办公室，临时抽调工作人员，也可能等疫情结束了变成永久的，刚好在一处，那边我没什么认识的人，跟医疗单位有关系的事，可以问你吗？"他问道，朗朗的神色，眼神有点迫切。

"嗯，好的。"罗丹青礼貌地点头。

硕大的月亮灿烂地从树梢后面爬上来，把父母送回家里，一起吃月饼瓜果。当着人还不怎么样，关起门来，父母絮叨的话还是忍不住。

"小徐人不错，你一个姑娘家，一年大似一年了，都是人家挑你，还有多少机会挑人，别太心高了。他比前头那个看上去就顺眼，会照顾人。"

"时间全花在工作上头，错过了生孩子，将来后悔起来，没有后悔药吃，现在快成家快生孩子，我们替你带，也花不了你多少事，样样都给你准备了……"

罗丹青忍着忍着就有点忍不住了，脸色越来越难看。看在中秋佳节的份上，咬牙死忍着。可是这两年父母的心病就在这上头，哪能忍得住不唠叨下去。

"将来若是两地分居，调动工作也容易，做个医生哪里不是做，你的能耐换哪家医院也容易。"

听得出，老爸的心目中，医生也不过就是事业单位的一个编制，坐坐门诊也好，上上行政班也好，哪用得着使一百二十分的力气。

"他要是来约你呢，也不能随随便便拒绝人家，看在爹妈都一把年纪了，你也得懂点事……"

罗丹青九点钟走出家门的时候，一张小脸跟急诊室里刚刚吵完架似的，脸颊已经顶不住要拉下来了。一开出小区，整个脸就耷拉下来。

那个约定，在不远的未来，像是一道符咒，也像是一道悬崖，到了那一天，她会有明晰坚决的选择，而他能做的全部，就是交上一颗心，等待她的裁决。

04

车子风驰电掣地开在高速公路上，前方田野中，硕大的明月映照着竹林和水塘，眼泪在眼眶里打转，想起这几年艰苦的职业生涯，想起通宵忙碌的夜班，马拉松一般的科研项目，想起清冷的生活，冰冷没有温情的约会，冲着婚姻而去，目标明确得瘆人……

车辆渐稀的路面，映照着月光，越发让人心情茫然郁闷，无限的委屈郁积在心里。

从高速公路出口出来，夜已经渐深，她想着回秋实公寓的路，可是在那个熟悉的拐弯处，掉头往急救站去了，木桥路上只有昏暗的路灯，银白的月光在深夜时分慷慨地洒在每一片植物的叶子上，空气里弥漫着夜来香的甜香。影影绰绰有几丝云彩飘过，越见月夜的情致。

她有忍不住的冲动，背后像是什么东西用力推着她，莫名地想快点回到那个院子里，回到香樟树下。车子从自动闸口驶入篮球场，等她把车停好，就看见陈皓岩高大的个子，一个人满腹心事般地站在香樟树下，对着明亮的月光，英伟的脸上是隐藏不住的忧郁，心里忍不住一阵酸痛。

她从车里出来，看见他，眼泪忍不住涌出来。跌跌撞撞地扑进他的怀里，等到触及他坚实的胸膛，情绪更加崩溃。

他用力拥抱她，用尽力气，把小小的身躯抱在怀里。

没有想到她会在深夜回来，这个夜晚，在明月下，他祭奠过早逝的母亲，想到白天和父亲的交谈，百感交集的情绪无处释放，深夜在院落中，听着金铃子悠长的鸣叫，无限感慨。

情绪翻涌着，头脑中各种雷电交加，却只是空白。看见银白色的熟悉的车子慢慢开进来，他几乎哽咽。把她抱在怀里，瞬间感觉心里那个冰冷的大洞，被填满了。他的眼泪涌出来，划过面颊，再也不去忍耐，任由郁积了多年的伤心不受控制地喷发出来。

他紧紧地拥抱她，像是要把她放进自己的胸膛，泪水模糊了双眼。见到她委屈的神情，心里不由得一痛。炙热的亲吻重重地落下来，头脑中一片空白，只有触及彼此的身体和心跳声，才能让心情找到释放喷涌的方向。

父亲在急救站逗留了整个下午，吃过晚饭，吃过了月饼才开车离开，长久没有在一起家常地吃饭了，两个人都有些不自然。

时间过去了那么久，到了最近，看见老夏送别年老的父亲，陈皓岩终于多少有点明白了父亲。

老夏那个在农村做了一辈子木匠的父亲，和自己的商人父亲，在儿女的心上，并无分别。而他还有自己的人生要过，自己怎么能把他的伤心往事一股脑怪在他头上。他到急救站来，希望自己原谅他，可是这一切都是自己的执念，他并没有真的做错了什么。

天色将晚，父亲把口袋里的皮夹拿了出来，看到那张全家福，陈皓岩用手静静地抚摸着母亲的面孔，眼泪不受控制地流下来。那一年她还青春正好，他们一家三口……

他看到母亲年轻时的形貌，心里忽然恍然大悟。啊！罗丹青的一颦一笑原来一直是自己深藏在心底的温柔，忍不住地想靠近她，拥抱她，深嗅她身上的气息，在她疲惫不堪的时候替她捏酸痛的脖子，看她生气的时候低声下气地讨好她……

父亲在皮夹里拿出了一枚戒指，递到他的手里："那一年，我们坐了一次豪华邮轮去日本玩，那是公司生意上了正轨之后，你老妈唯一一次给自己放假。在海洋量子号的珠宝拍卖会上，她一定要买这个戒指，她说，要给皓岩送给自己的心上人。"

陈皓岩满眼都是泪水，拿过戒指，那是一个别致的玫瑰花形白金戒指，玫瑰花的戒托上镶嵌了一颗两克拉玫瑰形切割的蓝钻。形制极其简洁，显然是名家设计，幽蓝色的钻石在夕阳的最后余晖中，闪烁出晶莹的光芒。

"她是你喜欢的人吗？如果是的话，不要让她离开你。"父亲珍而重之地把戒指递给他。

"她……"陈皓岩心里一阵甜蜜，又是一阵苦涩难言。那个约定，在不远的未来，像是一道符咒，也像是一道悬崖，到了那一天，她会有明晰坚决的选择，而他能做的全部，就是交上一颗心，等待她的裁决。

月明星稀，树影摇动。

小情侣在树下热烈地拥抱亲吻，低声地诉说着什么。年轻柔韧的身体，交缠在一起，仿佛剪影，融入了月色中。

小玲站在幽暗的室内，静静地对着他们按动快门。老夏静静地躺在床上，翻了个身，在黑暗中看着香樟树下的他们，悠悠叹了一口气。

第八章

成果

"医生，谢谢你，我爸爸醒过来了！"

01

骨科的沈主任给罗丹青打来了一个电话："丹青，你喂那臭小子吃什么药了……病历是你替他做的吗？得一等奖了！"中年妇男又好气又好笑的语气，显得很开心。

"没有，他没问我，我就没有帮忙，一点都没帮，真的！"罗丹青微微一笑，往楼下张望了一眼，陈皓岩坐在老夏的身边，老夏手里正在做着什么精巧的结构，他看得目不转睛。

"不可能，那是个多重共病的脊柱手术病例，没你指点，他讲不到那些基础病的细节上去，内科功力明显是你的手笔，又不是照着PPT念一下就可以过关的。"沈主任一口赖定罗丹青了。

"得你辛苦调教啊！"口气像自家一个不成器的儿子，托付给了名师。

"反正得谢谢你，我们医院拿这种比赛第一名也没什么奇怪……本来这次是不做指望了的。现在骨科学会的几位副主委都说，省里比赛直接入选，继续参加省年会的青年案例比赛……所以么，还得你继续辅导这臭小子，拜托拜托！"

罗丹青有口难辩，心里是甜蜜地涌上一层一层的欢喜。

陈皓岩连续几个晚上在手提电脑上做PPT，那些骨科的磁共振片子和手术视频，她并不太清楚，隔行如隔山，急诊内科的医生没法把专业性那么强的骨科片子读透。看得出他在绞尽脑汁地腾挪，调整顺序，标注位置，挑选参考文献，盘着两条长腿，目光炯炯。

她坐在离他不远的地方整理笔记，两个人都专注在自己手头的工作上。清凉的秋季的气息，无限宜人。

小房间里，简洁、安静、温馨，风带着香樟树清苦的香味，穿过房间，盘旋到北面的旷野中。一朵白色的韭兰和一朵紫色的铁线莲背靠背倚在一起，插在透明的玻璃瓶子里，搁在她的床头上，小小的韭兰白得似有荧光，在风中轻轻地摇曳。

他总是在草丛里随手折一支小花，插在水瓶里，隔天换掉，隔天又换。彪悍的个头，还有一些细腻的小心思，让她觉得可爱。

城西急救站的信息传送数据连续两个月跃居到瞩目的位置，让急救中心总站都刮目相看。在急救中心官微上显著登载的新闻，是《车上气管插管，46 岁重症哮喘病人，从心跳停止到清醒的奇迹》。

这新闻让陈皓岩在医院里狠狠地出了一把风头。

"骨科医生插管？"急诊室的一帮壮丁们哗然。

"是哦！我亲眼看到，不信也得信，谁教的，你难道算不出来？"许烨说。

"好帅哦！"看到新闻的小护士们对着陈皓岩的照片一通乱叫。他穿着带荧光的急救站工作服站在急救车旁，那照片仿佛大明星在做公益广告。

那天接到出车通知的时候，罗丹青正有事去医院急诊室了，省急诊年会的青年案例比赛任务，曹主任派给了许烨。最近几个月，没了罗丹青"监护"，许烨有点慌张，拿了命题作文就打电话跟她求助："姐……创伤的案例好找，这回要的是感染性休克的早期复苏，那几个预后挺好的案例都没留图片……PiCCO[14]我又不熟……"

电话里一阵子叽叽歪歪，罗丹青就知道他那德行，很想伸过手去在他脑壳上拍一掌。又好气又好笑地"哼"了一声，算算时间挺紧急的，只好答应他，跑一趟，去给他出主意，挑合适的病历。她这徒弟带了两年多，临床水平已经十分稳定，但还没经过省级大赛这种场面。瘦长的个子，斯文的眼镜，看上去挺像样子的一个医生了，可是心理上多少对她还有点依赖感。在医生的职业生涯中，他还算个未成年人，有点依赖，信心不足。

"罗老师……这阵子容光焕发，白里透红，气色好得不得了。"许烨一见了她来，满嘴甜言蜜语。

"去去去，要你拍马屁，把做一半的PPT拿出来我看。"

陈皓岩替她当着班，接到出车的通知就去了。

急救车开到竹桥苑小区，进门就闻到一股子浓重的油漆味，小区沿着围墙的栅栏刚油漆完，在秋高气爽的天气里格外的难闻。几个人高马大的工人正在刷附近花坛的栏杆，几个油漆桶搁

14 脉搏指示连续心输出量监测（pulse index continuous cardiac output, PiCCO）是一种对重症患者主要血流动力学参数进行检测的工具。

在阴凉处。他们工作服上都是斑斑点点的褐色油漆点，地上也溅了好些。

急救车刚停好，就见一个四十来岁的中年妇人和一个十几岁的少年架着一个体格十分高大的中年男人，从楼梯上连滚带爬地走下来。

那男人呼吸十分费力，每次气喘，喉头都带着尖厉的哮鸣音，陈皓岩赶紧拖着担架冲过去，几个正在油漆的工人都是热心人，一见这状况，纷纷扔下手里的活，跑上来帮忙抬人。

等到一群人都围了过来，那中年男人用力吸着气，脸上显出极度窒闷的神情，脖子随着吸气，深深凹陷了下去。他用尽全力吸了一口气，忽然就手脚软软地不动了。

"快，快，医生！他是什么毛病啊，有药先用一点。"油漆工人在一旁七嘴八舌地出主意。

"二十几年的哮喘了，闻了两天的油漆味道，发得不行了！"那病人的妻子说，心急慌忙地在他口袋里掏着气雾剂。

陈皓岩正在固定担架，一听这话，猛然醒悟，对着几位油漆工人大喊："师傅们，你们让开，油漆味道，他过敏……"

油漆工人们一阵愣神，相互看了看，每个人的工作衣上都溅了好些油漆点子，这大量的致敏原，充斥在周围的空气中。细密浓浊的致敏原被病人大量吸入肺泡深处……油漆工人们迟疑地退开一些距离，不知所措地看着这个病人一家三口。

片刻工夫，等陈皓岩安装监护仪的时候，发现病人已经在用残存的力气，在做最后的垂死挣扎了。一张脸憋得青紫，眼睛定定地向上反白。

他的手脚用力一抽，突然松软了下去。"完了、完了，停了……"陈皓岩喊道。

陈皓岩一搭病人的颈动脉，一阵紧张，拿出插管箱，接氧气，安装加压气囊。

"静脉通了，先弄点什么进去？"小玲在旁边急道。最近她的速度快了很多，中年男人的静脉也好打，她已经打进了留置针，给病人输上了液体。

"抽一支地塞米松，抽一支肾上腺素。"陈皓岩急急地说，声音紧张得有点不受控制的颤动。

他看了眼插管箱，"啊……"忽然之间被病人妻子的惊叫声吓了一跳，"啊……你不能死啊！"中年女人扑到病人的身上死命摇他。

接着是那少年的狂呼："爸爸，爸爸……"。

陈皓岩瞬间下定了决心，迅速打开插管箱，拿出了喉镜。这操作已经在实训室里做过无数遍了，孱弱的心里还是没有底，但是已经来不及给自己做任何的心理建设了。

手麻木地在做着操作，一步一步，像长在手上的记忆，一双眼睛看一眼病人的胸廓，心里知道，这大概就是书上说的那种"静默肺"，大量吸入了不能吸入的致敏原，所有的小支气管都在瞬间闭塞了，极度的缺氧导致心跳停止。

右手的喉镜挑开病人的咽喉位置，精确地看到声门，喉镜由右手交到左手，用7.5毫米内径的气管插管插入声门，注射气囊。

接上皮囊的接口，陈皓岩小心地捏了几下皮囊，看着病人的胸廓随着皮囊的动作，起伏了几下。

"小玲……"他把皮囊递给小玲，心里暗暗祈祷，希望小玲在实训室内嘻嘻哈哈看热闹学的那几下没有白忙活。

小玲听他这么叫，赶紧过来帮手，手里还拿着一支抽好的肾上腺素。

陈皓岩一见这支药，一把拿了过来，往气管插管里注射了进去。他手脚迅速地用绷带和胶布固定气管插管。心里暗暗祈祷着，自己的记忆没有错，肾上腺素气道内注射可以收缩一下肿胀的支气管。

脑海中，有了贯通的电流，难怪罗丹青在一些细节上一次又一次地要他重复。在这种千钧一发的时刻，涌上来的只能是牢固的本能反应，脑细胞调动不起缜密的记忆和思维来。

"小伙子，别哭，帮忙推车。"陈皓岩呼唤站在一边张皇失措的那个少年，这少年个头不小，已经有一米八了，十分瘦削，面容却还十分稚气。

他听见医生叫，也顾不得喊了，稚气的脸，立刻显出了一丝坚毅神情，赶紧过来帮忙推移动平车进救护车里去。回头对几乎瘫软的女人喊："妈妈，快走！"

"快走！"老夏粗糙的嗓音喊了一声。他见担架已经进了车里，小玲蹲在病人的头端捏着皮囊，陈皓岩跪在担架边在做胸外心脏按压。

他大声叫着那个惊慌哭泣的女人。拽着她上了车，急救车的后车厢门"砰"地关上了。凄厉的警报声拉响，救护车加快了速度驶出小区，向一公里外的第一医院驶去。

"第一医院，46岁的中年病人，心脏停搏，车里已经插管，正在按压，快点准备好……"老夏在驾驶室里对着手机一通高声嚷道，按了视频传输的按钮，车子在主干道路上一路闯红灯。

上午的急诊室抢救室还不算忙碌，内科诊间的病人没有排起队来，输液室那边正在输液的病人安安静静地散坐在长椅上，罗丹青和许烨刚在抢救室的电脑跟前修改PPT，忽然听见"急救云"系统传来的呼叫声。

罗丹青一听是老夏的声音，跳了起来，仔细往传送过来的视频上看了一眼。摇晃的镜头下，只见陈皓岩正跪在病人的担架旁，奋力地按压着。

她快速地从更衣室里捞出件白大褂套上，回头见许烨和当班的护士已经推着担架往停车平台去了。远远的，急救车的声音已经从大路上传了过来。金属平车的声音，"咕噜咕噜"地滚过，抢救室里开始准备工作。

急救车从医院大门口一路尖啸着开进来，停在急诊室门口的平台上。老夏从驾驶室里冲下来，一把拉开后车门。

车厢里的按压还在进行中。

急诊室的医务人员七手八脚地把病人移出了急救车，放上担架，往抢救室里转移，罗丹青不由得看了一下陈皓岩。他满脸通红，汗水像小溪一样从额上流到脖子里，背上的衣服已经湿透。

"哮喘……油漆过敏，急救车到的时候，还是走下来的，大量接触致敏原，上救护车的时候停的。现场插管，静脉给过一支地塞米松，气管插管内给过一支肾上腺素。"陈皓岩喘着粗气，断断续续地一边喘……一边说。

他站在病人的床尾，看着许烨接手，持续做着胸外心脏按压。陈皓岩弯着腰，靠着墙，累得筋疲力尽的样子，一双眼睛却不甘心地紧紧盯着监护仪。

"好！有了！"许烨看着监护仪大声说道。按压3分钟，监护仪上有规律的心跳就出现了，滴……滴……滴……规则的QRS波群从屏幕上划过。

许烨不由得在床边拍拍手，如释重负地松一口气，一眼看见陈皓岩还没走，大声问："你插的？"

"怎么啦？不服气啊？"陈皓岩用袖子擦着汗，似笑非笑看他一眼。他的眼睛的余光朝罗丹青瞄了瞄，她低头装没看见。

正在抢救的当头，许烨当着罗丹青更不敢多说，翻个白眼瞧瞧他，故意露出一副"太阳从西边出来"的不屑继续抢救，调整呼吸机。

"氨茶碱0.25静脉滴注……"许烨回头看着呼吸机屏幕上的曲线。病人的气道现在已经在慢慢打开，水肿略微消退，界面上显示的潮气量有400毫升，这不能不说是现场那支肾上腺素的功劳。

他又翻开病人的眼睑，用手电筒看了一下瞳孔对光反射……

不错，灵敏！许烨朝着站在电脑前的罗丹青看了一眼，师徒间心照不宣的眼神，罗丹青霎时就知道，这个病人的心肺复苏，能够看到高质量的结局。

她粲然一笑。

转身出去，到抢救室外面，看了看急救车。老夏和小玲正站在急诊大厅的空调跟前吹风。气温不算高，刚刚经历了千钧一发的小玲，惊魂未定，满头满脸的油光，眼神钝滞，刘海耷拉在额头上，像是一幅掉下来的帘子，手里拿着瓶矿泉水，看见罗丹青从抢救室出来，赶紧跑了过来。

罗丹青对小玲和老夏做了个"OK"的手势。小玲一见，"啊……"地跳了起来，"刷"地拿出手机，张大了嘴，对着抢救室的大门就拍了几张莫名其妙的照片。老夏黑黄的面孔，嘘出一口气，露出松弛的神色来，低头笑了笑。

急救车还停在停车坪上，从打开的车厢门望进去，车厢里一片狼藉。

陈皓岩拖着沉重的脚步从抢救室里出来。在疾驶的车上做紧急操作，胸外心脏按压又没有让小玲替换，他精疲力尽，脚还像踩着棉花一样，一脚深，一脚浅的。背上的汗水浸透了衣服，浑身冒着汗息。

门口的少年一见陈皓岩出来，"腾"地从椅子上跳了起来，跑过来拉住他，眼泪"哗"地流了下来，满脸的急切，用袖子擦着眼泪。

"别急，小伙子，还好有你帮忙，你爸爸心跳刚恢复了，现在还在治疗……有希望的。"陈皓岩抱着他的肩膀说。

这少年用袖子擦了一下眼泪，抿着嘴，点一点头，情不自禁地跟陈皓岩拥抱了一下。

"家属请过来。"许烨完成了初步的工作，跑到抢救室外面来找家属谈话，病人的妻子和儿子听见医生的呼唤立刻围了过去……

罗丹青看了看陈皓岩，两个人相视微微一笑，他露出雪白的牙齿，显出几分孩子气。

到了下午五点多的时候，许烨大惊小怪的电话就打过来了："姐，那家伙中午就醒了，我下班前给他拔的气管插管。"

罗丹青抿嘴一笑，回头看一眼陈皓岩。

"我觉得也该差不多，气道痉挛处理得还好了？"罗丹青说。

"你真的教他气管插管？就他……？"许烨难以置信地问。

"不服气是怎么的？"罗丹青得意扬扬地笑。她知道许烨心里那点酸泡泡，他心仪的女生对高大帅气的陈皓岩十分有意……

"院办来采访了，晚报也来了，报道他是不是有点冤，该你才对啊！"

"去……去！回去好好做你的案例。"罗丹青搁了电话。

陈皓岩把头伸到她眼前，懒懒地说："脑袋晕！肩膀酸死了……"

罗丹青白了他一眼，大半天都过去了，中饭吃得狼吞虎咽的，胃口好得出奇，下午都好好的，到这会儿左右无人的时候，唧唧哝哝喊不舒服，一双眼睛在她脸上转来转去……这不是邀功请赏是什么？

这时候，值班电话忽然响了起来，来电显示一个陌生的号码，陈皓岩长手一伸把桌上的电话接起来，只听一个略显稚嫩的声音很不确定似地问："喂，请问你是120医生吗？"

陈皓岩一愣，这个声音似曾相识："小伙子，是你吗？"

"医生，谢谢你，我爸爸醒过来了！"那个稚嫩的男声微微有些颤抖。

罗丹青从身后抱住了他，把头伏在他宽阔的背脊上。

萍姐白天的状态真跟掉了魂儿一样。

02

"陈姐，急救中心的例行会议是哪一天？我需要到急救中心来汇报工作进展。还有两个月在院前急救的时间，需要用这段时间来开始做线上培训。"罗丹青给陈姐打电话。

"后天是例会，丹青，时间刚好。"陈姐对她的进展并不意外，城西急救站的状态是一个小小的奇迹，客观的数据和真真切切的案例，让这个城市边缘的站点，有点显眼。

"陈姐，需要帮忙安排一个医生来替我们一天班，我和陈皓岩一起过来汇报，由他来演示操作训练的结果。"罗丹青说。

"好的，其他需要什么器械、场地，由我来帮你准备，卫健委的领导可能也会在场，这事他已经催问过两次了。"

罗丹青看了看正在桌前看书的陈皓岩，他正盘着长腿，手里转着圆珠笔，跟面前的《内科学》较劲，手机里播着细细的音乐声。日语的歌词在唱：

谁都满怀着期望却又不相信永远

可是也一定梦想着明天

短暂的时光在这悲剧的夜晚

直到世界的尽头也不愿与你分离……

她忍不住侧耳细细听了一会儿，走了一会儿神……眼下她倒不担心陈皓岩的操作，经过了现场紧急插管，他应该是完全理解了肌肉记忆的重要性。他最近这几天，早晨爬起来，不用监督，自己在实训室里，一、二、三、四、五、六，操作得飞快，把教过的这些按着顺序从头到尾，又从尾到头快速地重复训练，跟做广播体操似的，跟钢琴家弹练习曲似的。总算开窍了！

可是，全市有三十一个急救站点，人员又在不停地流动，要让这么多的医生完成统一标准，却不是容易的事情。人、财、物调配；随车人员的安全保障；医院的选择；车上流程的拷贝不走样……有些需要上级制定规则、树立奖惩；硬件需要投钱，有些需要急救站定时督办——这都不是自己一个急诊科医生窝在城西急救站可以完成的，必须得有支持！

罗丹青的大笔记本上，记了一条又一条，用荧光笔重点标记，用圈圈、叉叉提醒着，她对着本子发了一会儿呆。

除了这些眼前的问题要解决，新冠疫情还在附近的南京、苏州一波一波起伏，所有的问题都得顾忌疫情防控的要求。

罗丹青想着想着，脑袋就晕晕乎乎的，胀痛不已。

"红蜘蛛小姐，你有没有注意，萍姐最近有点状况。"陈皓岩看完一截，合上书，问道。

"真的吗？"罗丹青茫然地问。

陈皓岩说："这个月，她几乎每个班都要溜回去一下，而且，你有没有注意到她……"他向窗外努嘴。

萍姐正在水龙头那边洗洗刷刷，透过窗户只能看到个侧脸。罗丹青仔细看了一下，她十分憔悴，脸上松弛的肌肉耷拉着，心事重重的样子，皮肤干枯，一丁点神采的没有。她的样子像是骤然老了十岁，鬓角星星点点的白发显得更加枯槁。

"她有没有说什么？"

正蹲在房檐下抽烟的老彭，仿佛是听到了什么，径直走了进来。

"你能帮帮她吗？"老彭冲着问道。

"她女儿最近抑郁症发得厉害，三种药都压不住，寻死觅活的，萍姐都快撑不住了。要是真死了，萍姐就这一个孩子，什么指望都没有了。"老彭皱着眉头说。

"心理问题我可不在行，帮忙问问心理科医生是没问题的，可她女儿不是在专科医院按时复诊的吗？"罗丹青脑袋嗡嗡响。

"以前还轻一点。"

老彭的话音没落，萍姐忽然在水龙头前接了个电话，她甩甩两只湿淋淋的手，往背后的衣服上一擦，急急地说了两句什么。只见她一路小跑到角落的电瓶车跟前，什么都不顾了，水龙头都忘了关，匆忙地发动了电瓶车，往急救站外开了出去。

临走在司机值班室的窗口喊了声："我出去一下。"屋里有没有人都没看清楚，就走了。

罗丹青这才发现，果然，萍姐白天的状态真跟掉了魂一样。

"你说出来，我们也许解决不了问题，帮忙想想办法总可以。"陈皓岩说。罗丹青惊异地朝他看了一眼，他宽宽的肩膀，剑眉下一双明亮的眼睛少了往日的几分痞气，也不知是不是自己的心理作用，他看上去比几个月前稳重成熟得多。脚上套的那双大球鞋还是来急救站第一天穿的，挺显眼地晃在她眼前。

"最早先，听萍姐说，初中的时候早恋，成绩掉得厉害，两个不懂事的小孩子，老师和家长都想把他们拆开。结果两个傻孩子，约着一起去自杀。可惜了那男孩子，跳楼死了。萍姐的女儿欢欢吃了药，迷迷糊糊动作慢，给人拉住了。"

"后来就落下病，学校也不敢再留着她，休学在家里待着，萍姐为着这个女儿才调到急救站。抗精神病药一把一把地吃，锁在家里，封死了窗户，想要绝了她寻死的念头，结果……早几个月我见过她一次，胖得都不成样子了，一张脸跟没了魂灵一样，不像个十几岁的小姑娘。"

"这阵子，发得很厉害，医生说，她就是抑郁症，不是精神病，不让住精神病医院，萍姐也不想让她进那里头去，眼下就靠关着、守着……"

老彭说着，脸色十分沉重。

罗丹青挠挠头，眨眨眼睛，觉得无言以对。这么惨烈！抑郁症的家庭的确值得同情，可是自己好像没有任何可以想得出的办法，提出的建议，调动得起来的资源。

陈皓岩说："我先来查查文献综述吧。"罗丹青惊异地看了看他。

"抑郁症的诊断和用药，我也不懂，先看看 UpToDate 上的综述，搞搞懂，再看看有什么头绪。"

嗯？自己教给他的方法，在不经意间，被他变成了习惯了？罗丹青心里一动。

老彭听他这么说，叹一口气："这忙不容易帮，不过你们都是读书人，路路都通，总比我们有主意。"

接下来两天，罗丹青继续忙着准备汇报的材料，陈皓岩仿佛在忙着倒腾些资料。

"喂，你……"杏核眼朝他一转，不说话，他已经知道她要问什么了。

"能帮人一把的时候，尽量帮一下。那天那个男孩子在抢救室门口，拥抱我，我觉得好实在的满足感。"

城西急救站是一个单机版的成功试点。

03

周一下午，罗丹青正装打扮，带着陈皓岩去急救站汇报工作。陈姐指定过来顶班的赵医生是从总站调班过来的，他一早就到了。可见急救中心对这事的重视。

罗丹青换上一条象牙色的裙子，极简的款式，略微收腰，有几颗珍珠纽扣在后背，算是装饰。陈皓岩换上正式的衬衫和西裤，好看到让人眼睛发直。罗丹青伸手替他整理领子的时候，视线都忍不住停留在他胸口。他英伟得像男装品牌店橱窗里的模特儿，引得小玲不住地用手机拍两个人的照片。

罗丹青又好气又好笑地躲到车里："姐去干活，不是去喝喜酒。"

"手里捧个白色的花球……就像是去订婚。"小玲手里举着手机，从二楼一直追到车边。

急救中心的大会议室里，操作用的模型、器械、设备都准备在前台，急救中心的领导、卫健委的领导、第一医院的副院长和急诊科主任坐在第一排，后面是急救中心的中层领导，一屋子的人林林总总有三四十个。陈皓岩坐在后排等候和旁听。

汇报开场前，罗丹青先向第一排坐着的领导一一问候、握手。

忽然只见一张熟悉的面孔，满脸惊喜地站起来跟罗丹青握手："罗医生。"他脱下口罩，露出面容来。竟然是有过一面之缘的徐林森。他穿一套藏青色西装，低调、得体。

站在罗丹青身后的陈姐立刻上来介绍道："这位是市政府应急办公室来下基层熟悉急救状况的徐主任"。

"徐……主任。"罗丹青礼貌地招呼着，有一些意外。中秋节过去半个来月了，印象渐渐稀薄，他真的像当初说的那样，到这边来"下基层"了。即便被长辈逼着相亲的滋味不好受，这个温和有礼貌的人，给人的印象还是挺舒适的。

报告会开始了。罗丹青站到发言席上，开始展示 PPT。

一开始展示的是一组数据，急救中心去年一年的信息上传数据，和城西急救站近四个月的信息上传数据。平直的线条和斜行向上的直线，形成了鲜明的对比。

老夏和老彭上传信息的视频出现在大屏幕上，这是车内的摄像头拍摄到的，图像模糊摇晃，可是那种便捷和迅速，从小小的画面中一览无余，罗丹青看一眼画面朗声说："两位司机的配合，小幅调整之后，导致了信息上传效率的显著上升。"

幻灯片上显示了一排精确时间，病人距离急诊室还有 8 分钟，急诊室已经接收到信息，开始准备腕带和条码；5 分钟的时候，抢救室床单位处于待命状态；1 分钟，医生和护士在急救平台上等候危重病人抵达。台下急救中心的工作人员，不禁发出"嘤嘤嗡嗡"的赞叹声。

接着是采自第一医院卒中、胸痛、创伤中心的数据，由城西急救站送来的病人，D2N 和 D2B 时间比平均短了近 7 分钟。

小玲和萍姐在车辆启动前打针、抽血的视频出现在大屏上，面容稚气带着痞气的小玲尤其让人印象深刻，这著名的"关系户"急救站是无人不知的，本来是每个点都不要的"问题人物"。模糊的视频上，她在一分多钟的时间里，打留置针、采血、输液，动作做得行云流水，和任何一个熟练的老护士无异。

罗丹青嘴角带着微笑说："两位护士的配合，让三大中心的关键数据大幅度提高。"幻灯片上，又显示一排精确的时间。病人在院前完成抽血，进入急诊室一分钟血标本贴上条形码送入急诊化验室；二十分钟后急诊肌钙蛋白、血常规等关键化验数据完成报告；三十分钟后病人送入导管室做急诊介入手术；三十八分钟，冠脉内导丝通过！

第一医院急诊科曹主任也没有分层分析过这个数据，不由得拍起手来。曹主任露出一脸的欣慰，脸色很自豪地向左右看了看。

大屏幕上出现了实训课程目录。坐在观众席后排的陈皓岩不禁一愣，他太熟悉了，一项项、一条条由她贴在实训室的墙上，手把手教会他，给他打分，软硬兼施地磨着他提高熟练度。有时候叉着腰，恨不得拿出尺子来打手心，有时候又软语撒娇磨到他心软……一起度过一个一个夏天的早晨，心里不由得荡漾起温柔的波纹。

晚报的新闻和他的照片出现在了大屏幕上，看得他有些不好意思，忍不住一低头。"这是院前急救医生的实训课程目录，完成培训的骨科陈皓岩医生，为一位心跳呼吸骤停的病人气管插管……病人在得到有效心肺复苏的当天脱离危险，神经功能没有出现任何受损的迹象，挽回了一条生命，也是挽回了一个家庭悲剧。"

翻页笔一动，那大汉出院当天一家三口的照片出现在了巨大的屏幕上。他只花四天就从医院痊愈出院了，憨憨的笑容，揽着妻子和儿子，站在呼吸科的护理台前。一眼看到那少年的笑容，陈皓岩深深震撼。

台下一片掌声。

"今天，我让陈皓岩医生到现场，请现场抽查和演示实训目录上，任意一项操作……"罗丹青把视线投向陈皓岩，向他示意。

"演示的目的，是建议提高实训的质量，我们目前的训练强度和熟练度都需要进一步加强。只有达到陈医生这样的熟练度，来自不同专业的医生才能够胜任急救车上的紧急抢救。"

陈皓岩大步流星地从后排走了上来。第一排的几位领导相互看了看，急诊科曹主任做主，毫不犹豫地抽考最难的双人心肺复苏。

"陈主任，请替我做一下配合。"罗丹青向陈姐示意。

"乐意之至……"

陈姐和陈皓岩配合，德高望重的急诊科曹主任出来，站在两个人后面当场出题。这是急救操作的"组合拳"，比任何一个单项的操作都难，考验急救医生的综合判断，和急诊素养，最是露功夫的。罗丹青一双眼睛紧紧地看着正在操作的两人。

等到结束，台下所有坐着的领导都鼓起掌来，谁都看得出，这是即兴的，这也是几乎完美的。

罗丹青看得清楚，他……做得出乎意料的完美，即便是挑剔的曹主任，也露出戏谑的笑容。而且，他身材面孔也太好看了点，简直像电影明星过来演示，赏心悦目。等着陈皓岩潇洒地鞠躬下台，她硬生生收回目光，一双眼睛最能出卖人的心事，她怕自己的眼睛不留神地泄露了秘密……继续演示 PPT。

城西急救站的实训室出现在屏幕上，被反复折腾的模型双臂脱落，拉链崩开，胸口一片肮脏的手印。

"我们每个急救站都需要模型，持续训练，让随车医护达到非常熟悉的程度，这需要有资金投入。"罗丹青不失时机地说道。

"哈……"前排的几位领导笑了起来。

接着是线上理论课程的目录，这些课程有些还在做 PPT，有些已经录制成视频，都是借助小玲的直播设备拍摄的。

流程制度修订，一项接一项……罗丹青不断按动翻页笔，她口齿伶俐，逻辑清楚，目光看着全场，听得底下的领导不断点头回应。

最后是急救流程改进的若干建议：建议给医务人员购买意外保险；建议给急救车用防针刺伤的特殊留置针；建议遇到大型群发伤事件立刻调度有经验的急诊医生现场指挥；建议配备随车的担架工；建议每辆急救车的车内物品做好 6S 管理……

陈姐坐在观众席上，一边记录，一边点头感慨，她轻声对坐在一边的第一医院副院长说："丹青天天待在城西急救站，才会想到那些细节。我们真的是要改这些问题……防晕车、防碰撞、防针刺，车上不比急诊室啊！"

不用太敏感，罗丹青都感觉得到，第一排的徐林森一直向她投来含情脉脉的目光。

她展示到最后一页的时候，打出硕大的"谢谢"两个字，背景是一张从高处拍的城西急救站的全景。大大的香樟树，浓厚的树荫覆盖着砖红色的两层楼房子，篮球场沐浴在阳光里，一片白色的韭兰在阴暗中灿烂地开着花，紫色的铁线莲攀附在墙上，花朵层层叠叠堆满半面墙。

坐在最后一排的陈皓岩只觉得眼眶发热，直觉是，这将是他生命中重要的一个地方，不管最后的结局如何，这是他要永远珍藏在心头的影像。

"城西急救站是一个单机版的成功试点，我们需要得到各位领导的支持，把这个试点复制，用数据来监控结果，那么院前急救质量可以在全市范围内同质化地提高。"

罗丹青向观众鞠躬致谢。台下一片掌声。卫健委主任一刻也没有犹豫，一个箭步跳上台来，拿起话筒就表态："卫健委大力支持改善院前急救的工作，相关支持的文件和拨款尽快完成，指定的视频课程将以市级学分的方式作为医师继续教育的要求……"

急救中心主任也赶紧接着表态："罗主任提出的制度、流程，急救中心将在审核后尽快发布，后续的线上培训从下个月初，全面开始。"

第一医院的副院长和急诊科曹主任赶紧拍手，心里都是大大松了一口气，在现有的条件下，这计划书已经可以大幅改善质量了。短期内做彻底的改革，市里用财政养一批专职院前急救的医生是不现实的事情！下次省级专家来质控检查，哪怕是没有优秀，及格总归绰绰有余了！真是好大一桩心事落地啊！

陈皓岩听着她的报告，视线始终停留在她身上，她穿这浅浅的象牙色真的好看，小小的珍珠耳环又俏丽又端庄，这是她的铠甲，穿上铠甲，她是领兵的统帅，舌战群儒的策士。只有在那个院子里，穿着白汗衫、光着脚的她，才是他的"红蜘蛛小姐"，是他的"奶牛猫"。

汇报会终于结束，罗丹青几乎是大获全胜。等着领导陆续退场，她一直有礼貌的欠身致意，温文妥帖。每个领导经过的时候，都是充满着溢美之词。曹主任更是欣慰："丹青，还有两个月，真是辛苦你了，回来先放几天假。"

本来在众位领导的簇拥中要退场的徐林森走到了外面，过了一会儿又一个人折了回来，走到罗丹青跟前。

"丹青，你太厉害了。"人快走空的会议厅里，他的眼神不加掩饰，热情又大方。"比停车技术厉害得多了，简直人不可貌相。"他笑盈盈的，还具幽默感。

"徐主任……"罗丹青脸上带着客气的笑容，不由得露出了娇俏和羞涩。

"林森！别叫我徐主任，感觉像五十出头的大叔，我也没叫你罗主任对吧？"他语气亲近。"我现在暂时住在市政府旁边的玫瑰花苑，那边有个挺好的咖啡厅，叫九月洋房。你哪天休息，我可以来找你吗？"他摘下口罩来，热切地看着她。

"等我完成急救站的任务吧。你也挺忙的，应急办公室经常身不由己吧？"罗丹青嘴角上翘，继续露着礼貌得体的微笑。

"再忙也有空闲的时候，一言为定，我有空到城西那边来找你。"他锲而不舍。笑容又得体，又诚挚。

待到他离去，陈姐用意蕴悠长的眼神看了看罗丹青，在她耳边亲热地小声说："原来你们早就认识，倒叫我白操心……给你打电话，又推三阻四的，真是！"

"年轻有为，怎么看都是天赐良缘。"陈姐轻声嘀咕道，悄悄发出满意的笑声。

"走了，陈姐。"罗丹青有一点点微愠，却也不好说什么，眼角的余光看到陈皓岩在等她。

两个人拎着电脑，一起从急救中心的大楼里出来，坐进罗丹青的车子。

端秀的淑女装扮到车里就端不住了，一双象牙色的中跟皮鞋，坐下就脱，罗丹青光着两只脚坐进驾驶室，看一眼身后一言不发的陈皓岩。

"今天做得完美。"罗丹青在后视镜里看他一眼，说道。

陈皓岩像是鼻子上中了一拳那样，一颗心从里酸到外，刚刚做完操作下台来的好心情无影无踪，嘴巴里像含了颗酸透的青梅，鼻翼翕动，一张英伟脸阴得都快滴水了，一脸委屈和不情不愿。

"喂……"罗丹青在后视镜里看他，黑白分明的杏核眼像是什么都知道，又是劝慰，又是好笑。

"晚饭出去吃顿好的，庆祝一下，行不行？"她用愉快的声音哄道。

"我想吃日式料理，想吃榴莲……你想吃什么？"她噘了噘嘴，逗他说话。

陈皓岩继续一言不发，沉沉的呼吸，像是有话要说，又像是心头翻滚着偌大的踌躇。解开衬衫的几颗扣子，把那硬挺的领子拉拉松，他看见后视镜里不断用精灵的眼神看着他的一双大眼睛，一言不发坐到了后排的另外一边。

"不想出去庆祝，那……也不愿意到我家去，给我做顿好吃的喽？"罗丹青头也不回，启动了车子。

他的脸由阴转晴，差一点"噗嗤"一声笑出来，感觉自己在她眼里也太小孩子气了，忍不住低声"嗯"了一声。他俯身过来，伸手摸摸她的脸颊，呼吸轻轻地拂在她的耳边，她歪倒脑袋，用水嫩的脸颊去磨蹭他的掌心，一脸的羞涩和娇憨。

第九章

萍 姐

那叫欢欢的小姑娘面无表情，左右看着院子里的一切，也不跟老彭打招呼，眼神定定的，仿佛很怕阳光。

01

萍姐的交接班迟到了半个小时，她的电瓶车几乎难以负重，用极慢极慢的速度从小路上移过来，萍姐的两只脚挂下来随时当做支撑用。身躯魁梧的小姑娘坐在电瓶车的后座上，庞大的体重差点把电瓶车的轮胎都压爆了。

终于停好电瓶车，萍姐挺不好意思地向老彭和小玲解释道："外婆身体不好，血压高，回老房子去休息几天。"

"叫彭伯伯。"萍姐回身对欢欢说。从电瓶车上下来的女孩身高已经跟她一般无二，体重只怕有一百四五十斤，一张格外白皙少见阳光的脸给鼓起的脂肪胀满了，眼睛眯缝着，大清早的一脸油光，长发十分油腻，在脑后胡乱结一个揪揪，表情呆滞。

陈皓岩和罗丹青听见动静，从二楼跑下来。只见那叫欢欢的小姑娘面无表情，左右看着院子里的一切，也不跟老彭打招呼，眼神定定的，仿佛很怕阳光。

一身天蓝色的卫衣并不合身，腰身和领口都紧张得很了，想是发胖之前的衣服，洗得有点褪色，裹紧身躯勒出了腰间的横肉，显得更加局促。她也不说话，也不跟旁人打招呼，自顾到树下的水泥墩上坐下，呆呆地看着屋檐上一前一后走过的两只猫。

老彭用错愕的神情打量了小姑娘好半天，她压低了声音问萍姐："待会儿，万一有出车任务了，她怎么办呢？"

"我也不知道……我妈说实在是受不了，昨晚回老家去了。不带她出来怎么办呢？她吃饭、吃药谁来看着，我都不知道该怎么办了。"萍姐满脸的焦虑和茫然。迫切的眼神追了一下刚刚发动了车子的小玲，小玲探出头来打了个哈欠说："我先回了，昨晚出了三趟车，有点累，我得回去补一会儿觉。"

萍姐略显失望，点点头说："走吧，快回去睡会儿。"

罗丹青的脸色也有些疲惫，昨晚下过一阵莫名其妙的大雨，路面湿滑，三次出车都是高速公路的小车祸，来回的路途不近。刚躺下又被叫起来，几番折腾下来，错过了困头，杏核眼神采有些黯淡了，人显得精神头不足。

"萍姐，我先楼上躺一会儿，等下需要的话，你喊一声，我替你出车好了。"罗丹青说。

萍姐听她这么说，不由得点点头，感激地朝她看了一眼，实在没法的时候，也只得暂时这么对付着。

急救站的交完班结束之后，又安静了下来。老夏、小玲都走了，罗丹青睡了，老彭像往常一样检修着急救车。

风声和鸟声显得十分寂寥，陈皓岩做完一遍操作训练，坐到老夏常坐的位置上，一边放音乐，一边摆弄木工。日光斜斜地从围墙外面照进来。树叶还绿，但是迎着阳光看得出来秋天的颜色。奶牛猫见了他，轻盈无声地从房顶上矫健地窜下来，俯卧在他跟前，拉伸一个柔韧的瑜伽姿态，亲热地走过来，用身体蹭他的小腿。

陈皓岩伸手在它背脊上撸几下，奶牛猫闭上眼睛，发出享受的"嗯"的一声，柔媚而悠长。

小姑娘欢欢眼睛看着奶牛猫，不由自主地坐了过来，视线从猫身上，移到陈皓岩手里的木工活上，又从木工活上，移到了陈皓岩脸上。

"你叫我叔叔，或者哥哥，都可以。"陈皓岩手里拿着木工刀，在刻一个简单的蟠螭纹纹样。转动的方向，训练手控制工具的稳定性。慢慢地琢磨这精细的动作，他的手掌里，这些日子磨出了好几处老茧，掌心显出"木匠"才有的粗糙有力。

小姑娘不说话，一边抚弄着奶牛猫的背脊，一边靠近了看木工刀的刀头逐步转过一个一百八十度的弯，刻出盘旋的纹样。

萍姐的眼睛瞟一下欢欢，像日常一样，开洗衣机，做着急救站的日常清洗和库房清点工作。

"第二间的值班室里，桌上有个黑色的大水杯，你帮我拿一下可以吗？"陈皓岩一边专心致志地做，一边对欢欢轻声说。

欢欢站起身来，看了看，跑到医生值班室，一会儿手里拿着大水杯，又跑了回来，搁在陈皓岩的脚边。

"谢谢。"陈皓岩恍若无意地小声道谢。小姑娘始终一言不发。萍姐的视线无时无刻地牵着欢欢，脸上不时露出一惊一乍，又拼命忍住的紧张。

"出车，出车。"老彭接到急救中心的电话，大声喊道。陈皓岩搁下手里的工具，拍拍手，大步跑到值班室门口，套上工作衣。

萍姐犹豫着跑到护士值班室门口，不知道该不该去拿工作衣，一脸张皇失措，踌躇地看看欢欢。罗丹青跌跌撞撞地从楼梯上跑了下来，睡眼惺忪地说："我去，我去。"

"你跟欢欢聊聊，让萍姐出车去吧。"陈皓岩看看罗丹青，又看看继续跟奶牛猫戏耍的小姑娘。

"我觉得这样好。"老彭用眼神跟罗丹青打了个招呼。

"好吧……"萍姐犹豫着说。

三个人上了车，急救车颠簸着开出了自动闸口。

急救车回来的时候，院子里没有人，楼上的实训室里，传出了罗丹青正在录制课程的声音。

萍姐跳出急救车，张望了一下，也来不及添补东西，赶紧跑上二楼，去看欢欢在不在实训室里。她身后，陈皓岩也跟了上来。两个人在实训室窗外探头一看，只见整套的视频设备打开，摄像头和话筒都开着，罗丹青正在讲课。欢欢站在一边，手里举着灯光帮她补光。

那场面有点滑稽，因为那反光板有三角底座，并不需要人用手拿着，这个活显然是罗丹青硬"派"给小姑娘的。小姑娘十分认真地握着反光板，坐在旁边全神贯注地看着罗丹青。

罗丹青正领口别着麦克风，旁若无人地对着镜头讲脑血管病的现场处理："醒后卒中的血管堵塞时间不容易清楚界定，询问病史的时候需要追溯家属最后看到病人的时间……"

欢欢像是听得懂，又像是听不懂，像个看热闹的群众，又像幕后工作人员。场面有点好笑，窗外的两个人都怕杂音打扰了课程录制，看了一会儿，轻手轻脚地下了楼。

"她跟你说些了什么吗？"陈皓岩轻轻问罗丹青。

罗丹青讲完课，一边收拾直播器材，一边往外看看。录课结束，欢欢也不打招呼，径直往楼下去了。"没有，她一句话也不说。"

萍姐出车，欢欢见急救车去了，也不跟罗丹青打招呼，继续坐在那里和奶牛猫玩。过了一会儿，奶牛猫不见了陈皓岩，一会儿就不耐烦了，跳上房檐，飞檐走壁，消失在围墙外面。

"这猫是哥哥的小情人，别理它，它就会勾搭帅哥，对女生都爱理不理。"罗丹青说。欢欢的眼神有点留恋地看着猫离去的围墙。

"刚哥哥在做什么东西，他跟你说了吗？"罗丹青捡起搁在地上的木工活，抚摸了一下。

"我是罗医生，急诊科医生，你叫我姐姐就行。"她拿起木工刀看了看，那木工刀体温犹在。

"可以告诉我全名吗？欢欢？"罗丹青变换几个话题，想引得欢欢回答，但是小姑娘始终没有开口说话。对着这个沉默的半大小孩，气氛觉得有点压抑。

"我要录课了，不如你来帮忙吧。"罗丹青把心一横，只管做自己日常的功课，也不睬她，自己大步流星地往二楼的实训室去了，听到小姑娘的脚步声跟在自己身后，一起过来了。

欢欢跟着罗丹青到了实训室，站在一旁看她打开器材，打开电脑，准备灯光，准备话筒。她不说话，就是盯着看。罗丹青全部准备就绪，把反光板朝她手里一递："帮个忙，三脚架不结实，风吹过来，反光板经常会倒下，你帮忙扶着它。"

她拿着反光板倚在高桌子上，罗丹青装模作样地调整了一下，开始录制课程，她就认认真真地听了起来。

"她不说话，但还是能交流的。"罗丹青往楼下张望了一下。这会儿，欢欢正站在急救车跟前看老彭洗车。她身量比罗丹青还要高一些，但看着老彭的样子，像个小学生，有些好奇，也有些茫然。

老彭拿着水喉来冲，把抹布扔给她，她就拿起抹布帮忙，一扇玻璃一扇玻璃地擦过去，动作有点迟钝。

"这小姑娘像和世界失去联系了那样，看什么都看很久。"陈皓岩说。

"跟她说话，好像在说单口相声，需要有点话痨功能。"罗丹青叹一口气。陈皓岩把她摁到电脑跟前坐下，打开一个文件夹。

罗丹青见文件夹的名字叫"抑郁"，就知道这是这几天，他在专业数据库里找的资料。陈皓岩伸长了手，撑在桌子上，把她整个包在自己胸前，下巴搁在她肩膀上，跟她一起看电脑里的资料，一边看，一边小声讨论。罗丹青的脑袋顺势就倒在他怀里，后脑勺像是粘在他胸口上。

"你看，综述翻下来，治疗效果都挺差的，除了按时吃药、心理治疗，几乎没有什么新东西。"他的鼻子凑近了罗丹青，翕动着鼻翼，闻她发丝间佛手柑的甜香。大手抓住了她的手，按在鼠标上，手指交缠在一起，顿时鼠标的行迹在电脑桌面上晃来晃去，行踪诡异。老彭和萍姐这会儿该是在院子里，他们不大跑二楼上来，他的小动作有点放肆。

"我查过她吃的那三种药，这常规治疗照例不至于导致体重急剧增加，我猜还是待在家里时间太多，没有活动的结果。"他把脸贴在罗丹青的脖子上，蹭来蹭去，用胡须根去扎她最嫩薄的肌肤，痒得她扭来扭去想挣脱，脸上显出想讨饶又十分享受的表情。

他终于饶过了她，濡湿的嘴唇在毛毛的鬓边轻吻，细细的声音在耳边直接送入她的耳膜："你看这药的副作用，她那种定定的状态，可能不是疾病本身，还是药物的关系……不吃又不行。"

罗丹青给他搞得一双眼睛水汪汪的，腻得纠缠不过，侧头闭上眼睛，樱粉色的嘴唇与他蜜蜜地亲吻。两个人都有些忘形，他的手臂收紧，把她紧紧地禁锢在怀里，唇齿之间越来越是放肆深入，正在缠绵不已。

"吃饭了。"欢欢干涩的嗓音在门口喊道。

两人都吓了一跳，陈皓岩赶紧放开罗丹青，喘口气，各自都有片刻的窘迫。罗丹青羞恼之下，转头往他胸口重重锤了一下，陈皓岩不好意思地吐吐舌头。刚刚的亲密情状多半被欢欢看去了。喘口气，平静一下，下楼吃饭。

出人意料的是，肥胖的小姑娘吃得一点也不比罗丹青多，小小的一盏饭，几筷子菜，一小碗汤，就搁下了饭碗。

罗丹青问："菜不合胃口？"

欢欢仍然坐着，不说话。

"她平时三顿饭吃得不多，就是动不动就会找薯片、可乐那样的，有事没事吃几口。"萍姐代她答道，萍姐帮她收了碗筷，拿着纸巾替她擦拭嘴角的酱油渍，那神情，仿佛她还是个幼儿。

"剩下的，可以给猫吃吗？"欢欢干涩的声音说道。这是她第一次对着大家说话，让每个人都有些吃惊。声线还很稚嫩，只是不知道为何带着钝滞干涩的嗓音，像是生锈了一般。

"好，等它过来。"陈皓岩说道。小姑娘看看他，又看看罗丹青，一双眼睛比早晨刚来的时候，多了很多来回的打量。欢欢看着围墙的屋脊处，仿佛有点盼望。

她现在的表现，不是抑郁症，我看……是药物过度和社交缺乏。

02

欢欢的外婆恐怕不是短暂休息就可以回来。欢欢自从这天出现在急救站之后，就成了一个"常驻"公民，每隔一天，只要是萍姐值班，她就跟着来到急救站，待在小小的院子里。

隔了些日子，萍姐才说出来，外婆跟萍姐吵了一架，不愿意再这么天天像狱卒一样地盯着欢欢，年纪大了，也没力气跟壮实的欢欢较劲了，一气之下就回自己老房子住了，临走丢了句话："哪怕是她自杀了，也比一天一天活受罪要强。这哪像个人活的样子！"外婆一把鼻涕一把眼泪地出门，连头也没回。萍姐没招了，市面上不可能找到保姆愿意照看这么个孩子。

"她可能挺喜欢这里，这几天算很消停的。"萍姐悄悄地对罗丹青说道。当妈的最觉得出来，欢欢仿佛有点盼望去急救站，每逢这天，起床很自觉，洗漱停当，一早吃了早饭，就等着跟老妈出门。若是待在家里，她不到十点钟是不肯从床上起来的，起来也是邋遢地坐在电视机跟前发呆。

她跟急救站的几个人稍微亲近了些，话虽少，却不像刚来的时候那样沉默不搭理人。

罗丹青和陈皓岩不消几天就得出了一样的结论："我觉得，她社交的机会太少了，没了人跟人之间的交往，她牵挂的越发少，对情绪没有好处。"罗丹青对萍姐说。趁着小姑娘去洗澡，几个成年人难得地围在一起小声讨论。

"我让她哪里去呢？谁都怕担责任！老师担心，亲戚也担心，现在连我妈都怕担着责任……"萍姐为难地说。

"太把她当成幼儿，所以心理的定位很幼稚，她自己会做的事情，还是忍不住依赖你。她现在的表现，不是抑郁症，我看……是药物过度和社交缺乏。"陈皓岩说。

"他们两个医生说得有点道理，她站在旁边看我修修弄弄，一个小时都不嫌闷，我有时候就故意多摆弄几下，她都很有兴趣的样子……在家见生人的机会太少……"老彭断断续续地说，大老粗说话，意思不明确，像霰弹枪开了一枪，大致的方向大家却也明白。

欢欢在急救站里，看陈皓岩做操作训练或者做木工活，看司机修车洗车，看老妈清点库房、收拾房间，看老彭在院子的一角侍弄花花草草。铁线莲长得太长了，老彭在墙上钉了一个木架子，让茎叶攀附在上面往墙头的那边攀缘过去。爬墙虎和牵牛花趁机占据木架子的另外半边。

欢欢成了罗丹青唯一的线下学生，每次她录制课程，欢欢必定从头听到尾，听得津津有味的样子，也不知道懂还是不懂，她的兴致，谁也不忍打断。萍姐看着看着，就由她在实训室里，认认真真地听完卒中，听心肌梗死，听完创伤，听药物中毒。

"萍姐，不如让她到医院去做志愿者吧。帮忙推推轮椅……挂号……指路，技术上一点不难，分心关心一下别的事情。她注意力一散开，或许就会好起来。"罗丹青忍不住建议道。

老彭眼神一动，刚要投赞成票，萍姐一声尖厉的断喝道："不行！"

"我只有这一个女儿，她离开我身边，要是去自杀了，离家出走了，我死也不闭眼睛的……"萍姐几乎是带着哭腔叫出来道。

陈皓岩见状赶紧按住罗丹青，大手在她身后捏住她的胳膊，手指格外用了把力，想来她也感觉到了，这纠结困难的"家务事"责任重大，他让她别太执意了。罗丹青低下头，赶紧不再坚持了。

过了几天，有一个五十多岁的中年妇女到急救站来拜访罗丹青，她一套藏青色的休闲装束，显得随意而可亲，一张白皙的脸，脸上已经有不少皱纹，眼角的皱纹尽是慈和的弧度。

"田雁老师。您这么快就来了。"罗丹青露出一脸亲近的笑容跟来人打招呼。她让来人在水泥墩上坐下，泡了茶过来。回身去把欢欢带了过来。

"欢欢，这位是田雁老师，你愿不愿意过来聊聊。"罗丹青说。

"嗯。"欢欢显然对这面相格外柔和的中年妇女没有什么戒心。她温柔的表情像是刻在脸上一般，和煦如春风。

小姑娘就和这位叫田雁的女士聊了起来。田雁说，欢欢听，偶然回应一下，欢欢的眼神仿佛被她吸引了，一双眼睛落在她的脸上，显得十分专注。

罗丹青适时地走开了，让树下的对话私密地继续着。萍姐的脸色十分紧张，一副想要过去参与的样子，凝神侧耳听着。罗丹青一看她这样子，拉着她到了护士值班室里，关上了门。

"她是谁？她跟欢欢说什么？"萍姐语气紧张，一双眼睛无时无刻不在看着窗外。

"田老师是资深的心理咨询师，她组织的"懿行工作室"常年在我们医院当志愿者。"罗丹青按住萍姐，让她坐下来。

"心理咨询对她有好处，我是不会反对的，可是这很花时间吧？按小时收费？人家愿意管这码事吗？"萍姐问。

"萍姐，你看着田老师怎么样？"

"我知道这种志工，事业单位刚退休？子女到国外读大学，家里得闲，不差钱，所以出来做志工。"萍姐问道。

萍姐在医院里当过护士，门诊大厅里有几位长期做志工的就是这个情况，她多少有点知道。血透室和老年科里也有几位长期的志愿者，那几位的专业性强得多了，都是"职业"的，都是心理咨询师，不是谁上手都能做的了。

这位田雁老师看上去富态、优雅，又有学识的样子，多半家里的环境不错。

除了这些志愿者外，医院门诊假期的时候还会有大学生志愿者。年轻的学生穿着红马甲，胸前都贴着一个圆圆的标识，一对天使的翅膀，下方是行云流水的草书"懿行"。

"不是。"罗丹青摇头。

田雁老师是一位"失独"的妈妈，她的女儿在十年前，遭遇车祸，连抢救的机会都没有，到急诊室已经不行了。那一年才十八岁，刚刚考上东南大学，长得又漂亮……

田雁老师夫妻俩精神崩溃，天天对着女儿的照片号啕。直过了半年时间，上班上了一半，有时候想起什么来还是会躲起来，哭一阵子。几天之内就感觉她的头发花白了。

田雁老师当时到急诊室来配药，配得很频繁，安定、舒乐安定、思诺思……急诊科医生都怕了，怕她慢慢攒起来，一口吞下去。她有一阵子像掉了魂一样，每天傍晚，在抢救室门口，在急诊监护室门口坐着，好像她的女儿还在里面抢救。

后来，过了一阵子，再看见她，就是她的"懿行工作室"在医院附近找地方装修，工作室招募的志愿者团队开始到医院里来服务。医院的志愿者不容易做，大部分人只能给病人帮忙跑腿、送药什么的。

田雁老师为了这个才学的心理咨询师。"懿行工作室"的几位资深志工，做的是最困难的失独家庭的帮扶和贫困血透病人的帮扶，这些都是其他志工社不大敢去碰的项目。这样做着做着也十年了。"懿行"是她女儿的名字。

她跟急诊室向来很熟悉，私下里问过她，"懿行工作室"财务情况怎么样？她说：勉强运行，困难很多，但是总有办法。

萍姐听着听着，一双眼睛仍然无时无刻不盯着树下正在交流的一老一少。欢欢的眼神有点期待，不住地点头回应，她这种方式，之前跟任何人都没有过，让萍姐也不由得露出了惊奇的表情。

终于，树下的聊天结束了，田雁老师站起身来，展开双臂，拥抱了一下体格壮实的欢欢，小姑娘有些羞涩，身体僵硬了片刻，伸出手去，拥抱了一下对方。

萍姐寡不敌众，欢欢做志愿者的事情就这么定了下来。

03

晚饭桌上的气氛，几乎是一场三对一的吵架。"懿行工作室"愿意接收欢欢做志愿者，在医院门诊自动挂号机旁边帮助不会使用机器的老年病人。

"不行，不行，你们不知道，欢欢哪来的本事帮别人，她起床穿衣服都要我给她想着……"萍姐激烈地反对，搁下饭碗。

"一个星期只去三天，那边不把她当固定的志工，萍姐你休息天的时候，带她去，上班的时候，还是带急救站来。"罗丹青耐着性子说。

欢欢一边吃饭，一边听着众人说她的事情，她也不插嘴，只是一双眼睛在众人脸上转来转去。

"萍姐，欢欢有自理能力的，你越帮她多，她越退化。家里人也太少了，只跟爸妈接触，没有一点社交，也没有户外活动，天天陪着电视机，就是退休老人也受不了。"陈皓岩把大伙儿吃剩的鱼骨头放在身后不远处，奶牛猫和玳瑁猫在附近的房檐上看着，大概感觉谈论的声音里有着冲突的火苗，一时还没有下定决心过来。

"人家帮你，也别太拧了。"老彭劝了没几句，有点生气了，虎着脸，语调凶悍。

"不如试试看，就先去一次，不行的话，不做就不做，那都临时的。"罗丹青说，陈皓岩的手在她身后拽拽她。

"不行……她话都不说，病人会有意见的……"萍姐继续推脱着。

"我想去。"欢欢忽然开口说道。萍姐看了看她，惊讶之余还有点不知所措。

"听你闺女的，让她试一次，试完再说下一次的事情。"老彭粗声粗气地说，饭碗往水泥墩上"砰"地一搁，硬生生磕下一块漆来。欢欢听得老彭说话，赶紧点头。

萍姐寡不敌众，欢欢做志愿者的事情就这么定了下来。

傍晚，罗丹青开车回来的时候，一副累坏了的样子，停好车好像连路都快走不动了。陈皓岩赶紧过来问："怎么样，没出什么事吧？"

"没事。"她懒懒的，话都快说不动了。

他把茶杯递到她手里："你一天都盯着欢欢？"

"岂止我一个人，田雁老师穿着便装在她身边看着，萍姐站在二楼的平台那个小窗口盯着，一刻也不放松，我在萍姐身边陪着，看着她，也看着欢欢。就这么站了一天。"罗丹青加重了语气，有点愤愤地把光着的两只脚抬高，脚背都有点肿。

"累死我，时时刻刻提高警惕，比抢救室里跑一晚上还要累！"她灌完一大杯水，仰身躺倒在床上。

欢欢穿上志愿者的红马甲，站在医院门诊大厅的时候，正是门诊的高峰时刻即将来临的早上八点钟。田雁没有套红马甲，她的样子再普通不过，混在到医院来看病配药的病人和家属中，毫不起眼。门诊大厅里人头簇拥，拥挤的程度快赶上菜场了。每个人工收费的窗口都有老年人排着队。

自助机的使用已经教过欢欢几次，上手操作并不难，自助挂号、预约专科、自助收费，一共没几项操作，对习惯使用手机的少年人来说，一会儿就拨弄得很熟悉了。需要担心的，倒是她怎么应付病人的询问。

"姑娘，帮我看看肾内科上午的号还有没有。"白头发的老太太站在欢欢旁边问。

欢欢紧张地点点头，开始在机器上操作起来，等到机器吐出了挂号的小纸条，她递给老太太，紧绷绷的身体，仿佛略微松弛了一下。田雁老师站在不远处，给她一个鼓励的目光。

"姑娘，方便门诊这样算是对了，对吗？位置在底楼还是二楼？"病人的问题五花八门，欢欢开始全神贯注地对付各种新的问题。一双眼睛开始像一个十几岁的少年，东找西找，试图自己解决问题。

"姑娘，我这是老款的医保卡，手机上电子医保你帮我弄一下。"老爷爷的小米手机送到她的眼前，欢欢有些呆滞，停了片刻，求助的眼睛望望田雁老师，田雁立刻上来帮忙解决这个太难的手机操作。

"谢谢，人老了，手机都不会了。"老爷爷拿回手机离去。

上午门诊大厅看病的人川流不息，欢欢就在人流中一刻不停地忙活着。

"那些电子支付，问挂什么专科的问题，她能解决吗？"陈皓岩一边给罗丹青按摩小腿，一边问。罗丹青一脸酸得快晕过去了的表情"唷唷唷……"叫个不停。

"还好，从我的角度来看，八成都是她自己解决的，剩下的田老师帮了一把，不过下次碰到一样的问题，她自己就基本过关了。"

"那应该还算顺利啊。"

"欢欢是小问题，萍姐才是大问题。"罗丹青叹一口气。

萍姐整个上午都紧紧地握着两只手，在那个隐蔽的小窗口探出了半个身子，眼睛片刻也没有离开欢欢的身影。

只要是有人一上来询问，她就拎起了十万分的心思，紧紧盯着那边，像是恨不得冲下去，自己站到欢欢身边去似的。逼得罗丹青只好站在她身后，万一看见她要冲过去，得赶紧拦住。

"萍姐，喝口水。"罗丹青把自动售卖机里拿出的冰红茶递给萍姐，想给她降降火气。

"她不行的，她对门诊一点都不熟悉。"萍姐讷讷的……小声自言自语着。

"有田老师在，不急的。"罗丹青自己也忍不住，探出头去看看欢欢进行得怎么样了。喧闹的门诊大厅里，听不清远处自动挂号机附近的对话，欢欢就像一个普通的学生志愿者一样，一个一个地帮着凑上来咨询的病人和家属。从远处看，没有半点异样。

"我都快给你累死了，要么给你挂个心理科，接受一下各种量表检查……"罗丹青有点不耐烦了，忘记维持淑女形象了，叉着腰，开始露出急诊科医生的土匪气质。

萍姐不言语了，身体微微有点颤抖，一直维持着一个姿势，往那边探头看着，看着，恨不得装个千里眼、顺风耳一般。

"萍姐还让不让欢欢下次继续？"陈皓岩问道。

"不知道。"罗丹青有点气呼呼地说，语气懊恼。

"下班的时候，她就像接幼儿园放学一样，你累了吧？行不行啊？中午吃饱了没有？鞋子太紧了吧……"罗丹青学着萍姐的语气说，听得陈皓岩抿嘴笑。想也想得出来，萍姐那种中年妇女、絮叨老妈的紧张状态。

小姑娘经过一天的工作，脸上都是油光，一双眼睛倒仿佛是有了神采，一天被门诊的各种问询逼着，讲了很多话，说话也利落起来。

"她要是过不了心理这一关，下次推三阻四不让欢欢去，我也就不趟这个浑水了，下次不管她这摊啰嗦事了……"罗丹青噘着嘴说。

"本姑奶奶忙都快忙死了，视频课程一天一天都排紧了要完工。"

陈皓岩看她口称"姑奶奶"，知道她忍耐已经快到极限了，赶紧摸摸她的头，柔声哄一下，换条腿继续给她按摩，免得这位姑奶奶把淑女的皮一脱，像电影《捉妖记》一样，蹦出一只妖怪来。

欢欢当志愿者这摊事，在萍姐的近身盯防中，在田雁老师的近距离监护下，在急救站众人的极力撺掇中，终于一次又一次地坚持了下去。

很明显的结果，是十来天之后，欢欢显著地瘦了好些下去，一张被脂肪挤得紧绷绷的脸蛋显得有点不大一样了，衣服也像是空出了一块来，"痴肥"的状态渐渐消失，在急救站待着的时候，也肯讲话了。

罗丹青把楼上楼下每个房间做清洁的活儿一股脑派给了她，接着把急救车每次出车回来清洗车辆外壳的活也让她来做。"你待着看……不许过去。"她挺凶地支开萍姐。

"欢欢，自己打工，挣个蹭饭的工钱啊！"罗丹青的态度，像是老板对着个临时工，收敛了最初的那种小心翼翼。

老彭站在水龙头旁边抽烟，边抽边看着小姑娘用水枪，用抹布，用拖把……

"谢谢欢欢。"得了陈皓岩私下的嘱咐，每次清洗完毕，老彭都很有仪式感地向小姑娘说声谢谢。

小姑娘还是喜欢坐在一边看陈皓岩刻木头。

"习惯一点没有？"陈皓岩用凿子，用木工刀，已经用得很熟练。小小木块上面的花纹渐渐凸显出来。细细碎碎的木屑飘落，带着一股子特有的味道。

"还好，昨天我帮一个脚受伤的病人，找到了放射科。"欢欢轻声说，语气里没有多少起伏和感情。

"田老师天天在你旁边帮你吗？"

"现在不了，我们中午在一起吃饭，她会问我碰到了哪些问题，解决不了。"欢欢一边看，一边聊。

"你老妈呢？"

"我知道妈妈在二楼看着我，昨天她没有来，她去接外婆办住院去了。我觉得，她还是不在，要好些。"欢欢转头望望正在洗晒的萍姐说。

"哥哥，田老师说，帮助别人会让心情变好。"欢欢轻声说道，轻轻地叹了一口气，那郁郁的叹息不像一个未成年的少女。

"田老师说，明天，会有一个眼睛受伤的男生过来做志工，他上化学实验课的时候，一个眼睛给玻璃弹瞎了，很苦恼。田老师让我帮他适应第一天的工作。"欢欢的语气竟然有点期待。

距离在离开急救站的日子，已经不足一个月了，这些天心底里都有些惴惴，有些失落，就像一个存款耗尽的人，空荡荡的害怕和不安。

04

两个人正聊着，一辆黑色的车从小路上驶入自动闸口，陈皓岩往那辆车看了几眼，这仿佛是市政府的车牌，他心里一动，手里的活慢下来，眼睛似乎还看着手里，余光却是盯着那边的动静。

"请问罗丹青医生是在这里吗？"一个穿西装的男人从车里探出头来问老彭。

"在的。"老彭简短地回答，冲着二楼大喊了一声："罗医生，有人找。"罗丹青伸头一看，这穿着西装的男人不是徐林森么？他的手里拿着束花。香槟色的玫瑰花开得十分娇艳。

罗丹青有些局促，她略微捞了一把头发，从二楼兴冲冲地跑了下来。两个人站在楼下聊了几句。

这一男一女站在一起，年纪和样子都显得十分配衬，神色宜人，有说有笑的。小院里所有好奇的视线都忍不住悄悄地投了过来。接着罗丹青上楼去换了出门的装扮，坐进黑色的奥迪里，出去了。

欢欢看见陈皓岩手里停了木工活，不由看了看他的脸，只见陈皓岩抿着嘴，手里紧紧握着凿子，在个木桩上狠狠地戳了两下，戳得木屑乱蹦。

"叮咚"一声，手机的微信来了新的讯息。他拿过来看一眼，欢欢蹲在近旁，也一眼看到了，那是罗丹青发来的。

"朋友请吃饭，我晚饭后回来。"

陈皓岩神色十分不悦，本来嘴角弯弯总是带着些戏谑的笑意，这会儿脸上的肌肉紧张，一张脸绷得紧紧的。

傍晚时分，那黑色的奥迪仍然送了罗丹青回来，那车一直送到篮球场上，掉了个头出去，临走之前，罗丹青在驾驶室旁与那人又聊了两句，才挥手告别。罗丹青一身象牙色的连衣裙，捧着玫瑰花，一身正式的装扮，像个小公主。

季节一过中秋，这个点，天色有点黑，风有点冷，黑车很快消失在大路上。黄昏星在远处的天空中十分闪亮。

陈皓岩饭后就在篮球场上一个人玩球，欢欢坐在场边，一边有一搭没一搭地看着他玩，一边用晚饭剩下的饭菜招待两只猫。萍姐饭后洗洗涮涮之后，便陪着女儿与猫猫戏耍一会儿。

罗丹青像是心情挺轻松的样子，去换了运动衣，就下场和陈皓岩一起玩起来。篮球砸在地面上的声音咚咚的，带着回音。陈皓岩一边投几个三分球，一边等着她。

两个人一起玩了几个月的球了，相互熟悉得很。罗丹青个子虽小，从大学里，就是多少会两下子的，身手颇为矫健，投篮的准头也是练过的，往常陈皓岩让着她些身高体能的优势，两个人玩得挺好的。

或许是陈皓岩已经先活动开了，灵活性好，防守就没有容让，他的手臂伸开了，身高手长，罗丹青攻不过去了，连连被他把球拍掉。

她本是个遇强越强的性子，见他不让，越发加快了进攻的节奏，左冲右突，头上的汗"刷"地就下来了。天色一寸一寸变暗，黄昏绚丽的彩霞终于全部收拢了。

欢欢见互不容让的场面打得好看，站了起来。

再玩一会儿，罗丹青的力气先弱了，弹跳和奔跑都已经费力。陈皓岩今天处处打在她不顺手的地方，半点不让，心里不由得带上了几分火气，也不停下来。

大个子有些心不在焉，抢到了球，一个转身投篮，把身后的罗丹青重重地撞了出去。篮球旋转着掉入筐里。等他回过神来，发现糟了。她哪里经得起他的体重带着动能的重重一撞，飞跌出去老远，从水泥篮球场一直滑到了场边的泥地上，倒在地上爬都爬不起来。

陈皓岩一惊，赶紧过来看她，这一下跌得不轻，伏在地上，哼唧着爬不起来。刚刚大概是扑了出去，在水泥地上又重重一蹭，膝盖蹭破了一大块皮，手肘也破了，最麻烦的是，地下的尖石子在她小腿上割了个口子，皮肉翻起，淌出血来。

萍姐和欢欢都赶紧跑了过来："哎呦，先用水洗洗，别骨折了，我去拿消毒的来。"陈皓岩见她疼得脸都皱了起来，不由得急了，心头像给戳了一刀，赶紧检查手脚有没有骨折，轻轻地这里按按，那里按按，听她"哎呦……哎呦"叫了几声，手脚关节活动还好没事。

她在地上坐了好一会儿，终于缓过来。扶着她一瘸一拐地到水龙头上冲洗伤口，又用碘伏来消毒几处伤口。

"这得缝两针，还得去打破伤风。"他手里拿着消毒的棉签，看着她的伤口，大大过意不去。

老彭这时也过来了，一看伤口，就去发动了急救车："臭小子，打个篮球，还能搞成这样……"他气不打一处来，恶狠狠地哼了一声："萍姐，你不用去了，我们去一趟急诊该用不了很久。"

罗丹青刚摔那一跤，疼得不轻，今天球场上他又不依不饶的，心里不由得憋了好大的委屈。不过她向来心气甚硬，当着众人更不愿意露出半点娇弱不胜的样子。自己看两眼这伤口，皮肉翻起，又沾染了污泥，的确得清创缝合，她勉强着站稳了。

陈皓岩赶紧伸手架着她，一瘸一拐地上了急救车。扶着她坐好，忍不住在她耳边小声道歉："对不起，我……"

罗丹青咬了下嘴唇，扭过头去不看他。

片刻，急救车就到了第一医院急诊室，一见受伤的是罗丹青，外科医生、骨科医生、抢救班的医生一起一哄而上，跑了出来，赶紧推过轮椅来，把她送进清创室消毒伤口。

许烨一听，满脸恼怒，赶紧跟骨科医生一起为罗丹青检查伤口，骨科医生拆了清创包开始消毒，准备缝合。许烨从清创室出来，站在门口当胸一把揪住陈皓岩的衣服，一拳要打过来的样子，恶狠狠地骂：

"打个篮球，还能把她伤成这样，你什么时候能靠谱点？！"

"她才多大点个头，你不知道让让的吗？"

"你自己皮糙肉厚，脑子简单，她是我们急诊室的大师姐，你算个鬼……给我死远点。"许烨个子比陈皓岩矮了半个头，细瘦斯文得多，他心疼罗丹青，用力一推，把陈皓岩推了个趔趄。

粗声大气的声音，引得坐在那里候诊的病人都纷纷探头探脑来看热闹，总算分诊护士把他拉了开去。

陈皓岩犹如百爪挠心似的，闷着脸不说话，又是心疼又是窝火。

"好好跟她道歉，真打算把她推旁人那里去不成……"老彭黑着脸，闷声闷气地低声怨他。

骨科医生终于清创缝合完毕，把罗丹青送了出来。他脱下手套，反手在陈皓岩胸口擂了一拳，大有给罗丹青出气的意思。

"配消炎药！"骨科医生把张处方扔给他。

罗丹青忍着疼，忍着气恼，当着人还得处处装着笑脸，替陈皓岩描补，等回了急救站，到无人处，一张脸忍得实在是憋不住了。她性子又比一般女子硬朗得多，这时候冷淡着表情，浑身冒着拒人千里之外的厌烦和冰冷。

她若是撒娇、哭泣、发脾气，都无碍，陈皓岩惯会应付这些女生的小脾气，她摆一副坚不可摧的样子，倒碰在他心口最不爽的地方了。

他心里一天都酸涩难当，本想要讨好她一下，被她刻意拉开距离，几次三番下来，也就赌上气了。一眼看见桌上美艳的玫瑰花，说了一句："你先休息，明天的班我来上，晚上先用冰袋敷着，我明早来给你换药。"就下楼去了。声音冷冰冰，大没有往日的柔情蜜意。

走过老彭的值班室，听见里面电视剧的声音，老彭和萍姐母女两个，看着电视，一边聊着。

"伤得不轻……先让他们和气了再说。"老彭说。

"他哪里配得上罗医生，年龄就不对，哪哪都别扭，毛里毛糙，空长了个好样子……"萍姐低声唠叨，像是没有听到窗前的脚步声，径直往下说："心思都还没有长大，在医院里指不定能不能混出头来，怎么照顾人家？"

陈皓岩听了，越发难过，在值班室倒头蒙住脸，往枕头上无声地砸了两拳，狠狠地生闷气起来。距离在离开急救站的日子，已经不足一个月了，这些天心底里都有些惴惴，有些失落，就像一个存款耗尽的人，空荡荡的害怕和不安。想到再过些时候，她会从自己的生活里消失，便好像心给挖去了半颗似的，有点像数年之前失去母亲，那阵子也是这样痛得空落落的，眼前漆黑一片。

一夜睡得很不踏实，不住地醒来看看手机，若是她有半点要求，发信息来，跟他撒娇、喊疼、喊渴、喊他来陪，不管是几点钟，他便会立刻飞身跳起来，跑回她身边去……可是她一言不发。翻到前面的记录中，看看几天之前两个人的对话，愈发心酸难耐。

第十章

两全

医院里决定把你提前调回来，主持急诊科的工作。

01

罗丹青腿上伤口疼痛，心头又不痛快，一夜辗转反侧难以入睡。到半夜，实在是忍不过了，到冰箱里拿了罐啤酒灌了下去，酒精的作用下脑子慢慢混沌，才有了些许睡意。她隔一会儿便忍不住去看看手机，看看他有没有像往日一般，锲而不舍地凑上来哄哄她。他若是死赖着，到深夜意志力最薄弱的时候，自己无论如何是忍不下去的，贪恋他温柔的拥抱，多半是一肚子委屈化作眼泪。刚朦朦胧胧地一阵迷糊，微信发来信息的却是许烨。

"脚上的伤还好吗？"

"好……"

"那死家伙在不在你边上？"

"不在……"

"姐，你是不是做了件挺不靠谱的事情？我看他就不对劲，你更不对劲！"

罗丹青一看时间，快午夜了，许烨今晚该是抢救室的班，到这个点急诊室的高峰流量已经过了。接近午夜，抢救室会空闲一阵，值班医生能在狭小的值班床上躺一会儿，看这情形，许烨该是闷着一肚子的气，借着问候伤情来打探虚实。

罗丹青赶紧回忆一下刚刚去急诊室处理伤口的时候，自己有什么不妥……不由得有点羞涩，在急救站跟陈皓岩亲密相处得久了，举动不由自主会在细节上露出来，一双眼睛最是容易出卖心事的……许烨这几年一直跟罗丹青混，工作上是徒弟，年纪算是兄弟，说起话来，有时候还挺像闺蜜。多半是给他那灵敏的狗鼻子闻到了什么气息。

许烨等了一会儿，见她不回复，继续锲而不舍地问道："我跟他从小一起混到大，他从来就没靠谱过。他是有本事让各种女生服帖，可你真的确定……"

"不确定将来怎么样，现在……有点身不由己。"罗丹青犹豫了一会儿措辞，等信息发了出去，觉得惴惴的感觉反而平静了好些。说出了自己的心事，鼻子有点发酸。原来这心里的感觉，跟这家伙倒说得出口。

"你看上他哪一点，说给我听听，让我开开眼，我感觉他除了长得好之外，没有其他好处！"

"一、长得好；二、身材好；三、做饭好吃；四、不大男子主义；五、个人清洁习惯好；六、会各种委曲求全；七、学习能力还行；八、按摩受过《运动康复》专业科培训；九、爱体育运动多过爱电子游戏；十、信守约定……"罗丹青一排信息叠在一起，迅速地发送过去。

"呵呵！"许烨悻悻地回了两个字，罗丹青就知道他那小表情，牙都快酸倒了。隔了一会儿，许烨又回道："女人！建功立业还不够，挣得名利双收，又想各种甜品。"

"读书那么辛苦，工作那么努力，房子、车子都靠自己挣，干吗不能想甜品？"罗丹青说得气呼呼的。想到这几个月来，暮暮朝朝，那些清甜、酸涩、贴心、滋润的相处，是以前从来没有感觉过的，辛苦的工作缝隙里填满了色彩绚丽，那个几乎不可能完成的"十二分钟"艰苦任务，现在回想起来充满甜蜜。

可是一想到他刚刚那种态度，忍不住一阵气噎喉堵，在黑暗中哭泣起来，用手背擦去流过脸颊的眼泪。

"大女人主义。颜值控！"许烨一阵表情包。罗丹青不去理他了。

微信上又发来信息的却是徐林森："丹青，周末有时间吗？一起看电影可以吗？你喜欢《长津湖》还是《007》？"

罗丹青嘘一口气，把手机放在一边。不！不是时间的问题。

罗丹青次日醒来，伤口仍然绷紧了的疼痛，膝盖上渗出血水。转头看见桌上放着一大杯温热的菊花茶，饭团豆浆都用保温袋裹好，消毒伤口的碘伏、棉签就在一边。知道他一早蹑手蹑脚来看过，不禁心里一软。一瘸一拐地爬起来往外看去。急救车不在车库里，篮球场上树影摇动，一个人也没有，只有滚筒洗衣机在"噶咕噶咕"地独自工作。

"出一趟车去上海九院，来回有点久……你少活动，上下楼梯小心些。"陈皓岩发了一句语音信息，声音低沉带点干涩。

急救站里只她一个人在，她半躺在床上，给膝盖的伤口消毒。听着窗外寂寥的风声和鸟声，心里还没有想好怎么回复他，忽然电话铃响了，是医院的业务副院长。

"丹青，胸痛和卒中两大中心马上迎接复评，急诊规培基地的检查现在通知是下个月初，市级重点专科的评审也快了。最近疫情不消停，曹主任抽调新冠隔离复杂重症抢救工作，医院里决定把你提前调回来，主持急诊科的工作。"

"那我眼下的活儿……"

"你手里提高院前急救的工作进行得很好，跟急救中心协商过了，整体计划移交给陈站长推进，按照你制定的方案继续，有疑问的地方陈站长会跟你商量……余下的二十天班次，由医务科抽调医生来接替你。后天估计就能过来换你。"

"那我……"

"你休息几天，回急诊科上班。"院长的话清晰而不容置疑，"等着你呢……任务完成得很好，都对你刮目相看呢。"

电话那边看不见罗丹青百爪挠心般的表情。她终于深吸一口气清晰地回答道："好！"

她看了一下手机，日程上有一个显著的标识，明天是陈皓岩代表本市参加省骨科年会比赛的日子……她叹息一声，计划没有变化快，等他比赛完毕，就该是告别的日子了。小小的受伤、小小的赌气都不算什么了。这段美丽旖旎的日子即将提前结束，最后的时间线来得比想象得更快。她看了看窗外，树影婆娑，双手紧紧地环抱在自己的胸口，沉默地仰起头，表情渐渐收敛了柔媚，越来越显出刚毅。

急救车直到下午三点多才从外面颠簸着回来，这一趟远途，直跑得人困马乏，在上海拥挤的街道里穿行尤其累人，颠簸摇晃得车里的人头昏脑涨。三个人一回来，狼吞虎咽地吃完中饭，就各自回值班休息去了。小玲都开不动直播了，径直倒在值班室的床上。司机值班室里没两分钟就传出了老夏响亮的呼噜声。

陈皓岩已经是十分疲乏，回来却见罗丹青坐在书桌前，对着手提电脑，在看自己明天要上台演讲的PPT。左手支着下巴，右手抓着鼠标，全神贯注地一页一页翻看。他凑到她身边，张望一下自己做的幻灯片。

"回来了……"罗丹青娇嗲地回应一下。"你睡一会儿，晚上我们把PPT再过一遍。"她语气娇柔，不带情绪，一双眼睛水灵灵的。

"嗯！"陈皓岩见她没了昨天拒人千里之外的冰冷和气恼，十分惊喜，又看了看她的伤口，好几处已经结痂，只有些红肿。他实在是累极了，一放心，一松劲，倒在她身边的床上，才片刻工夫就扯起了鼻鼾，渐渐陷入沉睡的意识中，还感觉到她在一边凝神工作，秀丽的侧影，清新的柑橘甜香，深深觉得温馨。

小个子的罗丹青被挤在最中间的C位上，矮了所有男生一大截，陈皓岩的肩膀正靠着她，手里抓着玻璃的奖杯。

02

晚间两人对着电脑，一起修改细节，讨论演讲技巧，他再看自己折腾了多日的PPT，字体、页码、参考文献，很多细节她都不动声色地小小修改过，经她手修改，就像织锦缎，细密的手工经得起任何放大了细看的挑剔眼神。

"报过去史的时候，要踩住体能评估的技术点；报不吸氧血气的时候，报完数字，有诊断判读……"小小的教官，打起了前阵子训练的劲头，对他的表现百般挑剔。

"超时一分钟……可以把前面的机理部分再缩一缩。挑出页码之后只说结论，在场的都是大咖，一句多余的解释都不需要有。"她掐着表，为他看最后的整体效果。

"化验单的字迹太小……"他眯缝着眼睛，离远了看看。

"没有解决不了的问题……背出来。"

"明天我带着电脑，PPT 发一份邮箱，拷贝一份 U 盘……"她对细节的要求，近乎苛刻，陈皓岩深觉感动。为了明日的十五分钟比赛，两个人一直在电脑前商量到深夜。

一早，骨科主任派来的替班赵医生就来了，从车里拎了一套深色的西装出来，递给陈皓岩："主任说，叫你正装。老六这套你穿应该差不多。"

赵医生看到罗丹青，赶紧退开半步，礼貌地点头，叫一声："罗老师。"

换上深色西装的陈皓岩，好看得叫人错不开眼神，一套西装真叫人器宇轩昂。他一边整理领带，一边从房间里出来。小玲、老夏、罗丹青、赵医生都瞪着他看。

"这明明是老六当伴郎时候的西装！"赵医生有些好笑，也有点不服气。"老六"是另一个医生的外号，骨科只有他和陈皓岩的体格最像。"给你穿过了，看他还敢穿……像偷来的！"

"看这边！"小玲拿起手机就拍。

"好好讲，别让人家笑我们，一表人才只能当司仪。"赵医生忍不住揶揄，伸手帮他整理衬衫的领子。

罗丹青尽力收敛着自己的眼神，只敢嘴角留一个俏皮的微笑。陈皓岩斜她一眼，有点不好意思。她走起来仍旧有点瘸，脚踝的肿痛还没有消，勉强可以开车。当着骨科师兄弟，他也尽力收敛了眼神，没敢去扶着她。

尽管受了疫情影响，省医学会的骨科年会缩减了规模，但整个维也纳国际酒店的会场里，还是人来人往。

青年案例比赛的分会场上，人头攒动，评委在第一排，十个参赛选手分坐两边等候，选手各自科室的指导老师、同事、朋友都有不少到场助阵。选手鞠躬下台的时候，都有某个角落处爆发出异常激烈的掌声和喝彩声。那是"娘家人"在激烈地当着啦啦队。

罗丹青不引人注意地坐在沈主任身边。这骨科的会场，除了自己医院的医生之外，并没有太多熟人，大家都戴着口罩，更觉有安全感。她尽情挑剔选手的表现，倒比评委还要刁钻。

十个参赛选手都是男医生，骨科真是个少林寺，清一色男班。高矮胖瘦，谢顶眼镜，不过知识分子扎堆的地方，气质偏阴柔。

凝神听了两个选手的演讲，罗丹青心里不禁哼了一声，带了几分淘气，"没有我们做急救的人思维缜密，考虑周全！"她不由得拿自己的宝贝徒弟许烨来比较。许烨这家伙天生口齿伶俐，家里老妈是演员，对他的形貌装扮从小就有要求，一上讲台，必须西装领带，九十度鞠躬，相貌虽然没有陈皓岩那么夺目，到底给人第一印象就相当出彩。

前面那两位选手，一个便西装加球鞋，另一个戴着一副圆眼镜像哈利·波特，印象分不扣就已经很好了。

该陈皓岩了。身材高大的他，站到演讲席前鞠躬的时候，立刻引起第一排的评委一阵子交头接耳。底下观众席上小小的一阵掌声，他把口罩拿下来，端正英伟的气质像个明星。他的眼神在场上"找"了她一下。开始了自己的案例演讲。

她是个负责的教练，凝神听着，一边看着手表，一边在纸上不停地记录着什么。他的内科理论框架里有自己的影子，听得出来，也有他想过很多次之后的理解。他的讲题《人生的最后一次骨折》是高龄老人的困境，逐渐失能、骨质疏松、意外倒地造成髋关节骨折。快速高效的手术评估，是高龄老人换髋手术的前提，手术后的维护是护卫和保障。两个人在一起讨论过多次，她也听他从头到尾讲过多次……

终于结束，他潇洒地鞠躬下台，忍不住眼神又"找"了她一下。一眼就看到她拍手拍得像一个小朋友一般可爱，露出一个灿烂的笑容，骨科会场人家都不认识她，就敢这么淘气可爱，若是在急诊的会场，"红蜘蛛小姐"眼神带着杀气，嘴角带着挑剔，那该是另外一个样子。

台下响起掌声，坐在观众席上的沈主任一脸又乐又气，又气又乐的奇怪表情，用力拍手，他看看陈皓岩，抓起罗丹青的手用力握了握。

十个选手演讲结束，评委的打分正在核对最后的比分，沈主任一把拿过罗丹青手里一直在写写画画的草稿纸，说："这给我，让我改天也教训教训我们科室那帮不争气的，看看人家场边教官是怎么当的。"

罗丹青"嘿"地一笑，就随他拿去了。草稿纸上写着满满一页，每页 PPT 花的时间、重点、疏漏、改进。过程太快，她的铅笔字迹十分潦草，可是看得出细节处的用心，她就像 NBA 球队的场边技术人员，关注每个细节，立刻做出分析和反应。角落里，画了个 Q 版的樱木花道。简笔的漫画，有几分陈皓岩不羁的气质。

大 LED 屏上，打出比赛的排名。陈皓岩列在第二。

"喔……"全场都是为自己选手喝彩、拍手的，闹哄哄的。他兴奋的眼光在人群中"找"了她一下。沈主任也带着第一医院骨科的一群高矮胖瘦不等的壮丁站起来，噼里啪啦地拍手加起哄。她矮矮的个子"陷"在里面，只看到毛毛的小卷发和半张白皙的脸蛋。

"丹青，你别急着走，到门外跟我们骨科的壮丁合个影，这个二等奖，无论如何要感谢你一下。"沈主任抓着领奖结束的陈皓岩，带领着一帮子骨科医生，簇拥着罗丹青到省年会主场的门口，大幅的背景处一起合影。小个子的罗丹青被挤在最中间的 C 位上，矮了所有男生一大截，陈皓岩的肩膀正靠着她，手里抓着玻璃的奖杯。

"沈主任，你们这小伙子，才貌双全，下次年会比赛的时候，借出来充当司仪。"前排的评委对陈皓岩印象深刻，他刚领奖下台来，就盯着沈主任说道。罗丹青听得嘴角含笑。她看得到，他的眼睛一直在人群里，有意无意地"找"她。

等走到了人际稀少的停车场，罗丹青忍不住露出一瘸一拐、龇牙咧嘴的本色来了。受伤肿痛的脚踝已经被皮鞋夹得走不动路。她脱下一只鞋来，拎在手里，被陈皓岩半扶半抱着，好不容易走到了车边。

"我来开……"陈皓岩从她手里拿过车匙。把她安顿在后座上，她勾着他的脖子不放手，一双眼睛凝视着他，凝着一泓水光，分不清是喜是悲。樱粉色的嘴唇凑近了，在他唇上轻轻吻一下。他有片刻的错愕，一颗心激动得怦怦直跳，欢喜得快要炸开来一般，喉结不安地浮动着，像个未经世事的少年。

车子开回急救站，替班的骨科赵医生笑着说："真得谢谢这身加分的西装，刚科室的群里都炸锅了……我们主任也真够搞笑的，带着一帮兄弟出去搓一顿庆祝胜利去了，拿奖的人倒回来上班了……"

他忽然对罗丹青说："罗老师，昨天医务科在商量调人的事情了，我早上从医院出来的时候，碰到肾内科的小李，他说明天早上要来接你的班。"

陈皓岩刚替换了西装下来，整理完毕，递给赵医生，听到这话，脸上的笑容忽然冻住了。回头立刻去看罗丹青。她的笑容有点勉强，对着赵医生说："急诊科马上要有两个重要的检查，昨天院长给我打电话，要我提前结束急救站的轮班，去准备迎检……"她偷眼看了下陈皓岩。

赵医生一边絮叨，一边准备走："也是，急诊科这种最忙的科室，现在又是疫情，哪能老把你这样的当家花旦放在这里……曹主任这个月进隔离病房了……"

"啊？什么！你要提前走啦？"萍姐在旁边听到罗丹青这么说，呱啦松脆的大嗓门问道。顿时欢欢和老彭都围了过来。

"昨天突然接到的通知，我打算等明天早上交班的时候，跟老夏和小玲也都告别一下……大家一起待了这么久，一下子要求我提前结束，我都有点反应不过来。"罗丹青看看欢欢，又看看熟悉的院子。

欢欢过来抓着罗丹青的手，她越来越像一个"正常"的少女，眼神眷恋。罗丹青赶紧用手臂圈住她。

"那我们今天晚上，好好一起吃一顿，也算是一起混了这么久。"一向话不多的老彭说道。

"我来张罗吧，往木桥路上去一趟也快得很。"萍姐立刻爽利地赞成，她到车棚里去发动自己的电瓶车，把自己的包往车筐里一扔。这会儿正是木桥路那边菜场生意最繁忙的时候，熟食摊位多得很，面点小吃、水果生鲜沿街一溜，散发着各种食物的味道。准备几个省力的菜并不繁难。

罗丹青尽力露出轻松的笑容："是该吃一顿，今天还拿了个省里的二等奖，我们昨天在电脑上，改到好晚呢……"她到这时候才敢回头看陈皓岩。

他比赛回来的容光焕发一下子消失了，有些不知所措，有些茫然，怔怔地看着她。唇边她刚才留下的柔软濡湿的感觉，清晰犹在，原来这竟是在跟他告别。

"你脚不便当，东西要搬走的收在一起，我们来帮你搬。"老彭暗暗地在背后推了一下陈皓岩。

"脚踝热敷一下吧，肿得这个样子……东西也不多，不忙收拾。"他淡淡地说，伸手扶着罗丹青，把她扶到医生值班室里的小钢丝床上坐下。手里去泡了热水袋来，用毛巾厚厚地裹好了，坐在她身边，抓着她的脚踝搁在自己腿上，替她热敷。她雪白的小腿上，好几处显眼的乌青和擦伤，脚踝肿着。

大大的灰色外套在她身上像是在拥抱她。

03

萍姐买回来熟食和一袋子螃蟹。她和老彭两个人，把熟食装盘，把螃蟹煮熟，切老姜丝，调醋，一会儿功夫，就把晚饭的吃食都摆了出来。刚好送晚饭的电瓶车小哥也到了，加上新鲜出锅的素菜和鸡汤，水泥墩子上摆得满满当当的。

"来了，吃饭。"萍姐冲值班室那边喊道。陈皓岩扶着一瘸一拐的罗丹青出来。欢欢在冰箱里拿了可乐和雪碧出来。

金黄色的螃蟹冒着热气，掀开盖来，倒上姜醋，每人都拿着罐饮料，碰一碰杯子。罗丹青说："我当初来的时候，心情挺不好的，经常用酒来催眠……出来躲清静，才几个月的工夫，现在真想在这里多赖一段时间。"她手里拿着个螃蟹，帮着欢欢开盖、去鳃、掰脚。

"你是来修理地球的，急救站地方小，每样都修理完了，你也就该走了。"老彭十分感慨，手里掰着螃蟹钳子。

"定残和工伤的事情差不多了吗？"罗丹青问道。

"有眉目了。"老彭点点头。

这几个月来，也就花了几个休息天，去医院，去残联。定残的资料已经到最后阶段，听工作人员说，到年底，补足的拨款就能够发到卡上。罗丹青推荐的那个律师事务所也去过了，在人家看来，这事情办起来并不算太难，手续材料备齐了，等排期："别急，需要耗耐性，急不来"。听人家这么说，看着办事人员桌上的大叠资料，老彭也就先办了，慢慢等着。最近电话来了，说是有了些眉目，估计能赔付一部分。等到这个份上，老彭也彻底明白了，跟那些大机构，只能是按程序办事，慢慢吞吐着，也慢慢落实着，到点前进，到点前进……

老彭拿着自己面前的可乐，和罗丹青轻轻碰了一碰。

一顿饭吃到月亮升上了树梢，夜风有了深深的寒意，陈皓岩一直没有太说话，他把自己的卫衣外套披在罗丹青的身上。大大的灰色外套在她身上像是在拥抱她。

"欢欢，在田老师那里，做得还开心吗？"罗丹青见欢欢露出依依不舍的样子来，忍不住问她道。

"田老师现在不用帮我了，我在帮一个新来的男生适应，他……昨天终于开口跟我说话了。"欢欢露出笑意。

"过几天中午可以到急诊室来找我，不忙的话，我请你吃中饭。"罗丹青说。欢欢换了罗丹青给她"淘宝"来的新卫衣，一张脸少了脂肪，多了表情，看上去清秀了很多。

田雁老师不时在私下告诉罗丹青各种进展，欢欢对医院门诊的志愿者岗位，还算能适应，已经不需要"监护"了。有一次，下午跟着田老师去上门做"失独"老人的送药服务。还有一次，跟着去了血透中心。"她需要朋友，需要社交，她自己也在调整……"听田雁老师发来的信息，她该是对欢欢挺有信心的。

萍姐终于停止了"全程盯防"式的监护，只在中午往医院里跑去看一趟。

"我听你们的，管着吃药，管着吃饭，其他指望她自己适应得下来。"萍姐看看欢欢，还是忍不住替她剥了蟹腿肉出来，沾了香醋放到她跟前的碟子里。

两只猫咪喜欢腥味，轻轻地走到旁边来蹭吃蹭喝。

"你帮罗医生收拾东西，楼下这些我们来收拾。"萍姐看陈皓岩，又看看楼上的房间。

"明天，等接班的来了，我送你回去，你这脚还不能多活动……"陈皓岩扶着罗丹青，一瘸一拐地到二楼的房间里去。

书桌上摊着她的大大褐色笔记本，风吹过纸页，"啪啦啪啦"作响，一页页都是她大大小小的字迹、圈圈、荧光记号。他爱惜地抚摸一下封皮，扉页上，写着"十二分钟"。

他挨着她坐下，把她的笔记本拿在手里抚摸着："好快……好快……"语气有点哽咽。

"你在这里就三个星期了，怎么打算呢？"罗丹青柔声问道。

"趁休息天，去找房子……等着回去上班，回一趟家……下次看见你，是不是也该鞠个躬，叫你罗老师了。"他像是想开句玩笑，可是声音空落落的，有压抑不住的伤感。

她把头埋到他怀里去，深深呼吸，眼泪忍不住从眼角淌了下来，低声说："叫红蜘蛛小姐。"

"这本子，可以留给我吗？"他爱惜地拥抱着她，深深的自卑感让他心痛如绞，看见她的眼泪，更加难过。她始终没有吝惜过付出多少，始终待他以至诚。

"嗯。"她轻轻点头。

衣服、书籍一件一件堆进帕萨特的后备箱，罗丹青站在屋檐下，等着上班来的老夏和小玲。接替她的李医生来了，见了她礼貌地点头，叫道："罗主任。"

"怎么提前了，我……还有东西做了一半，想送给你的。"老夏一听，去拿出了这些天都在做的那件木器。小小的首饰匣子两半都已经初步成型，褐色的纹理均匀顺滑，泛着柔和的光泽，铜制的锁扣安装了一半，还没有最后吻合。

他每天做一点，已经有两个来月了，每个人都仔细看过，看着这匣子慢慢成型，越来越光润，却不意老夏这么有心，是送给罗丹青的礼物。

"不值钱的小玩意儿，手工一般，也就是个心意。"老夏把匣子捧在手里。

"我也有……做了一半，来不及完工的。"小玲也叫道。她把手机递给陈皓岩，紧紧地挽着罗丹青，要他拍照。

"没事，没事，知道有礼物，我等些日子一定回来拿。"罗丹青对着老夏笑道。她挽着小玲，挽着欢欢，几个人挤成一堆，拍合影。

萍姐和老彭也挤了进来，站在大香樟树下，六个人一起请李医生帮忙拍合影。两只猫猫在房顶上轻盈地走过来，走进镜头里。

陈皓岩的脸色一直阴晴不定的，终于他扶着罗丹青坐进副驾驶的位置，发动了车子。

"再见"罗丹青留恋的目光看着香樟树，看着篮球场。

"再见，过一阵来看我们。"急救站的成员们围着车子，纷纷跟罗丹青挥手告别。欢欢和小玲趴在车窗上，依依不舍。

"他们……"萍姐不禁看了看老夏，又看了看老彭。老夏没有吱声。小玲拿着手机，对着驶入小路的银色私家车。帕萨特慢慢地在小路上颠簸了几下，一拐弯，慢慢消失在大路上。

重要的上级部门检查需要花费大量心力去准备资料，检查流程。朱主任一双犀利的眼睛不放过任何细节，铁面无私的反馈，让人既敬且畏。

04

没有了罗丹青的城西急救站寂寞了很多，陈皓岩仿佛在外头忙着什么，下班的那一天，都不在急救站，也许是在租房，也许是回家探望父亲。他不说，旁人也不好问，见他下了班背着包从急救站门口的小路出去，骑上自行车，萍姐有点想问，却欲言又止。他半年轮值也快结束了，他终会回到原来繁忙的生活中去，又有新的医生替换过来。

出车归来，他经常坐在树下看老夏，完成那个小小的首饰匣子。黄铜的锁扣用最传统的方式安装上去，老夏做到一半，会端着匣子，远远近近地仔细端详一会儿，那神态，好像一个在给女儿打制嫁妆的父亲。实训室的操作训练，陈皓岩仍旧会一个人去做。傍晚的篮球场上，仍旧一个人玩球。那摊在书桌上厚厚的《内科学》，已经看了大半，埋头一个人继续看下去，手机中放着细细的音乐。少了她清凉的嗓门，大个子沉默了很多。

小玲继续在二楼的实训室里直播带货，闲了仿佛也在专心致志地倒腾些什么，手提电脑一开，全神贯注地对着电脑做细功夫。那事情应该是很费神，她会把值班室的门也关上，只能听见窗口传出一阵阵轻轻的音乐声。

老彭最近的闲暇时间，忙着在篮球场的一侧，搭一个拱门形状的铁艺爬藤架。他种的铁线莲长得飞快，紫色的花朵开了又开，现在茎叶繁密，长得老长，需要让花叶攀扶在拱形的铁架上，做出鲜花拱门一样的造型来。老彭预算有限，又不太会用淘宝，欢欢就自告奋勇地当了帮手。

新刷过白漆的铁艺架子像一个门廊，整理过后的植物攀附在拱形的铁架子上，铁线莲很快缠绕得枝叶交错，在拱顶开出密密层层紫色的花朵。一老一小经常在一起侍弄花草，倒也处得愉快。欢欢在花廊架上悬了一个铸铁天使风铃，在地下添一个小精灵形状的太阳能灯，这些便宜可爱的小玩意给花廊添了浪漫的气氛。

常态化控制疫情的日子里，线上的视频会议变成了一种习惯。每天早上八点钟，陈站长会在线上会议室里给三十一个急救站点的上班人员开个视频会。罗丹青花了五个月时间做的计划书，被分解成一点一点，像连续剧一样，每天一节课程，推给院前急救的医生、护士、司机。

线上的会议，别的站点经常会迟到，会缺人，而城西急救站的上线，永远准时和安静。连老夏和老彭，都隐隐带着自豪感，站在值班室的电视机前，看着镜头里，罗丹青和陈皓岩两个人配合着的操作视频。

每次视频会议结束时，陈姐会把画面切换到急救中心信息科的数据图上，病人信息及时上传的比例、车上静脉开通比例这两个数字，实时在波动着，斜行向上的数据线，显示了三十一个站点的共同努力。

急诊室忙忙碌碌的日常，又重新续上了罗丹青的生活。重要的上级部门检查需要花费大量心力去准备资料，检查流程。她仔细看了一下检查的通知，啊！带队的首席专家朱主任还是半年前来调研的那位急诊大咖，他是省人民医院的急诊科主任。他的严厉和严谨让人印象深刻，一双犀利的眼睛不放过任何细节，铁面无私的反馈，让人既敬且畏。

急救演练是个必查的重点项目，这一个星期来，两个医生两个护士一有空，就在技能中心的复苏室里做急诊演练。罗丹青一边看，一边随时改动演练的内容，增加难度，增加随机性。

"停……停……"她喝道。

"急诊演练，不是单纯急诊科的演练，到这一步，启动医院的应急流程，呼叫职能科室到位。"她站在考官的位置上，对着满脸冒汗的医生护士提要求……

"姐，你换我上啊！"许烨有些心痒难耐，旁观着师兄弟们热火朝天地演练，偷偷地跟罗丹青要求道。

"你上抢救室的班，万一检查的时候，来了真的抢救病人，一半专家继续给急救演练打分，一半专家会去看真实的抢救，你的任务不比他们轻。"罗丹青说。

"这情况去年市急诊质控检查也碰到过，你忘了吗？"

连续两个星期，她都监督演练到晚上八点多，整理台账资料，整理各种数据，整理汇报用的 PPT，手头的工作堆山填海，每天都工作到深夜，终于准备得基本满意了。

检查的当天，罗丹青从 PPT 汇报开始，一直陪同着朱主任带队的专家。朱主任也的确是急诊大咖，一边客气地寒暄："罗主任这么年轻，基础扎实，又参加过武汉抗疫，管理一定是没问题的。向来，第一医院的急诊质控排名都很出色……"一边站在抢救室的护理台前，眼观六路，看着各种病人的接诊。罗丹青心里估摸着，朱主任是一定要探知到真实状态才算是完，不由得微微一笑，看了看许烨。

他正在分流抢救室的几个不太重的病人，开住院单，开检查单……眼睛都没有抬起来。但她知道，这鬼精灵的家伙有着极其敏感的狗鼻子，嗅得到任何微小的信息。

复苏室的急诊演练开始了，从急诊室门口平车推入的模型，检查团专家站抢救床的一边，开始出题："73 岁，男性，胸痛 2 小时……"

练得驾轻就熟的蒋医生马上开始接诊病人，问诊、查体、做心电图……

"病人出现室颤！"出题的专家开始考核急救操作。床旁医生立刻开启除颤仪，充电……放电……

"心内科医生会诊……"迅速启动的胸痛中心，反应速度比平时还要快。复苏室那边人头攒动，急诊演练有条不紊地进行着。三个检查组的专家拿着评分表，仔细地盯着各种细节，掐着表，看专科的反应时间。

这时候，护士吧台的电脑忽然传来了"急救云"上的一条信息：59岁，退休教师，胸痛半小时，目前位置城西路56号青庭苑公寓2栋。接着是病人的身份证图片。车载的GPS显示，急救车到医院急诊室的距离是12分钟。

啊！真的胸痛病人来了。朱主任眼睛一亮。这才是他想要看的。他不动声色地移了一下位置，站在电脑前。

过了几秒钟，急救车内的视频开启，急救车内的图像传送了过来，陈皓岩和萍姐正把担架推进急救车，一个身躯肥硕的病人躺在担架上，蜷曲着身子。罗丹青一看，立刻站在朱主任身后，两个人目不转睛地看着电脑上的图像。

车子平稳地启动，陈皓岩完成了心电图的检查，图像从"急救云"传到了抢救室的电脑上。

"胸痛病人，开通绿道，打印腕带！"分诊台上的护士看了看电脑传送过来的信息，开始处理预挂号。

罗丹青倒吸了一口冷气，从急救车上刚传送过来的心电图可以认读得出来，这是一个广泛前壁心肌梗死的病人，这是随时会停跳的病人。陈皓岩迅速完成了心电图的检查，给病人连上了心电监护仪。

急救车距离急诊室11分钟，"心梗……心梗……"许烨对着电脑上心电图的图像叫了一声。

晃动的镜头下，萍姐给病人开通了静脉，抽取血标本。这病人仿佛十分不配合，烦躁地左翻右翻，抱着胸口，不停地动来动去。陈皓岩半坐半蹲在病人的一侧，看着监护仪上的图像。

急救车距离急诊室10分钟，忽然病人的身体反凹了起来，重重地抽动了几下。一串室性心动过速的正弦波惊心动魄地划过。

陈皓岩拿起急救车一侧的除颤仪，充电……放电……给病人除颤，病人的身体重重地振动了一下。他放下了电极板，看了一眼监护仪，立刻开始胸外心脏按压。

罗丹青暗暗地握紧了拳头，眼睛盯着图像。晃动的图像有点模糊，但是急诊专业的高手可以根据感觉分辨得出车上正在进行的节奏。

GPS定位系统在地图上清晰地显示着急救车的位置，他们还要坚持9分钟才能到达第一医院的急诊室门口，他们并不知道，急诊大咖正在镜头背后，注视着急救车的每一个变化。

朱主任拿过一张白纸开始记录、打分。罗丹青看了一眼，这真是严格的考官，评分表后面就是真实的表现。朱主任目不转睛地看着镜头前的变化。

还有7分钟，陈皓岩单膝跪在担架旁狭小的空间里，奋力用每分钟100次的频率做胸外心脏按压，他的身体随着救护车的颠簸不断摇晃着。

还有5分钟，陈皓岩把胸外心脏按压换手给了萍姐。他移到病人头端的狭窄空间里，用C型手法开放气道，把加压面罩扣上病人的面孔，手捏皮囊开始了人工通气。

"这医生是你们急诊科的吗？"朱主任一边看着他的操作，一边问。

"不是，他是骨科医生，轮半年院前急救的。"许烨在一边回答道。

护士台的工作站里，病人的一次性腕带、开通绿色通道的文件、急诊病历卡、抽血的条码打印静静地准备着，所有预先的流程在病人没有送到之前，都无声无息地开始了。

心电监护传来的图像，仍然只有按压造成的干扰波形，没有规则的 QRS 波群，甚至没有室性心动过速的颤动，急救车的位置在地图上快速移动着。

还有 4 分钟，陈皓岩打开喉镜，开始准备气管插管，他用喉镜的手法已经很熟练，趁着急救车在十字路口等待转弯的停车片刻，插管迅速地进入，充气气囊，固定插管。操作完成！他示意萍姐过来捏皮囊，自己换到病人的一侧继续胸外按压。车厢内的空间太过局限，两个人腾挪位置十分困难，都勉力而为。

"好！"朱主任手里不停地记录，简短地说道。

还有 3 分钟，地图上小小的移动的红点距离医院大门还有一个红绿灯路口。心电监护上又是一阵正弦波，陈皓岩拿起除颤仪，再次电除颤，继续按压。

还有 1 分钟，远远地已经可以听到医院的大门外传来急救车的警笛声。

许烨和两个护士推着平车到急诊室门口的停车坪上去等候。

急救车终于抵达，在众人的视线中，驶上停车坪停稳，车厢的后门打开，众人七手八脚地帮忙把担架移出急救车。

护士接过萍姐手里的皮囊，许烨接手陈皓岩的胸外心脏按压，一路小跑着把病人送进了抢救室。"病人上车的时候还能说话，车上发生室速，除颤两次。车上按压的时间大概是十分钟。"陈皓岩一边转送病人，一边跟许烨交班。他头顶冒汗，大颗的汗珠从脸颊上滴下来。

"心梗一包药，上车之前已经吃过了。"陈皓岩用袖子抹去汗水。

在他身后，急诊室的护士接过萍姐手里的血标本，贴条码，送急诊检验科……同时开工的前方和后方都在迅速地行动。

许烨对着抢救室门口的心内科医生大喊："前壁心梗……快，真病人！"

心内科医生的注意力还在复苏室的急诊演练上面，脸上有点懵懂，看了他一眼，脑子忽然反应过来，脚上像长了弹簧一样"腾"地跳了起来，一溜烟跑过来看病人的情况。

"快，快，启动导管室，这不是演练……"心内科医生看着心电图的图纸，气急败坏地对吧台上的主班护士大喊。一急之下，口无遮拦，忘记检查组的专家还在考核急诊演练。

"停停……"监护仪上出现了规则的窦性心律，许烨迅速地戴手套，打开一次性无菌包，开始给病人做深静脉穿刺。

这时候，正在复苏室里评分的几个检查组的专家，也发现了胸痛中心专用床上正在进行的抢救，一下子跑过来了两个，而那边的模拟演练也没有停，顿时两边都成了"考场"。

心内科医生手里拿着准备好的知情同意书，到抢救室门口去找家属谈话签字。许烨来劲了，三下两下就手脚利落地完成了穿刺，完成了血气分析，接着完成留置导尿……

"导管室准备完毕。血标本急诊报告返回！肌钙蛋白 6.2！"护士大声地汇报进展。

"准备送导管室，微泵、转移呼吸机、除颤仪准备……"许烨大声地呼喝着。眼睛往墙上的钟瞟了一眼，距离急救车送到病人只过去了 15 分钟。

"快……快……广泛前壁！"心内科医生拿着心电图纸，催得气急败坏。

罗丹青仍然站在朱主任的身后，看着抢救室里抢救。多少次，她是站在许烨的那个位置上的前线将士，亲手去操作，亲手去指挥；现在，她得眼观六路，看着病人的安危，同时看着正在进行的重要检查。她的紧张不亚于许烨。

眼睛的余光，看到陈皓岩在治疗室门口的水龙头上洗手，在护理台前签急救转运单，他的眼神"找"了一下她，灼灼的热切逗留在她脸上。她看着他展颜一笑，像暗夜里静静的昙花开放。

"好！"朱主任手里记录着数据，记录着分数，简短地说道。

病人在药物的维持下，送往导管室，检查组专家们纷纷跟了过去。大家都希望验证一下，这是不折不扣的，按着秒表记录的 D2B 时间。

留在复苏室的最后一个专家收起来打分的表格，笑了一下说："我们最希望看的，就是碰到真启动，不是模拟演练，我猜……你们医院的 D2B 时间可以拔个头筹。"

演练收场的几个医生嘘一口气，都意犹未尽地往导管室那边张望了一下，看见还在抢救室门口的陈皓岩，一起上来，勾住他的肩膀，像战友一样狠狠地拍了他两下。当着专家组不好多说什么，可那种上阵亲兄弟的热络，毫不掩饰地露在脸上。

紧张的抢救终于结束，病人完成急诊介入治疗，送入重症监护室，检查组的专家完成了检查，收起打分表，回到会议室里，开始做检查的反馈。

"罗主任，这次的检查结果，不用我说，大家都看到了……"朱主任露出了笑容。

"院前－院内急救一体化的表现尤其出色，跟半年前比较，我都不敢相信这个结果。就因为院前急救的素养大幅度提高，胸痛中心的 D2B 时间是……35 分钟。起码有 12 分钟的时间，是从急救车上省下来的。"

会议桌上响起了掌声，从陪检的副院长到后方旁听的急诊科医护人员，都情不自禁地欢呼一声。

"急救车上的病人是随机的，急救医生也是随机的，我相信在这半年中，一定是进行了大量的培训和改进工作，能够取得这样的成效真是难能可贵。如果是半年前，我相信这位严重的左主干心梗病人能够抢救成功的机会，几乎不存在！"朱主任有点兴奋。

"我们的急救工作必须要向前延展，也必须要向医院内提升，这位骨科医生能够达到这样急救素养，相信这种培训机制是可复制的，你们做得漂亮。"

结束了检查的人们如释重负，朱主任在离开医院之前，特地到重症监护室去看了一下刚才抢救的那个病人。监护仪上，心电、呼吸、血压、氧饱和度的数据都在正常范围，床边的护士正在准备气管插管拔管的流程……朱主任拿起床头的监护单，看了一下血气分析，回身对罗丹青说："丹青，我们做急诊的，要的就是这个结果，不是居功，就是能救的都救下来，你说是吧？"

他的那种口吻，已经不是检查专家那样"官方"了，充满了一个长者，对年轻后辈的期许和感慨。

曾在千万个夜晚许下心愿，一去不回的时光为何却如此耀眼……

05

回到秋实公寓的罗丹青如释重负，终于结束了一轮重要的检查，这个结果让人欢欣鼓舞。不过，她眼下还有更重要的事情。

她在镜子前换好象牙白色的连衣裙，戴上小小的珍珠耳环，淡淡地上妆。等到装扮好，从冰箱里拿出一个小小的白色花球。站在镜子前转了一下身。用手抓了抓一头小卷发，向着镜子里的自己吐了吐舌头。临出门脚上穿了一双球鞋，看上去倒是俏皮了很多。

黄昏，天色暗下来，天空中五色的彤云正在收起最后的鲜艳和绚丽。她看着车窗前方的晚霞，脸上始终凝着喜悦的微笑。

城西急救站就在前方了，从弯曲的小路慢慢转进去，只见篮球场上已经站了好些人了。小小的院落给装扮过了，铁线莲的花廊拱门上，有一串串的小灯在闪烁着。鲜艳的紫色花朵，开得层层叠叠，分外美丽。一块白色的幕布在鲜花拱门的一侧拉起来，投影仪正在播放着视频，音箱中正在播放的音乐是《灌篮高手》的主题歌《直到世界的尽头》：

孤身一人在大都市中彷徨，像被人丢弃的空啤酒罐

如果非要探究彼此的一切才叫爱的话，还不如永久长眠

直到世界的尽头也不愿与你分离

曾在千万个夜晚许下心愿，一去不回的时光为何如此耀眼

憔悴不堪的心被落井下石，渺茫的思念，在这个悲剧的夜

而人们总是追求肤浅的答案，结果错失掉无可取代的宝物……

正在播放的视频是罗丹青和陈皓岩在篮球场上打球的情景，一看就知道是夏天的某一个黄昏，由小玲拍下来的。

银色的车子慢慢驶来，站在篮球上的人不禁都拍起手来。急救站的成员们都在，人群里多了急诊、骨科的几个年轻医生，欢欢和田雁老师手拉手地站在角落里。

陈皓岩站在花廊下，等着罗丹青出来，他穿了比赛时候的深色西装，脚上穿了一双球鞋，显得帅气又矫健。曾经沾了半斤泥巴惹祸球鞋和罗丹青脚上的球鞋，正是同款。他握着罗丹青的手，携着她走到鲜花拱门的前面。

"安静……安静……"小玲站到了水泥墩上，司仪一样大喊了一声，接着按了播放的按钮，众人看向屏幕上，只见片头是高处拍摄的城西急救站的全景，镜头一转，桌上一本真皮面的大本子，扉页上写着"十二分钟"。

陈皓岩一个人在篮球场上打球，眼神寂寥，跑过来的罗丹青加入了，他让着她，两个人在篮球场上一攻一防。

陈皓岩凄惨无比的第一次操作练习，好不容易插了进去，恨不得多长一只手出来帮忙，胶布粘在手上，甩也甩不脱，终于完成，咬牙切齿地松一口气。许烨笑得前仰后合。陈皓岩张着嘴，露出一脸的窘迫羞涩，一只手仍然紧紧牵着罗丹青。

给罗丹青改造过的值班室、实训室，两只胳膊脱落的模拟人躺在瑜伽垫上，形状滑稽，满墙贴着彩色的便签纸，那是欧洲杯打赌的战绩。

罗丹青把头靠近陈皓岩的怀抱中，他用强壮的手臂环绕住她，侧头吻她的发丝。背后的远处是驶离急救站的一辆私家车。车窗玻璃银色的反光一闪，带着伤人的冷硬和锋利。啊！罗丹青一呆，那一天，不知道小玲在二楼拍摄，可是直到此刻看到，才明白，他要保护她的心思是那样明显。

两个人开始练习双人配合的心肺复苏，陈皓岩的动作已经很熟练，可是被罗丹青临时变题难倒了，手足无措，一屁股坐倒在瑜伽垫上开始耍脾气，一副无赖的模样。罗丹青伸手拖不动他，只好从冰箱里拿了罐可乐出来，好言好语地哄他。"噫……"骨科的师兄弟们一起起哄。

　　陈皓岩在蓝天白云下，躺在绳床里，奶牛猫和玳瑁猫慢慢地走近，奶牛猫对着他娇柔地伸展着。罗丹青叉着腰在二楼的实训室窗口喊："上课了！"

　　一组照片拍得十分模糊地闪过，陈皓岩在给罗丹青按摩脖子，捏合谷穴，捏小腿，这也不知道是小玲怎么拍到的，可能就是窗口一闪，拍个模糊的图像。两个人看得，都不由得害羞了起来。

　　两个人一起对着电脑改 PPT，聚精会神地看着电脑屏幕，陈皓岩偷偷在她的耳边轻嗅，气氛旖旎，接着，一起装扮得非常正式地去急救中心汇报成果。

　　暗夜中，月光明亮，香樟树下，两个小小的人影热烈地拥吻。罗丹青不禁张大了嘴，忘记了害羞。这是中秋之夜，只以为这个场景永远地镌刻在自己心底，没有想到在众目睽睽之下，又看到了这一幕。

　　她在跟众人告别，银色的帕萨特消失在小路的镜头，厚厚的笔记本一页一页地翻过，从写着"十二分钟"的扉页，渐渐翻到最后的汇报笔记，终于纸页合上。

　　"哗……"篮球场上的人们噼里啪啦地拍手。这视频剪裁得十分精心，显然是小玲费尽心力的结果，配上一段一段优美的音乐……小玲使尽了浑身解数。

一个面孔陌生的中年男人走到陈皓岩的跟前，把一个美丽的花环交给他，他看着陈皓岩把花环戴在罗丹青的头上，一朵一朵精致的小花映得她的小脸像天使一样。

"你们记得他吗？"陈皓岩问道。那个男人撸起了右手的衣服，一片醒目而狰狞的瘢痕在右臂的中间。几个医生、萍姐、老彭都围了过来。

啊！这就是麦田里找出来的那只手。

"在香橼花店买花，忽然看见这片瘢痕，问起来，果然是他。"陈皓岩说。

"谢谢，谢谢，我记得那天有好多人握过我的手，那天去医院的时候许过愿，如果这只手有幸继续属于我，我要去跟所有救它的人，握一遍手……"那个男人伸出不太灵活的右手，跟周围的所有人握着手，像久别重逢的朋友一样。萍姐和老彭相互望了一眼，不由得拍起手来。

司仪小玲大声说道："老夏亲手打造的嫁妆，经过两个月的持续打磨，终于完成了，今晚闪亮登场……"

老夏黑黄的脸上露出了不好意思的笑容，把个褐色的首饰盒郑重地拿到了陈皓岩的眼前，屏幕上出现了老夏和陈皓岩两个人在树下，一起做木工活的照片。一块木头，慢慢成型，慢慢打磨，安装铜锁，最后成为一个首饰盒。

陈皓岩把首饰盒打开，里面一枚玫瑰花型的戒指在灯光下闪闪放光。"哇……"女生细细的尖叫声。大家都屏住了呼吸，看着陈皓岩拿起戒指。小玲赶紧播放音乐，她一时没有挑到合适的曲子，急得跳脚，终于放了出来，长长地出了一口气，啊！还是《直到世界的尽头》。

直到世界的尽头也不愿与你分离

曾在千万个夜晚许下心愿，一去不回的时光为何却如此耀眼……

陈皓岩走向罗丹青，单膝跪地，抓住她的手，问："红蜘蛛小姐，嫁给我，行不行？"他模仿着罗丹青惯常的提要求的语气，婉转又坚决，这称呼，听得大家都笑了起来。

罗丹青羞涩地凝视他，大大的杏核眼转一转，想要俏皮地开句玩笑，看到周围屏住了呼吸的朋友们，终于点头："好。"他把戒指戴到她的无名指上去，深深亲吻她的手背。

许烨手里的气泡酒，"砰"的一声，开了瓶塞，那开瓶的声音格外喜悦。

"姐，请问，你是怎么下定决心，答应这不靠谱的事情……"许烨抓起一杯酒，大大地喝一口，问道。周围的人一起起哄，大家都拿起了酒杯。

番外

读书这么用功，工作这么努力，不就是为了可以由着性子吗？

离开急救站倏然已经十天，秋实小区的公寓里，罗丹青埋头在电脑前整理资料，修改 PPT，一直到深夜。从急救站回来，生活的忙碌和孤清一下子就恢复了以往的节奏。心里空落落的，靠忙碌的案头工作充满的时间，干涩而清苦。

她端起茶杯到阳台上，伸展腰肢，眺望着黑夜，对面是第一医院庞大的建筑群。急救车的声音远远地从大路上传来……那种声音，总是在耳边，睡梦中也是，有时候不知是真实的，还是自己幻听。

书柜里"淘宝"了一个樱木花道的手办，这个红头发的大前锋，有着和陈皓岩一样的板寸头，一样的剑眉，一样魁梧的体格和神态，他刚刚完成了大力灌篮，眼神有点喜悦，有点骄傲。

她有时候会忍不住朝他看两眼，仿佛陈皓岩就在楼下一个人玩着篮球。深深的自卑，让她痛彻心扉。年龄相差了好几岁，他可以尽情自由地享受生活，而自己始终背负着沉重的责任和期待。必须活得像一个……成年人。

推却不过徐林森热情的邀请，一起去看过一次电影，她屡屡走神、心不在焉，黑暗的电影院里隔着口罩，他都能感觉那种不自在："丹青，你是不是记挂着工作上的事情，如果有急事，你去好了！我没关系的。"

她知道自己很失礼，但是实在是勉强不了自己。深植在头脑中的理性，像把金属的耙子在抓挠着一颗心，这纯粹是自己的问题。

拿起电话，跟堂姐诉苦，这堂姐大了她十二岁，是医院分管教学和疫情的副院长，一样娇小的个子，却有个外号叫"威震天"，可见素日里的气概。两姐妹自幼就亲近。可是这一年多来，堂姐被疫情的事叨扰不休，没有什么太困扰的问题，罗丹青平日里也不敢太去烦她。

一开头还有点羞涩，可能是压抑得太难受，心头的苦水滔滔不绝地倒了出来，说着说着，她简直快成了撒娇耍赖的小毛丫头了："姐，我怎么办嘛？！"

"丹青小姐，你十句话讲那骨科的帅哥，一句话才提到徐某人，还犹豫个什么劲？徐某人都给你发过'好人牌'了……心偏在哪里不是清清楚楚的吗？"罗院长郎朗笑问她。

"可是……"

"可是什么？读书这么用功，工作这么努力，不就是为了可以由着性子吗？选错了，大不了换一个，损失也有限。"罗院长在家里的时候嘻嘻哈哈，充满少女时代的那种跳哒不羁。

电话里，姐夫的声音就在近旁："用你那套歪理教育小朋友是不对的，小心被家长投诉。"

"翅膀长硬了，不就图个自在吗？还三从四德，从一而终？"罗院长对着话筒说话，语气却是在跟老公耍花腔。

"高材生，用你急诊科医生的临床决策能力和鉴别诊断能力来做个题。"罗院长拔高的声调提醒罗丹青注意。

"和谁从此不见，你会伤心？注意是伤心！不是可惜……姐等着你的喜酒！相信我们家妹子快刀斩乱麻，立马见分晓。"

罗丹青怔怔地看了看手机，发现堂姐已经挂断了，心脏仿佛是漏跳了一拍，她情不自禁地看向书柜中的樱木花道手办。安静的室内，似乎有熟悉的呼唤："红蜘蛛小姐……"

突然响起来的门铃，让她吓了一跳，搁下电话，看了一下手机，已经快十点了，平时这个时候，从来没有人来敲门。

陈皓岩撑着门框，站在门口，阴沉着脸，浓黑的剑眉下，一双眼睛有些期待，也有些委屈。罗丹青一看到他，什么话也说不出来了，紧紧克制着的防线忽然崩溃了，熟悉的气息和温度让眼泪像决堤的洪水一样流下来。他拥抱着她颤抖的身体，低头看她埋头哭泣，用脸颊温柔地摩挲着她的卷毛头："你怎么了？"

"你想我来陪你的话，任何时候都可以……我在楼下，看了你好久好久了。"他抚摸着她的背脊，感觉得到，那刻骨的依赖和想念，她说不出口，眼泪滚滚地洇湿了他的衣襟。

不止一个晚上，站在远处，仰望那一点灯火，窗前偶尔的纤细的身影，他紧紧捏着拳头。狠狠地踱步，狠狠地闭上眼睛，克制着内心要脱缰而出的冲动。终于鼓起勇气，敲响了她的家门。

她用力勾住了他，身体紧紧地贴了上去，生怕他忽然消失了一样。一瞬间，欢欢略带伤感的话，在耳边响起来："姐姐，你当然喜欢他。你知道吗？老天安排这样的喜欢，每个人都只能有一次。”

　　她一边哭，一边哽咽着说：“你……来陪我，行不行？”

　　“行，你说多久，就多久，我想陪你一辈子。”

后记

我是一个 ICU 医生。

重症医学这个专科，最初与急诊医学有密不可分的联系。急诊是前方火线，重症是后方阵地，理论框架、基本操作、人员培训基本是一体的。时至今日，急危重症分中有合，合中有分，在很多医院里，医生甚至科主任都经常会"混搭"。

院前急救，可以看做急诊向前方阵地的进一步延伸，是急诊医学的一部分。

我和文中的主角罗丹青一样，值过院前急救的班；值过急诊抢救室的班；当然，重症监护室是我的主战场。二十多年的职业经历，体会过每个岗位上的不易，也目睹过"链条脱节"导致贻误战机的遗憾。

这使得我在管理岗位上，更希望用全局观去修缮其中的局部，让急救的各个环节之间，更加连接紧密，运转高效，安全稳定。对于那些有时效性的急救治疗，早一分钟，病人的预后就会提高一分，后续的救治难度也会降低。比如陈皓岩在急救车上为急性心肌梗死的病人高效地建立人工气道、除颤、心肺复苏……如果滞后到抢救室才做，病人可能大脑皮层缺氧，再也醒不过来。

在这个问题上，有稳定的院前急救医生，是最妥善的解决办法，一劳永逸，但现实很骨感。

"院前急救医生该如何培养，如何晋升，拿到何种待遇。"这是急诊这个专业中，历史久远的困难命题。记得《人间世》就在某一集中描画过上海院前急救医生的不易。

专职从事院前急救工作的话，值班频繁，工作压力大，收入有限，欠缺晋升途径。文中罗丹青、陈皓岩两位医生，连续半年的生活质量，就如实体现了这个工作的艰难处境。生活自由度极小，睡眠时间不保证。

有些地方一度增加投入资金，培训出了一批院前急救医生，但是几年之后，流失的速度很快。这就催生了很多地方的院前急救医生，由各大医院临时派驻的医生担任，派驻的时间以 3～6 个月不等。

眼下是一个医学专科细分的时代，小说中的陈皓岩是骨科医生，还有神经内科医生、心胸外科医生、风湿科医生……在职业经历中，他们可能具备研究生学历，在医院的某个专科中已经有了建树，但是在急救领域接受过的培训却很初级。院前急救的模式是单兵作战，他们在运送病人的路途中，也不太能得到上级医生的技术支持。

既然执勤时间是 3～6 个月，很多医生并不会执念于急救技术的提高，硬件的改善，流程的优化，这就是骨感的现状。

意识先行的话，现状是可以被改变的。

所以潜意识里，我很希望像罗丹青，可以去做这件事，在现有的条件下，逐步提高，缩短 D2N 时间，提高创伤病人的存活率……在这个想法的催生下，具体的工作还在落实，《十二分钟》这篇小说也诞生了。

不用执念于故事是否为虚构，每一个救治的案例，都曾经发生过；急危重症医生不断做持续质量改进的步伐，从来没有停止过。

夂 微

浙江新安国际医院副院长、重症医学主任医师

浙江省医学会急诊分会委员

浙江省医学会血栓与止血分会委员

《中国医学人文》杂志编委

《叙事医学》杂志编委

浙江省作家协会会员

代表作《医述：重症监护室里的故事》《亲爱的 ICU 医生》

《亲爱的 ICU 医生》入围 2021 年度"中国好书"

图书在版编目（CIP）数据

十二分钟 / 殳儆著. —北京：人民卫生出版社，
2024.6
ISBN 978-7-117-35587-2

Ⅰ.①十… Ⅱ.①殳… Ⅲ.①长篇小说－中国－当代
Ⅳ.①I247.5

中国国家版本馆 CIP 数据核字（2023）第 216089 号

十二分钟
Shi'er Fenzhong

策划编辑	周　宁	责任编辑　周　宁	书籍设计　尹　岩　笪　希		

著　　者　殳　儆
出版发行　人民卫生出版社（中继线 010-59780011）
地　　址　北京市朝阳区潘家园南里 19 号
邮　　编　100021
E - mail　pmph @ pmph.com
购书热线　010-59787592　010-59787584　010-65264830
印　　刷　北京华联印刷有限公司
经　　销　新华书店
开　　本　880×1230　1/32　印张:10　插页:2
字　　数　199 千字
版　　次　2024 年 6 月第 1 版
印　　次　2024 年 6 月第 1 次印刷
标准书号　ISBN 978-7-117-35587-2
定　　价　59.00 元